TÖDLICHES DINER

Ein weiterer
John Pickett Krimi

Sheri Cobb South

Übersetzt von Susanne Doering

John Pickett Krimiserie

IN MYLADYS SCHLAFZIMMER

ZU TODE GELANGWEILT

FAMILIENGRAB

TÖDLICHES DINER

1

In dem eine Einladung vorgeschlagen wird

In einem elegant eingerichteten Salon in der Audley Street saß Julia, Lady Fieldhurst, und sah zu, wie die Regentropfen um die Wette die Fensterscheibe hinunter eilten. Hinter dem Glas zogen die wenigen Fußgänger, die abgehärtet genug waren, um sich in das unfreundliche Wetter hinauszuwagen, die Hüte nach unten und die Kragen nach oben, um sich vor den Elementen zu schützen. Die triste Szenerie erinnerte sie nur zu deutlich an Schottland am Tage ihrer Abreise vor einigen Wochen. Sie war in den Tagen seither anfällig für Melancholie gewesen, eine Depression ihrer Stimmung, die wenig mit dem Novemberwetter und noch weniger mit dem gewaltsamen Tod ihres Mannes vor sechs Monaten zu tun hatte.

„Einen Penny für deine Gedanken", sagte ihre Begleiterin, eine ziemlich fesche junge Dame Mitte der

Dreißiger, ein Jahrzehnt älter als Julia selbst.

Lady Fieldhurst machte einen schwachen Versuch zu lächeln. „Du würdest sie überteuert finden, fürchte ich."

„Julia, ich wünschte, du würdest mir sagen, was dich bedrückt", drängte Lady Dunnington. „Ich schwöre, ich habe dich noch nie so abgelenkt erlebt."

„Verzeih mir bitte, Emily." Lady Fieldhurst schüttelte ihren Kopf ein wenig so, als ob sie klar sehen können wollte. „Ich hatte in der letzten Zeit viel im Kopf. Der Verkauf von Fredericks Haus in Queens Garden, das Anmieten eines anderen in der Curzon Street, solange ich nach etwas Ausschau halte, was ich kaufen könnte ..."

„Papperlapapp!", erklärte die Countess von Dunnington grob. „Oh, ich kann es dir nicht verdenken, dass du das kleine Liebesnest deines Mannes verkauft und für dich etwas mit weniger unangenehmen Assoziationen kaufen willst, aber das ist *nicht* der Grund für deine derzeitige Geistesabwesenheit. Du bist schon so, seit du aus Schottland zurückgekehrt bist, und *das* ist mehr als zwei Wochen her. Wann wirst du nachgeben und mir erzählen, was dort geschehen ist?"

Lady Fieldhurst sah sich ziemlich hektisch im Raum um, aber Lady Dunningtons anmutige Hepplewhite-Möbel boten ihr keine Unterstützung. „Ich habe es dir erzählt", beharrte sie. „Ich habe mich – wieder – bei den Fieldhursts blamiert und wurde für meine Sünden nach Schottland ins Exil geschickt, mit Georges drei Söhnen im Schlepptau. In letzter Minute

4

beschlossen wir – die Jungen und ich, meine ich – nicht auf dem Fieldhurst'schen Landsitz zu versauern wie befohlen, sondern hielten in einem sehr angenehmen Gasthof mit Blick aufs Meer an. Die Jungen hatten viel Spaß, aber weder George noch Mutter Fieldhurst waren über unser Ausreißen sehr erfreut."

Lady Dunnington stellte ihre leere Teetasse mit wohl etwas mehr Nachdruck als möglich ab und gab ein Geräusch von sich, das man bei einer weniger aristokratischen Frau wohl als Schnauben bezeichnet hätte. „Pah! Frederick ist jetzt seit sechs Monaten tot, Julia. Wann wirst du aufhören, dich von seiner Mutter und seinem Erben herumschubsen zu lassen?"

„Ich lasse mich nicht von ihnen herumschubsen", sagte Lady Fieldhurst wenig überzeugend. „Ich habe Halbtrauer angelegt, obwohl ich weiß, dass ihnen das nicht gefällt", betonte sie und deutete auf ihr graues Kleid.

„Ja, und ich bin sehr erfreut, das zu sehen", sagte Lady Dunnington und nickte zustimmend. „Ich wäre noch glücklicher, dich in Farben zu sehen, aber ich weiß, dass du es nicht wagst, die Konvention in solchem Ausmaß zu missachten, zumindest noch nicht. Lass dich jedoch warnen, am Jahrestag von Fredericks Tod beabsichtige ich, dir eine leuchtend rote Haube zu schenken!"

Julia musste lachen. „Wenn du mich völlig verhärmt aussehen lassen willst, nur zu! Ich habe nicht die Farben, um leuchtendes Rot zu tragen, wie du sehr gut weißt. Ich fürchte, ich muss das Rot dir überlassen, meine Liebe."

„Na gut", lenkte die dunkelhaarige Countess ein und musterte ihre Freundin mit einem prüfenden Blick, „dann also himmelblau oder vielleicht pomonagrün. Etwas anderes als nahtloses schwarz oder grau, auf jeden Fall – nicht, dass du nicht selbst in Trauer widerwärtig hübsch aussehen würdest. Wäre ich zehn Jahre jünger, würde ich vor Eifersucht förmlich verrückt werden."

„Und ich werde sehr gerne blau oder grün tragen", versprach Lady Fieldhurst, „wenn der Zeitpunkt gekommen ist."

„Trotzdem gäbe es andere Möglichkeiten für dich, um zu rebellieren", sagte Lady Dunnington und lehnte sich vertraulich vor. „Dinge, von denen die Fieldhurst-Sippschaft nichts wissen muss."

„Emily ..." Julia schüttelte den Kopf, da sie eine recht gute Vorstellung davon hatte, welche Art von „Dingen" ihre Freundin im Sinn hatte. Sie nahm die Teekanne auf, um sich gegen die unausweichliche Standpauke zu wehren, aber als sie sie zum Eingießen schräg hielt, fand sie sich selbst dieses kleinen Trostes beraubt. Die Teekanne war, wie es schien, leer.

„Verzeihung, Mylady", meldete sich ein hübsches kleines Hausmädchen zu Wort, das diskret im Hintergrund auf eben einen solchen Notfall gewartet hatte. „Soll ich mehr Tee

6

bringen?"

Emily nickte. „Danke, Dulcie." Nachdem das Mädchen das Zimmer verlassen hatte, kehrte Lady Dunnington mit der Hartnäckigkeit eines Hundes mit einem Knochen zum ursprünglichen Thema zurück. „Was du brauchst, Julia, ist ein nettes Stündchen mit einem Mann, der weiß, wie man es richtig anfängt."

„Emily, was du immer für Dinge sagst!", rief Lady Fieldhurst aus und wurde bis zu den Haarwurzeln rot.

„In anderen Worten, meine Liebe", fuhr Lady Dunnington unbeeindruckt fort, „was du brauchst, ist ein Licbhaber."

Julia gab einen schwachen Laut des Protestes von sich, da sie diesen vertrauten Boden bereits mehr als einmal erkundet hatten.

„So wie es ist, bin ich derzeit dabei, mir selbst einen Liebhaber zuzulegen", fuhr Lady Dunnington unbeeindruckt fort, „daher scheint es eine gute Gelegenheit zu sein, einen für dich zu finden, während ich selbst auch suche. Ich werde ein Diner veranstalten, eine ganz exklusive Angelegenheit, mit etwa einem halben Dutzend passender Gentlemen. Du kannst sie dir anschauen und am Ende des Abends brauchst du nur dein Taschentuch so fallen zu lassen, dass der, der dir am besten gefällt, es aufhebt."

„Emily", sagte Lady Fieldhurst etwas scharf, „ich wünschte, du würdest dich von der Vorstellung befreien, dass jeder Mann, dem ich begegne, nichts mehr wünscht, als …"

„… mit dir zu schlafen?", beendete Emily den Satz, als sie sah, dass ihrer Freundin die Worte fehlten. „Aber meine liebe Julia, meine Erfahrungen in der Vergangenheit haben mich gelehrt, dass die meisten Männer *jederzeit* sich intensiv darum bemühen, mit einer Frau schlafen zu dürfen, warum solltest nicht du ihnen dann den Gefallen tun?"

„Die ‚meisten' vielleicht, aber nicht alle", murmelte Lady Fieldhurst.

Wenn Lady Dunnington diese Einschränkung gehört hatte, ließ sie es sich nicht anmerken. „Nun, ich habe inzwischen intensiv darüber nachgedacht und mir sind mehrere vielversprechende Kandidaten eingefallen …"

In diesem Moment trat Dulcie, das Hausmädchen, mit einer dampfenden Teekanne ein. Lady Dunningtons Pläne mussten vorübergehend zurückstehen, während Teetassen mit dem frischen Gebräu aufgefüllt wurden.

„Mehrere Anwärter, sage ich, auf die Stellung eines besonderen Freundes", schloss sie, nachdem die notwendigen Zugaben von Zucker und Milch erfolgt waren.

„Bei dir klingt das wie eine Annonce, die man in der *Times* aufgeben könnte", sagte Julia.

„Nein, meine Liebe, das wäre doch zu vulgär", wies Lady Dunnington diese Vorstellung weit von sich. „Nun, zurück zu meinem Diner. Du wirst Lord Rupert Latham dort haben wollen, daran habe ich keinen Zweifel …"

Lady Fieldhurst hielt abwehrend eine Hand hoch. „Erspare mir Lord Rupert, ich bitte dich! Wenn du dich erinnerst, das einzige Mal, wo ich ein Stelldichein mit Lord Rupert versuchte, entdeckten wir Frederick tot auf dem Boden meines Schlafzimmers. Das hat die Stimmung irgendwie ruiniert, um es gelinde auszudrücken."

„Ja, das kann ich schon verstehen. Um ehrlich zu sein, Julia, ich hatte meine Zweifel, was dich und Lord Rupert angeht. Mir scheint, dass dein Zaudern bei diesem Thema ..."

„Ich ‚zaudere' doch nicht, wirklich!", widersprach Lady Fieldhurst.

„Na gut, nenn es schwanken. Oder herumreden. Oder fackeln. Wie man es auch immer bezeichnen mag, deine Unfähigkeit, eine Entscheidung bezüglich Lord Ruperts zu treffen, lässt darauf schließen, dass da etwas Wichtiges fehlt. Trotzdem kann er als Vorlage dienen, an denen du andere messen kannst, da wir wissen, dass er zumindest danach *strebt*, mit dir ins Bett zu gehen. Dann ist da neben Lord Rupert Sir Reginald Montague – Vorsicht, Dulcie!", tadelte sie, als das Tablett mit den Teekuchen, das das Mädchen herumreichte, sich gefährlich in die Richtung von Lady Dunningtons Schoß neigte.

„Aber ich kenne Sir Reginald Montague doch kaum!", protestierte die Viscountess.

„Meine liebe Julia, wer sagt etwas von dir? Ich habe seit vierzehn Tagen ein Auge auf Sir Reginald geworfen. Dann

9

gibt es natürlich Mr. Brantley-Hughes und Hauptmann Sir Charles Ormond – wir sollten die Namen notieren, damit wir nicht jemand Vielversprechendes vergessen. Dulcie, würdest du Papier und Tinte von meinem Schreibtisch holen? Braves Mädchen. Wie schade, dass im November in der Stadt die gute Gesellschaft so dünn gesät ist!"

Dulcie ging durch den Raum zu dem eleganten Rosenholzschreibtisch und kam gleich mit Papier, Feder und Tintenfass zurück.

„Also wo waren wir? Mr. Brantley-Hughes ..."

„Ich dachte, Mr. Brantley-Hughes wäre *dein* Liebhaber", sagte Julia.

„ ‚War' ist das maßgebliche Wort", bemerkte Lady Dunnington und schrieb den Namen auf. „Er und ich sind ziemlich explodiert, aber wenn du Interesse hättest, würde ich nichts dagegen einzuwenden haben, wenn du meine Reste übernimmst."

„Aber Mr. Brantley-Hughes ist verheiratet!"

„Ja?"

Julias Gesichtsausdruck wurde störrisch. „Ich werde keine andere Frau zwingen, das durchzumachen, was ich mit Frederick durchgemacht habe."

Lady Dunningtons Stirn verzog sich nachdenklich. „Das wird die Auswahl erheblich beschränken."

„Dann solltest du die Idee am besten ganz vergessen."

„Niemals!", verkündete Lady Dunnington und stieß

nachdrücklich die Feder in die Luft. „Ich werde nur ein wenig tiefer graben müssen. Hauptmann Sir Charles ist, wie ich mich erinnere, ein eingefleischter Junggeselle und dann ist da Lord Dernham, dessen Frau seit gut drei Jahren tot ist. Wer weiß? Wenn du Lust hättest, wieder zu heiraten, könntest du ihn vielleicht dazu überreden, sich noch einmal vor den Altar zu trauen."

„Und noch einmal den Druck erleben, einem titeltragenden Ehemann einen Erben verschaffen zu müssen? Danke, Emily, aber nein danke!"

„Verzeih mir, meine Liebe", sagte Lady Dunnington mit ungewohntem Ernst. „Daran habe ich nicht gedacht. Aber du musst wissen, dass eben diese Unfruchtbarkeit, die du in deiner Ehe so betrauert hast, als Vorteil anzusehen ist, wenn man eine Beziehung dieser Art sucht. Keine Gefahr, einen Kuckuck im Nest vorzufinden. Und", fügte sie wieder fröhlicher hinzu, „was hältst du von Lord Edwin Braunton? Er ist der jüngere Sohn eines Herzogs und da sein älterer Bruder bereits zwei Söhne hat, steht er unter keinem Druck, heiraten und für die Nachfolge sorgen zu müssen …"

„Wie, Lord Edwin muss mindestens fünfundvierzig Jahre alt sein, vorsichtig geschätzt!", rief Lady Fieldhurst aus.

Lady Dunnington hob überrascht ihre Augenbrauen. „Fünfundvierzig ist kaum alt, meine Liebe. Dunnington ist mit fünfzig immer noch männlich – nicht, dass es *mir* etwas nützt! –, und Frederick war mehr als vierzig Jahre alt, als er starb, nicht wahr?"

„Einundvierzig, aber dennoch ..." Lady Fieldhurst konnte ihrer Freundin kaum erklären, dass in letzter Zeit eher jüngere Männer nach ihrem Geschmack waren – ein Mann von vierundzwanzig, um genauer zu sein, zwei Jahre jünger als ihre eigenen sechsundzwanzig.

„Ich setze Lord Edwin trotzdem auf die Liste", beharrte Emily. „Gentlemen in einem gewissen Alter wissen besser, wie man einer Dame gefällt. Aber was hältst du von Mr. Martin Kenney? Keinen Tag älter als dreißig und er verfügt über diesen rauen Charme, der den Iren so gut steht."

„Reich an Charme, aber arm an Geld", gab Lady Fieldhurst zurück.

Überrascht sah Emily von ihrer Liste auf. „Ich hatte keine Ahnung, dass du nach einem reichen Mann suchst. Stehen die Dinge so schlecht?"

„Nein, denn Frederick hat mich ziemlich wohlhabend hinterlassen", gab Julia zu und gab Ehre, wem Ehre gebührte. „Ich muss keinen wohlhabenden Liebhaber haben, aber ich möchte ihn auch nicht unterstützen müssen – was bei Mr. Kenney fast sicher der Fall sein würde."

„Ich werde ihn trotzdem auf die Liste setzen", sagte Emily und ließ den Worten die Tat folgen, „damit du entscheiden kannst, ob er eine gute Investition wäre."

Er dauerte einige Zeit, da Lady Fieldhurst fast gegen jeden der ihr zur Zustimmung genannten Kandidaten

12

Einwände erhob, aber schließlich erklärte Lady Dunnington sich zufrieden. Außer Sir Reginald enthielt die Liste die Namen von fünf weiteren Gentlemen, die Lady Fieldhurst für die am wenigsten abstoßenden der vorgeschlagenen hielt.

„Was ist mit den Damen?", fragte Lady Fieldhurst, als die Countess ihre Liste für vollständig erklärte.

„Wie bitte?"

„Wen unter den Damen deiner Bekanntschaft hast du vor einzuladen?"

„Na, keine von ihnen!", verkündete Lady Dunnington ziemlich überrascht.

„Du wirst keine so ungerade Zahl haben wollen", wandte Lady Fieldhurst ein.

„Meine liebe Julia, der einzige Zweck dieses Diners ist es, einen Liebhaber für dich zu finden. Warum in aller Welt, sollten wir Konkurrenz einladen wollen? Wenn wir andere Damen einladen wollten, wäre ich gezwungen, die langweiligsten und hässlichsten Frauen meiner Bekanntschaft auszuwählen, um im Vergleich besser zur Geltung zu kommen. Mein Ruf als Gastgeberin wäre völlig ruiniert und *das* weigere ich mich zu riskieren, nicht einmal für dich, meine Liebe!"

„Es wird sehr merkwürdig aussehen, nur du und ich und ein halbes Dutzend Gentlemen, die zum Diner am Tisch sitzen", sagte die Viscountess.

„Im Gegenteil, die Gentlemen werden entzückt sein und

die Ladys werden es nie erfahren, da sie nicht anwesend sein werden. Also wann wollen wir dieses Diner veranstalten? Wie ist es mit Mittwoch? Almack's gibt so spät im Jahr keine Gesellschaften, daher besteht keine Gefahr, dass es Konflikte mit anderen Veranstaltungen gibt, und – oh, verflixt!"

„Was ist los?", fragte Lady Fieldhurst in der blassen Hoffnung, dass die Countess gezwungen sein würde, ihren Plan aufzugeben.

„Mein Butler ist nach Shropshire gefahren, um seine Schwester zu besuchen, und Jack, der Lakai, liegt mit Schüttelfrost im Bett. Hast du dich nicht gewundert, warum Dulcie dir die Tür geöffnet hat? Dunnington hatte nichts dagegen, dass ich mir mein eigenes Haus einrichte, aber er weigert sich, mir ausreichend Geld zur Verfügung zu stellen, dass ich genug Personal bezahlen könnte! Ich fürchte, es bleibt nichts anderes übrig, als zu warten, bis der Butler wiederkommt, aber da seine Schwester todkrank sein soll, ist unabsehbar, wann das sein wird." Sie schnaubte leicht, obwohl es nicht sofort erkennbar war, ob ihr Ärger sich gegen ihren ihr entfremdeten Ehemann oder die lästige Schwester des Butlers richtete.

Das Mädchen Dulcie räusperte sich. „Verzeihung, Mylady", sagte sie leise, „aber ich hätte kein Problem damit, Ihre Gäste einzulassen, wenn Sie mich brauchen. Es wäre für die Art von Gesellschaft, die Ihnen vorschwebt, vielleicht sogar passender, eine Frau an der Tür zu haben."

Die Herrin schaute das Mädchen finster an. „Unverschämtes Mädchen! Wenn ich deinen Rat brauche, um eine Diner zu geben, werde ich dich sicher darum bitten. Oh, aber warte!", sagte Lady Dunnington dann in völlig anderem Ton und ihre Augen wurden rund. „Es könnte funktionieren. Ja, jetzt sehe ich es ein! Wir werden ein klassisches Thema vorgeben und unsere Gäste werden an der Tür von einer Frau in griechischen Gewändern begrüßt. Oder meine ich römisch? Egal, ich bin sicher, dass ich noch etwas Passendes von Herringtons Kostümball im letzten Frühling übrig habe. Das kann geändert werden, damit es dir passt, Dulcie."

„Ja, Mylady." Dulcies rehäugiger Blick fiel auf den Boden und sie glättete die Röcke und die gestärkte weiße Schürze über ihrem schwarzen Baumwollkittel, zweifellos mit der Frage, worauf sie sich eingelassen hatte.

Lady Fieldhurst wusste genau, wie sie sich fühlte.

2

In dem eine Dinereinladung zu einer Katastrophe wird

Lady Fieldhurst konnte nur hoffen, dass Lady Dunningtons Begeisterung für das Projekt nachlassen würde, bevor die Einladungen versandt wären, obwohl sie genug von dieser entschlossenen Gesellschaftsdame wusste, um nicht allzu nicht optimistisch zu sein. Nicht, dass Julia den Männern abgeschworen hatte, obwohl sie in den Tagen nach ihrem unerwarteten Entkommen aus einer unglücklichen Ehe die Vorstellung, mit einem Mann ähnlicher Art eine neue, intime Beziehung einzugehen, äußerst wenig reizvoll gefunden hatte. In jüngster Zeit jedoch ertappte sie sich dabei, wie sie über die angenehmeren Aspekte einer solchen Beziehung nachdachte, zumindest wenn ein bestimmter Mann daran beteiligt wäre. Leider hatten ihre beiden Versuche, sich einen Geliebten zu nehmen, in einer Katastrophe geendet, jedoch auf sehr verschiedene Weise. Beim ersten Mal, wie sie

Emily ins Gedächtnis gerufen hatte, waren Lord Rupert und sie sogar bis zu ihrer Schlafzimmertür gelangt, nur, um diese von der Leiche Lord Fieldhursts blockiert zu finden. Der zweite, neuere Versuch, hatte in Schottland stattgefunden, wo sie ihre Gunst dem einen Mann in England (wenn man Emily Glauben schenken durfte) angeboten hatte, der sie nicht wollte. Jetzt, angesichts einer Einladung zu einem Diner, wo fast ein halbes Dutzend Herren zu ihrer Auswahl stehen würden, fand sie sich zerrissen zwischen der Furcht davor, sich einer erneuten Ablehnung auszusetzen und einem nahezu verzweifelten Bedürfnis, sich ihrer eigenen Attraktivität zu versichern.

Auf jeden Fall war Lady Dunnington ziemlich entschlossen. Innerhalb von drei Tagen waren ein halbes Dutzend Einladungen verschickt worden und ebenso viele Zusagen eingegangen. Jedoch hatte die Countess sich gezwungen gesehen, das klassische Thema, auf das sie sich so eifrig gestürzt hatte, aufzugeben, als sich herausstellte, dass das Hausmädchen Dulcie in dem hauchdünnen griechischen Gewand, das ihre Herrin einst auf den Kostümball der Herringtons getragen hatte, viel zu anziehend wirkte; wie Lady Dunnington es ausdrückte, hatte sie nicht vor, alle Damen ihrer Bekanntschaft auszuschließen, nur, um sich von einem Dienstmädchen ausstechen zu lassen.

Und daher wurde der erste Gast bei seinem Eintreffen am folgenden Mittwochabend von einem ordentlichen

Hausmädchen in gestärkter weißer Schürze und Rüschenhäubchen angekündigt.

„Sir Reginald Montague, Mylady," sagte Dulcie, ihre Augen brav niedergeschlagen.

„Ah, Sir Reginald!", rief Lady Dunnington aus und glitt vorwärts, um ihn mit ausgestreckten Händen willkommen zu heißen. „Wie ich mich freue, dass Ihr zu meiner bescheidenen kleinen Gesellschaft erscheint. Ich glaube, Ihr kennt Lady Fieldhurst bereits?"

Julia sah sich einem großgewachsenen, kräftig gebauten Gentleman Mitte vierzig gegenüber. Sein einst goldenes Haar war reichlich von Silber durchzogen und seine blauen Augen waren ziemlich kühl. Um seinen Mund zogen sich tiefe Falten, die ihm den Eindruck verliehen, ständig über etwas zu spotten. Insgesamt machte er den Eindruck eines gefallenen Engels. Sie versuchte, sich daran zu erinnern, was ihr verstorbener Ehemann über ihn gesagt hatte. *Er hat einen schlechten Ruf,* hatte Frederick gesagt, obwohl er sicher nicht einer Lage war, um den ersten Stein zu werfen. Obwohl Sir Reginalds leicht bedrohliches Aussehen keine Anziehungskraft auf sie ausübte (sie hatte kürzlich eine ausgeprägte Vorliebe für eine ganz andere Art männlicher Schönheit entwickelt), konnte sie sehen, wie die Aura des Gefährlichen, die von ihm auszugehen schien, auf einige Frauen anziehend wirken könnte – Lady Dunnington gehörte anscheinend dazu.

„Ja, ich kenne Lady Fieldhurst", sagte Sir Reginald und wandte seine Aufmerksamkeit Julia zu. „Darf ich sagen, wie erfreut ich bin, dass Ihr wieder ausgeht, Mylady? Brighton war in diesem vergangenen Sommer eine Wüste ohne den Anblick Eurer Schönheit."

So angesprochen, erhob sich Lady Fieldhurst von ihrem Stuhl und machte einen Knicks. „Sir Reginald", murmelte sie und wünschte, sie könnte sich daran erinnern, was Fieldhurst über ihn gesagt hatte. Kaum war sie auf ihren Platz zurückgekehrt, als Dulcie mit zwei weiteren Herren im Schlepptau zurückkehrte.

„Lord Dernham und Lord Edwin Braunton, Mylady", meldete sie und verließ dann diskret den Raum.

„Lord Dernham, wie ich mich freue, dass Ihr kommen konntet", sagte Lady Dunnington und reichte ihre Hand einem nüchtern wirkenden Gentleman Ende dreißig mit dünner werdenden Haaren und hellblauen Augen, die einen traurigen Ausdruck hatten. „Darf ich Euch Lady Fieldhurst vorstellen?"

„Mylady." Lord Dernham beugte sich über ihre Hand. „Darf ich Euch mein aufrichtiges Beileid wegen Eures vor kurzem erlittenen Verlustes aussprechen?"

„Und ich ebenso, Mylord." Obwohl Lord Dernhams Verlust sich bereits vor etwa drei Jahren ereignet hatte, schien es, dass er noch immer um seine tote Frau trauerte. Lady Fieldhurst strich ihn im Geiste von der Liste.

„Und Lord Edwin! Was für ein Glück wir haben, dass Ihr

nicht mit den Quorn reitet oder so etwas. Du musst wissen, dass Lord Edwin ein begeisterter Sportler ist", fügte Lady Dunnington nebenher für Julia hinzu.

Lady Fieldhurst bot ihm ihre Hand und erkannte ihn dabei als diese einzigartig britische Spezies von Mann, den Ersatzmann, der seine Nützlichkeit überlebt hat. Als zweiter Sohn eines Herzogs war Lord Edwin überflüssig geworden, nachdem sein älterer Bruder geheiratet und einen Erben sowie einen eigenen Ersatzmann für diesen gezeugt hatte. Nun, nachdem er im Leben keinen größeren Zweck mehr erfüllte, kassierte er eine großzügige Zulage von seinem Bruder und gab das meiste davon für Pferde und Hunde aus. Während ihr Vater, ein Landjunker, dem es nicht an eigenen Pferden und Hunden mangelte, Lord Edwin für einen großartigen Kerl halten mochte, sah Lady Fieldhurst nichts in ihm, was sie hätte in Versuchung führen können. Auch er wurde von der Liste gestrichen.

„Lord Dernham, Lord Edwin", sagte Emily und deutete auf Sir Reginald. „Ich gehe davon aus, dass Sie Sir Reginald Montague kennen?"

Die Wirkung dieser Vorstellung war überraschend. Beide Neuankömmlinge wurden steif, ihre Augen wurden schmal, als sie äußerst kurz in Sir Reginalds Richtung nickten.

„Sir Reginald und ich sind alte … Bekannte", sagte Lord Edwin durch zusammengebissene Zähne.

„Ebenso", sagte Lord Dernham, wandte sich dann abrupt

von Sir Reginald ab und begann, sich mit erstaunlicher Lebhaftigkeit mit Lord Edwin zu unterhalten.

„Lord Rupert Latham", meldete Dulcie und kehrte mit Lady Fieldhursts langjährigem Verehrer zurück.

Lord Rupert sagte zu seiner Gastgeberin alles, was sich gehörte, und nahm dann Julias Hand, um sie an seine Lippen zu führen. „Meine liebe Julia, ich hatte keine Ahnung, dass Ihr bereits aus Schottland zurückgekehrt seid! Es war wirklich zu grausam von Euch, mich in Unkenntnis schmachten zu lassen."

„Habt ihr nach mir geschmachtet, Rupert?", fragte Julia *sotto voce*. „Wenn ja, fürchte ich, habt Ihr Eure Zeit verschwendet."

„So? Ich bin mir nicht so sicher. Wenn auch nur die Hälfte davon, was Lady Dunnington mir über den Zweck dieses Abends erzählt, wahr ist ..." Er warf einen kritischen Blick auf die anderen Gäste. „Zum Glück sehe ich nicht, dass die gegenwärtige Konkurrenz unschlagbar ist."

„Lord Rupert", warf Emily ein, „kennt Ihr Sir Reginald Montague?"

„Allerdings. Euer Gehorsamster, Sir." Lord Ruperts Manieren waren tadellos, seine Stimme klang jedoch bedeutend kälter. Bevor aber Lady Fieldhurst Zeit hatte, sich darüber Gedanken zu machen, erschien Dulcie mit den letzten Gästen.

„Hauptmann Sir Charles Ormond, Mylady, und Mr.

Martin Kenney."

Es wäre schwer gewesen, sich zwei unterschiedlichere Gentlemen vorzustellen als die beiden, die jetzt der Gastgeberin ihren Respekt erwiesen. Hauptmann Sir Charles, verwegen im roten Rock und goldenen Besätzen seines Husarenregiments, knallte mit den Absätzen und machte eine Verbeugung von militärischer Präzision. Mr. Kenney hingegen trug einen blauen Rock von leicht unmodernem Schnitt, der an den Ellbogen unverkennbare Abnutzungsspuren aufwies, und sein Leinen (soweit man es bei Kerzenschein beurteilen konnte) wirkte etwas vergilbt. Als ob er seine modischen Mängel ausgleichen wollte, nahm er Lady Dunningtons Hand und hob sie mit einem Hauch übertriebener Galanterie an seine Lippen.

Nachdem man ihn Lady Fieldhurst vorgestellt hatte (und er ihr so bewundernde Blicke zugeworfen hatte, dass Julia sich fragte, wie viel von dem Zweck der heutigen Einladung Lady Dunnington ihnen allen verraten hatte), wurden die neu angekommenen mit den anderen anwesenden Gentlemen bekannt gemacht.

„Mr. Kenney", sagte Sir Reginald zu dem schäbig gekleideten Iren, „Eure Abwesenheit von Brooks' ist sehr merklich. Die Tische sind ohne Euch nicht dasselbe."

Mr. Kenney biss die Zähne zusammen, sagte aber nichts, und Lord Edwin schaltete sich eilig ein, um die unbehagliche Stille zu füllen.

„Das Spiel war in letzter Zeit ohnehin verd– verflixt langweilig", sagte er dem Iren. „Es ist Euch nicht viel entgangen."

„Und Hauptmann", sagte Sir Reginald und nickte in seine Richtung, wandte sich jedoch an die gesamte Gesellschaft. „Ihr würdet es kaum glauben, aber Hauptmann Sir Charles und ich haben einmal im selben Regiment gedient. Doch ich glaube, zu dem Zeitpunkt wart Ihr noch nicht Hauptmann, Sir."

„Damals war ich nur Unterleutnant", bestätigte der Hauptmann mit einem Nicken.

„Ich frage mich manchmal, welchen Rang ich wohl erreicht hätte, wenn ich nicht gezwungen gewesen wäre, mein Patent zu verkaufen, als mein Vater starb", fuhr Sir Reginald fort.

„Ein trauriger Tag für die Armee, als man Euch die Genehmigung zum Verkauf erteilte", nickte der Hauptmann.

Seine Worte hörten sich schmeichelhaft genug an, doch Lady Fieldhurst hatte den deutlichen Eindruck, dass sie nicht als Kompliment für Sir Reginald gedacht waren. Tatsächlich schien es ihr, dass zwischen den beiden Männern viel mehr gesagt wurde, was dem Rest der Gesellschaft völlig entging. Sie warf Lady Dunnington einen vielsagenden Blick zu, aber die Countess schien die Untertöne im Raum nicht zu bemerken, oder war so begeistert von dem neuesten Objekt ihrer Zuneigung, dass es ihr einfach egal war, ob Sir Reginald von seinen Mitmenschen von Herzen verabscheut wurde. Lady Fieldhurst war mehr denn je davon überzeugt, dass dieses Diner ein Fehler war, und atmete erleichtert auf, als der Gong ertönte. Nachdem jetzt der Abend offiziell begonnen hatte, konnte sie die Minuten zählen, bis Emily und sie sich zurückziehen konnten, um die Männer ihrem Portwein und ihren Zigarren zu überlassen. Dass die Gentlemen sich bei erster Gelegenheit verabschieden würden, bezweifelte sie nicht, da sie offensichtlich die Anwesenheit eines unter ihnen so unangenehm fanden.

„Wir werden nicht zu förmlich sein, da unsere Zahl so ungleich ist", verkündete Lady Dunnington und enthob sie damit der Notwendigkeit, sich in Paaren zusammenzufinden, um zwei und zwei in den Speisesaal zu spazieren, wie Tiere, die auf Noahs Arche wandern.

Doch wie zufällig auch ihr Einmarsch in den Speisesaal sein mochte, schien es doch, dass die Sitzordnung sorgfältig ausgearbeitet worden war. Als Gastgeberin saß Lady Dunnington natürlich an einem Ende der Tafel. Sie hatte Sir Reginald am entgegengesetzten Ende platziert und ihn anscheinend als *de-facto*-Gastgeber ausgezeichnet. Was Lady Fieldhurst anging, fand diese sich in der Mitte der Tafel, von möglichen Verehrern auf beiden Seiten umgeben und mit drei weiteren ihr gegenüber wieder. Von allen Seiten umringt stellte Julia fest, dass fünf der sechs Gentlemen sie mit einem Ausdruck im Gesicht betrachteten, der von Bewunderung über Spekulation bis zu Erwartung reichte und fragte sich erneut, was Emily ihnen über die Art dieser speziellen Einladung erzählt haben mochte. Sie warf ihrer Gastgeberin einen verzweifelten, hilfesuchenden Blick zu, diese jedoch verlor keine Zeit, sie den Wölfen vorzuwerfen.

„Bevor Ihr Gentlemen ankamt, erzählte Lady Fieldhurst mir von ihrem Aufenthalt in Schottland vor kurzer Zeit", erklärte sie der Gesellschaft. „Bitte fahre doch fort, Julia. Was hast du in Schottland Amüsantes gefunden, um dir die Zeit zu vertreiben?"

„Ich bin nicht dorthin gereist, um mich zu amüsieren", berichtigte Julia sie hastig. „Ich war nur als Begleitung für George Bertrams – Lord Fieldhursts, sollte ich sagen – drei Söhne unterwegs. Seine drei Söhne von Caroline Deering Bertram, heißt das."

„Ja, ja, eine üble Sache, das." Lord Edwin schüttelte seinen Kopf in stillem Mitgefühl für die Jungen. „Verdammt hart für einen Bast... äh, für ein illegitimes Kind."

„Und wie viel härter, wenn eines der betroffenen Kinder davon ausging, der zweite in der Erbfolge eines Viscounts zu sein", bemerkte Lord Dernham.

„Ja, nun, wenigstens versucht ihr Vater, das Richtige für sie zu tun." Lord Edwins Blick fiel auf das Ende des Tisches, wo Sir Reginald saß, der sich mit einer dicken Scheibe Roastbeef beschäftigte. „Wäre gut, wenn alle Männer so bereitwillig die Verantwortung für ihre Handlungen übernähmen."

„Wie bitte?", fragte Sir Reginald. „Würden Sie einen Mann dazu verurteilen, sein ganzes Leben lang zu zahlen, nur weil so ein dummes Ding seine Röcke nicht festhalten kann?"

Da Caroline Bertram allen Grund dafür gehabt hatte, sich für Georges rechtmäßig angetraute Ehefrau zu halten, konnte dieser Vorwurf kaum ihr gelten. Wieder einmal war Julia überzeugt davon, dass hier anderes gesagt wurde, als die bloßen Worte vermuten ließen.

Lord Rupert, der zu ihrer Linken saß, räusperte sich. „Wirklich, Sir Reginald, dies ist kaum ein geeignetes Gesprächsthema, wenn Damen anwesend sind." Er wandte sich an Julia. „Ich würde gerne mehr über die Reisen Lady Fieldhursts hören. Sagt, Mylady, wie hat Euch Schottland gefallen?"

Lady Fieldhurst war sich nicht sicher, ob sie für den Wechsel des Themas dankbar oder verärgert sein sollte, dass sie schon wieder im Mittelpunkt der Aufmerksamkeit stand. „Das Wetter war recht angenehm bis zu dem Tag, als wir nach England abreisten", erinnerte sie sich. „Ungewöhnlich warm für diese späte Jahreszeit."

„Oh, lasst doch das Wetter!", erklärte Lady Dunnington ungeduldig. „Was hast du dort zu tun gefunden? Bist du endlich Fredericks Schatten entflohen, um so weit nach Norden zu reisen, wo niemand dich kennt, und hast die ganze Nacht in den Armen eines galanten Lairds getanzt?"

Das war fast zu dicht an der Wahrheit für Lady Fieldhursts Geschmack, obwohl sie nur auf der dunklen Terrasse eines Landhauses getanzt hatte, in den Armen eines Mannes, den keiner der am Tisch sitzenden als Gast empfangen würde. „Da ich immer noch in Trauer bin, wäre es höchst unpassend für mich zu tanzen", sagte sie völlig korrekt, wenn auch nicht ganz der Wahrheit entsprechend. „Die Jungen und ich haben lange Spaziergänge an der Küste entlang gemacht und Harold, der älteste, hat die fixe Idee entwickelt, zur Königlichen Marine zu gehen. Ich glaube, er soll sich in wenigen Wochen als Fähnerich an Bord der *Dauntless* melden."

„Ich muss gestehen, dass ich eher der Armee zugetan bin", warf Hauptmann Sir Charles unter einem Begleitchor leisen Lachens ein, „aber das Militär ist sicher ein guter Ort für jeden jungen Mann, der sich in einer Lage wie der junge Mr. Bertram befindet. Ich wünsche ihm alles Gute und hoffe, er wird mit seinem kommandierenden Offizier Glück haben." Wieder der Seitenblick auf Sir Reginald am Ende des Tischs.

„Ich fürchte, die einzige Küste, die ich je gesehen habe, ist die in Brighton", sagte Lady Dunnington.

„Ach, Emily, du überraschst mich", rief Lady Fieldhurst aus. „Hast du in Brighton wirklich den Strand gesehen? Ich hätte angenommen, du würdest all deine Zeit auf Gesellschaften im Königlichen Pavillon verbracht haben."

Alle Gentlemen lachten herzlich auf Kosten der

Countess und Lady Fieldhurst verspürte eine leichte Befriedigung bei dieser recht bescheidenen Rache.

„Schuldig im Sinne der Anklage", gestand Lady Dunnington fröhlich und warf ihre Hände in gespielter Kapitulation hoch. „Ich muss zugeben, dass ich angenehme Gesellschaft den Schönheiten der Natur vorziehen. Zum Glück bietet Brighton beides.

„Und dann ist da auch noch das Rennen um den Brighton Cup", ergänzte Mr. Kenney. „Ich habe mich gefreut, im letzten August ein nettes Sümmchen einzustreichen, als mein Pferd als erstes durchs Ziel kam."

„Besitzt Ihr ein Rennpferd, Mr. Kenney?", fragte Sir Reginald mit bewundernder Stimme. „Ich hatte keine Ahnung, dass Ihr so gut bei Kasse seid."

Mr. Kenney stieg eine dunkle Röte ins Gesicht, die sich mit seinem kastanienbraunen Haar stach. „Ich besitze kein Rennpferd, nein, aber man hält mich für einen ausgezeichneten Kenner von Pferdefleisch."

„Was auch immer einen flüssig hält, nehme ich an", sagte Sir Reginald achselzuckend. „Was mich selbst angeht, ziehe ich eine aktivere Art des Rennens vor. Im nächsten Jahr hoffe ich, Prinnys Zeit für die Strecke London-Brighton um ein paar Sekunden zu unterbieten. Ich habe es vor ein paar Jahren fast geschafft, aber als das Ziel gerade in Sicht kam, steckte ich hinter einer verdammt großen Berline fest, die den größten Teil der Straße einnahm. Ich versuchte zu überholen, aber es ging schief."

„Warum?", fragte Emily. „Was ist geschehen?"

Sir Reginald schüttelte traurig den Kopf. „Um es kurz zu machen, mein Rennwagen endete als Trümmerhaufen und eines meiner Pferde musste getötet werden."

„Wie gut, dass Ihr unverletzt bliebt!", rief die Countess aus.

„Ja, ich frage mich, ob die Fahrgäste in der Berline auch so viel Glück hatten?", warf Lord Dernham gepresst ein.

„Wenn nicht, wird sie das vielleicht lehren, nicht den Verkehr auf der geschäftigsten Landstraße in Sussex zu blockieren", erwiderte Sir Reginald glatt.

In Lord Dernhams gewöhnlich milden blauen Augen flackerte Zorn auf, aber alles, was er vielleicht hätte sagen mögen, wurde durch den Eintritt von Dulcie, die ihre Schürze vor Aufregung mit den Händen wrang, abgeschnitten.

„Bitte um Verzeihung, Mylady", sagte sie an Lady Dunnington gerichtet, „aber Mylord Dunnington ist hier und besteht darauf, Euch zu sprechen."

„Ach, verflixt!", rief die Countess aus. „Sag ihm, dass ich Gesellschaft habe und er gehen soll."

„D–das habe ich versucht, Mylady, aber er weigert sich zu gehen."

Lady Dunnington schnaubte leise vor Ärger. „Nun gut, ich schätze, ich werde mit ihm sprechen müssen."

„Soll ich ihn hereinführen, Mylady?"

„Auf keinen Fall! Führe ihn in den Salon und sage ihm, dass ich gleich komme."

„Ja, Ma'am." Dulcie knickste leicht und verließ das Zimmer, um den Befehl ihrer Herrin auszuführen.

„Es scheint, meine Anwesenheit wird von meinem Herrn und Meister verlangt", teilte Lady Dunnington der Gruppe mit, ziemlich unnötigerweise, da sie jedes Wort der Unterhaltung gehört hatten. „Ich werde gleich wieder da sein. Nicht, dass jemand in meiner Abwesenheit etwas Interessantes sagt!"

Mit einem strahlenden Lächeln und einem Funkeln in ihren Augen, das für Lord Dunnington nichts Gutes verhieß, erhob sie sich vom Tisch und verließ das Zimmer.

Ein eher unbeholfenes Schweigen legte sich auf die am Tisch Sitzenden, das Mr. Kenney schließlich brach.

„Ich weiß nicht, wie es mit dem Rest von Euch steht", sagte er mit einem Grinsen, „aber ich würde mein Geld auf Mylady setzen."

„Dann lasst uns hoffen, dass Ihr von Frauen ebenso viel versteht wie von Pferdefleisch", antwortete Sir Reginald, eine Bemerkung, die die unglückliche Wirkung hatte, dass sich erneut Schweigen über die kleine Gruppe legte.

Da der Salon an das Speisezimmer grenzte, war es vielleicht unvermeidlich, dass nach sehr kurzer Zeit der Klang erhobener Stimmen aus dieser Richtung zu hören war.

„Du kannst mir nichts befehlen, Dunnington",

verkündete Emily. „Das lasse ich mir nicht gefallen!"

„Ich kann, und ich werde!", gab ihr Ehemann zurück.

Lady Fieldhurst lächelte übertrieben fröhlich und wandte sich an Sir Reginald. „Sagt mir, Sir Reginald", sagte sie laut genug, um die Geräusche des Streits im Nachbarzimmer zu übertönen, „habe ich nicht eine Ankündigung in der *Morning Post* gesehen, dass bald im Haus Montague die Hochzeitsglocken läuten werden?"

„Ja, meine älteste Tochter, Caroline", antworte Sir Reginald ebenso. „Die Hochzeit wird in drei Wochen in St. George, Hanover Square, stattfinden. Das ist alles, worüber meine Frau und meine Töchter in diesem Tagen sprechen können. Lady Dunningtons Einladung zum Diner war ein Geschenk des Himmels, da sie mir erlaubte, dem Gerede über Orangenblüten und weißen Satin zu entkommen, wenn auch nur für einen Abend."

„Ich bin erfreut zu sehen, dass Ihr Eure Tochter jedenfalls in aller Form verheiratet", bemerkte Lord Edwin und musterte Sir Reginald unter zusammengezogenen Brauen heraus. „Ich hatte nicht angenommen, dass Ihr den Stand der Ehe so hoch schätzt."

„Wenn man ihn in beiderseitiger Zuneigung und Respekt betritt, gibt es keinen glücklicheren Stand", sagte der verwitwete Lord Dernham.

Leider wurde diese feinsinnige Aussage prompt durch das nicht so glückselig verheiratete Paar im Salon Lügen gestraft.

„Ich habe in der Vergangenheit ein Auge zugedrückt, Emily, aber dies werde ich nicht tolerieren!"

„Du, Sir, hast in dieser Sache nichts zu sagen!"

„Im Gegenteil, Madam, Du wirst feststellen, dass ich eine Menge zu sagen habe – und das im Zweifelsfall auch tun werde. Merke dir meine Worte, ich werde alles Notwendige tun, um dem ein Ende zu bereiten!"

„Sehr gut, Dunnington – tue dein Schlimmstes! Aber wenn du mich jetzt entschuldigen willst, ich vernachlässige meine Gäste."

Als die Countess nur wenige Augenblicke später in den Raum zurückkehrte, mit hochrotem Gesicht und gefährlich funkelnden Augen, fand sie ihre Gäste in vorgeblich großer Konzentration sich ihren Tellern widmend und mit solcher Begeisterung essend, dass man hätte vermuten können, sie nähmen ihr erstes Mahl seit zwei Wochen zu sich.

„Niemand nimmt Euch die Teller weg, Ihr könnt ebenso gut langsam essen", stellte sie fest und nahm schwungvoll wieder ihren Platz ein. „Ein lästiges Missverständnis, sonst nichts. Jetzt können wir alle wieder vergnügt sein!"

Leider war schon zuvor niemand vergnügt gewesen und jetzt waren sie es noch weniger. Nach fünfzehn Minuten, die mehr wie zwei Stunden erschienen, legte Emily ihre Leinenserviette beiseite und stand vom Tisch auf. „Sollen wir die Herren ihrem Portwein überlassen, Julia? Sir Reginald, ich überlasse es Euch, einzuschenken."

Die Herren standen respektvoll auf, und Julia wäre Emily gefolgt, aber Lord Dernham hob eine Hand, als wollte er die Damen zurückhalten. „Danke, Mylady, aber kein Portwein für mich. Ich muss nach Hause gehen."

„Ebenso", sagte Mr. Kenney.

Lord Edwin nickte. „Mein Arzt hat mir zur Schonung geraten – nichts Stärkeres als Sherry nach neun Uhr abends, dieser lästige alte Nörgler", sagte er, obwohl sein Tonfall sich eher nach Dankbarkeit als nach Kritik anhörte.

„Ich muss mich auch verabschieden, da mein Regiment morgen früh inspiziert wird", warf Hauptmann Sir Charles ein.

„Ich muss mich ebenfalls auf den Weg machen", sagte Lord Rupert. „Ihr gehorsamster Diener, Lady Dunnington. Und der Ihre, meine Liebe", fügte er hinzu, nahm besitzergreifend Julias Hand und hob sie an seine Lippen.

„Armer Sir Reginald!", rief Lady Dunnington aus. „Lassen sie Euch alle im Stich?"

Alle fünf Gentlemen bestritten das mit unterschiedlichem Maß an Unaufrichtigkeit. Lady Dunnington klingelte nach Dulcie und es folgten mehrere Minuten zivilisierter Verwirrung, als Kutschen gerufen und Mäntel, Hüte und Handschuhe geholt wurden. Zuletzt verblieben nur noch die Ladys und Sir Reginald.

„Ich hasse den Gedanken, dass Ihr allein trinken müsst",

33

sagte Lady Dunnington zu ihm. „Möchtet Ihr Euren Portwein nicht bei uns im Salon zu Euch nehmen?"

„Vielen Dank, Mylady aber ich muss auch aufbrechen", sagte Sir Reginald und beugte sich über ihre Hand. „Ich danke Euch für die freundliche Einladung und hoffe, Euch unter weniger bedrängten Umständen wiederzusehen." Er warf Lady Fieldhurst über Emilys Schulter hinweg einen Blick zu, wobei seine kalten Augen sie deutlich zum Teufel wünschten.

„Nun gut, Sir Reginald", stimmte Emily zu und zog ihre Hand mit offensichtlichem Zögern zurück. „Ich freue mich darauf."

Sie griff nach der Klingelschnur, um Dulcie zu rufen, aber Sir Reginald hinderte sie daran, indem er seine Hand auf ihren Arm legte. „Nein, nein, nicht nötig, Euer Mädchen zu rufen. Ich lasse mich selbst hinaus." Er beugte sich näher und fügte hinzu: „Ich wage zu sagen, dass ich das Haus tatsächlich bald sehr gut kennen werde. Ich kann genauso gut jetzt anfangen, mich daran zu gewöhnen."

Lady Dunnington sagte nichts, um seine Annahme zu berichtigen, lächelte nur scheu, als er sich von Lady Fieldhurst verabschiedete und ging.

„Na!", rief Emily fröhlich aus und drehte sich zu Lady Fieldhurst. „Ich finde, das lief doch großartig, nicht wahr?"

Lady Fieldhurst starrte ihre Freundin schockiert und ungläubig an. Es gab viele Worte, die sie selbst hätte wählen können, um den Abend zu beschreiben, aber „großartig" war nicht darunter. „Emily, bist du dir wegen Sir Reginalds Charakter einigermaßen sicher? Mir schien, dass die meisten der Gentlemen ihn überhaupt nicht mochten. Glaubst du nicht, dass du den Grund dafür herausfinden solltest, bevor du dich auf eine intimere Beziehung zu ihm einlässt?"

Lady Dunnington wehrte ihre Bedenken mit einem Wedeln einer ringgeschmückten Hand ab. „Die anderen Männer sind nur eifersüchtig, meine Liebe, sonst nichts. Sir Reginald hat diese Aura von Gefährlichkeit, die alle Frauen unwiderstehlich finden."

Julia war anderer Meinung. „Ich finde ihn keineswegs unwiderstehlich."

„Ja, aber deine Ansprüche sind in letzter Zeit so gestiegen, dass ich bezweifle, dass es einen Mann gibt, der dir gefallen könnte."

„Oh, es gibt ihn schon", sagte Lady Fieldhurst leise, aber wenn die Countess es gehört hatte, nahm sie es nicht zur Kenntnis.

„Nun, ich dachte ..."

Aber Lady Dunningtons Gedanken waren dazu bestimmt, unausgesprochen zu bleiben, denn in diesem Moment wurde die Stille des Hauses durch einen lauten Knall, der aus Richtung des Foyers ertönte, gestört. Die beiden Damen starrten sich in gleichzeitiger Bestürzung an und rannten hinaus. Die Vordertür stand halb zu der kalten Novembernacht offen, aber den einzigen Anwesenden in diesem Raum störte das kalte Wetter nicht.

Denn Sir Reginald Montague lag ausgestreckt mit dem Gesicht nach unten auf dem mit Marmor gefliesten Boden in einer Blutlache.

3

Das eine ziemlich unangenehme Lage der Dinge enthüllt

Sir Reginald!", schrie Lady Dunnington, fiel neben ihm auf die Knie und schüttelte ihn an der Schulter in einem vergeblichen Versuch, ihn aufzuwecken.

Lady Fieldhurst ging behutsam um die Leiche herum zur Vordertür und trat auf den Portikus hinaus. Sie schaute nach rechts und nach links, sah aber keine Spur von irgendjemandem; wer auch immer Sir Reginald erschossen hatte, war in die Nacht hinaus verschwunden.

„Emily?"

Sie kam wieder herein und bemerkte, dass der Knall den gesamten Haushalt geweckt hatte. Die Tür zur Treppe zum Dienstbotentrakt im Untergeschoss stand offen und Dulcie stand in der Öffnung, die Augen weit aufgerissen und ihre Hände zitterten, als sie sich haltsuchend am Türrahmen festklammerte. Hinter ihr trocknete die stämmige Köchin ihre

Hände energisch an der Schürze; ihr Atem ging wegen der Anstrengung, so schnell die Treppe hinaufzulaufen, stoßartig. Auf der Vordertreppe zum Obergeschoss lehnte Lady Dunningtons Zofe sich über das Geländer, während ein in Nachthemd und Kniehosen gekleideter Diener mit verschlafenen Augen seine Nase ausgiebig in ein großes Taschentuch schnäuzte.

„Emily", sagte Lady Fieldhurst erneut, „ist er ...?"

Lady Dunnington hatte inzwischen aufgehört, Sir Reginald an den Schultern zu rütteln, und war dazu übergegangen, ihm heftig mit der Handfläche auf die Wange zu schlagen, aber mit ebenso wenig Erfolg.

„Ja", sagte sie unsicher. „Ja, ich fürchte schon."

Dulcie schluchzte laut bei dieser Verkündung, und Emily blickte auf und sah zum ersten Mal die versammelten Diener. „Sei still, dummes Mädchen! Was war Sir Reginald überhaupt für dich? Ihr alle, geht an eure Arbeit. Nicht du, Jack", sagte sie zu dem Diener, der sich abwandte, um wieder in sein Schlafzimmer unter dem Dach zurückzukehren. „Geh dich anziehen. Es tut mir leid, dich in dieses Wetter hinausschicken zu müssen, aber ich fürchte, du musst eine Nachricht für mich überbringen."

Als die Menge sich aufgelöst hatte, schaute Lady Fieldhurst zu der Countess hinunter, die immer noch neben der Leiche des Mannes kniete, der nun nie mehr ihr Geliebter werden würde. „Welche – welche Art von Nachricht hast du im Sinn, Emily?", fragte sie, und befürchtete sehr, dass sie die Antwort bereits kannte.

„Wir müssen in die Bow Street schicken", sagte Lady Dunnington entschlossen, als sie sich unbeholfen erhob. „Wie hieß doch gleich der Mann, der Fredericks Mord untersucht hat? Irgendetwas mit einem ‚P' am Anfang, nicht wahr?"

„Nein!", rief Lady Fieldhurst und wurde ziemlich blass. „Nicht ihn!"

Die Countess blinzelte angesichts der Heftigkeit ihrer Freundin. „Warum nicht?"

„Wir brauchen jemanden mit mehr Erfahrung", sagte Julia verzweifelt. „Mr. Pickett ist viel zu jung, um mit einem solchen Fall betraut zu werden."

„Pickett!", rief Emily aus. „Das ist der Name! Ich wusste, dass es etwas mit einem ‚P' war!"

„Aber Emily, du hast ihn selbst *diesen kleinen Jungen aus der Bow Street* genannt!"

„Ja, schon, aber er muss gewusst haben, was er tat, trotz seines jungen Alters. Schließlich hat er es geschafft, dich von jedem Verdacht der Beteiligung an Fredericks Tod zu befreien."

„Er hat es geschafft, mich von jedem Verdacht einer Beteiligung an Fredericks Tod zu befreien, weil ich unschuldig war", betonte Lady Fieldhurst einigermaßen empört.

„Sehr richtig, meine Liebe, aber hätte ein Jury das

genauso gesehen, wenn du gezwungen gewesen wärest, dich einem Gerichtsverfahren zu stellen? Das glaube ich nicht! Nein, ich werde Jack in die Bow Street schicken, um nach deinem Mr. Pickett zu fragen."

„Er ist nicht meiner", murmelte Julia und dann, als die Countess nach der Klingelschnur griff: „Emily, nein! Warte!"

„Vielleicht ist es deiner Aufmerksamkeit entgangen, Julia", sagte die Countess eher scharf, „aber in meinem Haus ist ein toter Mann. Ich möchte ohne weitere Umstände einen der Bow-Street-Läufer herbeirufen."

Lady Fieldhurst seufzte. „Ich sehe, ich werde gezwungen sein, es dir zu erzählen. Du hast mich gefragt, was in Schottland passiert wäre. Ich fürchte, ich habe mich dort ziemlich zum Narren gemacht."

„Das tut mir leid für dich, Julia, und obwohl ich mich freue, dass du dich endlich entschlossen hast, dich mir anzuvertrauen, ist dies sicher nicht der richtige Zeitpunkt …"

„Nein, nein, hör mich bis zum Ende an, ich bitte dich! Ich sagte dir doch, dass Georges Söhne dort waren. Was ich dir nicht erzählt habe, war, dass sie eine Frau gefunden haben, die bewusstlos am Strand lag. Wir haben in ein in der Nähe liegendes Herrenhaus um Hilfe geschickt und es stellte sich heraus, dass die Frau eine auffallende Ähnlichkeit mit der lange verlorenen Tochter dieses Hauses hatte. Da die Frau selbst ihnen nichts sagen konnte, beschloss die Familie, nach London um einen Bow-Street-Läufer zu schicken, um

Nachforschungen anzustellen."

Lady Dunnington hob eine Hand, um ihr zuvorzukommen. „Sag es mir nicht, lass es mich raten. Es erwies sich, dass der Läufer kein anderer war als dein Mr. Pickett."

„Er ist nicht *mein* Mr. Pickett", sagte Julia wieder. „Aber da ich dort war, als die Frau gefunden wurde, war ich gezwungen, ziemlich eng mit ihm zusammenzuarbeiten und … na ja …"

„Ja?", drängte die Countess und sah auf Sir Reginalds Leiche hinab, als befürchtete sie, er könnte zerfallen, bevor Lady Fieldhurst das Ende ihrer Geschichte erreichte. „Was heißt ‚na ja'?"

Sie warf einen raschen Blick in der Halle herum, um sicherzugehen, dass keiner der Bediensteten in Hörweite war. Sie sah niemanden, senkte aber trotzdem ihre Stimme. „Ich erinnerte mich daran, dass du mich gedrängt hattest, mir einen Liebhaber zu nehmen, daher habe ich an dem Tag, als Mr. Pickett nach England zurückkehren musste, … ihn gefragt."

Inzwischen waren Lady Dunningtons Augen so groß wie Untertassen. „Und?"

„Er hat mich abgewiesen", schloss sie kläglich.

„Und kein Wunder! Du hast ihn *gefragt*? Julia, du hättest nicht *fragen* dürfen; du hättest den Jungen *verführen* müssen!"

„Er ist nicht gerade ein Junge", protestierte Lady

Fieldhurst. „Er ist vierundzwanzig."

„Jetzt verstehe ich, warum du den armen Lord Edwin und seine fünfundvierzig Jahre für zu alt hältst", bemerkte die Countess. „Aber Sir Reginald ist erschossen worden, noch dazu in meinem Haus, daher muss ich alles tun, was ich kann, um dafür zu sorgen, dass der Mörder gefunden wird. Deshalb werde ich in der Bow Street nach deinem *enfant prodige* fragen. Es tut mir leid, wenn dir das Unbehagen bereitet, aber vielleicht ist es nicht mehr, als du dafür verdienst, das so verpfuscht zu haben. Dir ist klar, oder nicht, wenn die Lage umgekehrt wäre, und *er dir* ein solches Angebot gemacht hätte, das als unanständiger Antrag gelten würde?" Mit diesem Partherschuss zog sie an der Klingelschnur.

Mit flauem Gefühl im Magen erkannte Julia, dass ihre Freundin recht hatte. Natürlich würde die Situation nicht umgekehrt gewesen sein, denn Mr. Pickett war zu – zu – ja, zu sehr ein *Gentleman*, trotz seines bescheidenen Status, um ihr einen solchen Antrag zu machen, selbst wenn ihm in den Sinn gekommen wäre, das zu tun.

Also zu was machte sie das?

Sie hatte nicht respektlos sein wollen. Sie wusste nur, dass sie *mehr* wollte: mehr als ein oder zwei gestohlene Küsse, und nicht nur, wenn irgendwo in der Nähe eine Leiche war, die sie zusammenführte. Also hatte sie ihn gefragt. Und dabei eine entstehende Freundschaft zerstört, die ihr aus Gründen, die sie nicht ganz erfassen und noch viel weniger erklären konnte, sehr kostbar geworden war.

*****

„Gott sei Dank, das ist erledigt", grummelte Mr. Patrick Colquhoun, Richter in der Wache der Bow Street, als er seinen Namen schwungvoll ausschrieb und die Feder beiseitelegte. „In all meinen Jahren als Richter habe ich noch nie solche Aktenstapel gesehen. Das Abendessen wird jetzt kalt sein und meine arme Janet bereit, eine Suchtruppe auszusenden."

„Es hat sich einiges angesammelt, während wir in Schottland waren, Sir", stimmte John Pickett zu, ein sehr großer junger Mann mit lockigen braunen Haaren, die er unmodern lang und in seinem Nacken zu einem Zopf gebunden trug.

„Ja, nun, der Preis für ein paar Ferientage, nehme ich an." Der Amtsrichter warf seinem jungen Schützling einen scharfen Blick zu. „Apropos, ich habe nie gehört, was aus Eurer kleinen Sache da geworden ist. Was hatte Mylady dazu zu sagen?"

Picketts Blick glitt zur Seite, um an dem hölzernen Geländer hängen zu bleiben, das die erhöhte Bank des Richters vom Rest des Raumes trennte. „Ich – ich habe es ihr noch nicht gesagt, Sir."

Mr. Colquhouns buschige weiße Brauen hoben sich. Pickett wusste, dass sein Richter und Mentor eine Erklärung erwarteten, aber er hatte keine zu geben. Wie erklärte man einer Lady, dass sie durch eine seltsame Wendung des schottischen Rechts versehentlich mit ihm verheiratet war? *Es ist lustig, Mylady, aber während ich Euer Bedürfnis, unter einem falschen Namen nach Schottland zu entkommen, gut verstehen kann und es mir eine Ehre ist, Euch dafür meinen Namen zu leihen, ist es meine Pflicht, Euch darüber zu informieren, dass Ihr jetzt mit einem Diebfänger verheiratet seid, der nicht mehr als fünfundzwanzig Schilling pro Woche verdient, um Euch zu versorgen.* Es war unmöglich.

Aber das war noch nicht das Schlimmste daran. Während der letzten drei Wochen war das Wissen, dass er heimlich mit der Viscountess Fieldhurst verheiratet war – so heimlich, in der Tat, dass seine „Ehefrau" es nicht einmal wusste – wie einen Schatz gehütet. Doch wenn die Lady erst einmal über ihren frisch verheirateten Zustand Bescheid wüsste, würde sie ein Verfahren einleiten, um die Ehe annullieren zu lassen. Die Illusion, dass er mit Lady Fieldhurst verheiratet sein könnte, die er vom Augenblick ihres ersten Zusammentreffens an der Leiche ihres Mannes geliebt hatte, war nur das – eine Illusion – die sich angesichts der Wirklichkeit auflösen musste.

„Was du heute kannst besorgen, das verschiebe nicht auf morgen, mein Junge", bemerkte der Amtsrichter nicht unfreundlich. „Das ist nichts, was einfacher wird, wenn man es aufschiebt."

Pickett schaute auf die über der Richterbank an der Wand befestigte Uhr. „Es ist sehr spät, Sir, nach neun. Ich möchte Mylady zu dieser Stunde nicht gerne stören."

„In der feinen Gesellschaft bleibt man spät auf. Erinnert Euch daran, wenn Ihr mögt, dass sie nicht wie wir anderen früh aufstehen müssen, um zur Arbeit zu gehen."

Als Pickett sich bemühte, eine andere Ausrede zu finden, um das Unausweichliche weiter hinauszuschieben, öffnete sich die Tür und ließ einen Luftzug herein, der die Unterlagen auf Mr. Colquhouns Schreibtisch flattern ließ. Dieser Wind trug einen Diener herein, dessen scharlachrote Livree kaum röter war als seine Nase, die er immer wieder mit einem großen Taschentuch betupfte. Mr. William Foote, im Alter von fünfunddreißig Jahren der inoffizielle Oberste der Nachtpatrouille, ging auf ihn zu.

„Schlechtes Wetter, um draußen herumzulaufen", stellte der ältere Läufer fest. „Was können wir für Euch tun?"

„In Lady Dunningtons Haus in der Audley Street wurde ein Mann erschossen", sagte der Lakai nach Atem ringend. „Sir Reginald Montague. Er ist tot, Sir. Mir wurde befohlen …"

„Lady Dunnington, sagt Ihr?", fragte Pickett und erinnerte sich an die dunkelhaarige, scharfzüngige Countess, die mehr als eine wenig schmeichelhafte Bemerkung über sein Alter oder seinen diesbezüglichen Mangel gemacht hatte. „Ich kenne sie."

„Ja, Mr. Pickett, es ist uns bekannt, dass Ihr mit der Hälfte des Adels auf vertrautem Fuße steht", sagte der ältere Läufer ungeduldig und wandte seine Aufmerksamkeit wieder

45

dem Lakaien zu. „Audley Street, sagt Ihr? Ich bin gleich dort."

Der Lakai schaute unsicher von einem Läufer zum anderen. „Man sagte mir, ich sollte nach Mr. Pickett fragen."

Mr. Foote machte einen spöttischen Ton in seiner Kehle. „Es ist wahr, dass Mr. Pickett in sehr kurzer Zeit eine gewisse Bekanntheit erlangt hat, aber ..."

„Einen Moment bitte, Mr. Foote." Mr. Colquhoun erhob nie seine Stimme, aber er hatte die volle Aufmerksamkeit eines Lakaien und zweier Bow Street Läufer. „Ich glaube, Mr. Pickett hatte ohnedies vor, einen Besuch in Mayfair zu machen, nicht wahr?" Als er Pickett nicken sah – denn welche andere Wahl hatte er schon? – wandte sich der Amtsrichter wieder an Foote. „Da er ohnehin in diese Richtung geht und mit einer der wesentlichen Beteiligten bekannt ist, lasst ihn diesen Fall übernehmen. Ihr könnt mir am Morgen Bericht erstatten, Mr. Pickett."

„Ja, Sir", sagte Pickett und folgte dem Lakaien in die kalte Novembernacht hinaus. Er seufzte. Mit etwas Glück würde sich der Fall als so kompliziert erweisen und Mr. Colquhoun dazu bringen zuzustimmen, dass der Zeitpunkt, an dem er die Audley Street würde verlassen können, selbst nach den Maßstäben der feinen Gesellschaft zu spät war, um Lady Fieldhurst zu besuchen.

4

In dem ein äußerst unangenehmes Wiedersehen stattfindet

Das laute Schnäuzen seiner Nase kündigte die Rückkehr des Lakaien in die Audley Street an. Lady Dunnington umklammerte Lady Fieldhursts Arm, und ihre Finger griffen wie Krallen durch das feine Ziegenleder ihres langen weißen Handschuhs.

„Julia! Kein Wort darüber, dass Dunnington heute Abend hier war, bei deiner Ehre!"

Bevor Lady Fieldhurst dieser Forderung zustimmen, geschweige denn, sie hinterfragen konnte, erschien der Lakai im Eingang des Salons, wohin die beiden Damen sich zurückgezogen hatten, um sich in Erwartung des Mannes aus der Bow Street mit Sherry zu stärken.

„Mr. Pickett aus der Bow Street, Mylady", sagte der Lakai und trat zur Seite, um Pickett eintreten zu lassen.

Lady Fieldhurst stand abrupt auf, wie eine Marionette,

die an ihren Fäden hochgerissen wurde und bewegte sich zur anderen Seite des Raumes. Sie hatte sich gefragt, ob sie ihn je wiedersehen würde; sie hatte mit Sicherheit nicht erwartet, nur wenige Wochen nach seiner Zurückweisung und ihrer darauf folgenden Abreise aus Schottland ihm wieder gegenüberzustehen. Jetzt, voller Scham über die Erinnerung, konnte sie ihm nicht ins Gesicht sehen, sondern stand mit dem Rücken zu ihm, schlang die Arme um sich und sog den Anblick ein, den sein Spiegelbild im Fenster ihr bot.

„Mr. Pickett!" Lady Dunnington leerte ihr Glas in einem Zug, stellte es dann beiseite und trat ihm entgegen. „Ich schätze, Ihr habt den armen Sir Reginald bereits im Foyer gesehen – Ihr konntet ihn kaum übersehen, denn Ihr musstet ja praktisch über ihn steigen, um in den Salon zu gelangen. Jack, geh in die Küche hinunter und sage der Köchin, sie solle dir einen Schluck Brandy mit Zitrone geben, um die Kälte zu vertreiben, und gehe dann zu Bett. Wirklich, Mr. Pickett, ich kann mir nicht vorstellen, wie es passiert ist. In einer Minute genossen wir ein wunderbares Abendessen, Lady Fieldhurst und ich und ein halbes Dutzend unserer Bekannten – sie sollte sich einen davon aussuchen, der ihr Geliebter werden sollte, wisst Ihr … „

Pickett warf Lady Fieldhurst einen Blick zu. Das wenige, was er von ihrem Gesicht sehen konnte, war brennend rot.

„… und im nächsten Augenblick gab es einen Schuss und Sir Reginald lag tot auf dem Boden."

„Vielen Dank, Mylady", sagte Pickett. „Ich werde sicher gleich noch einige Fragen an Lady Fieldhurst haben, aber vorher möchte ich die Leiche untersuchen."

Lady Dunnington nickte. „Natürlich. Soll ich Euch hinführen, oder findet Ihr den Weg selbst?"

„Ich fürchte, ich muss Euch bitten, mich zu begleiten, Mylady. Ihr könntet über Informationen verfügen, die sich als nützlich erweisen könnten."

„Aber ich weiß doch gar nichts!", protestierte die Countess. „Wer immer den armen Sir Reginald erschossen hat, war in der Zeit, die Julia und ich gebraucht haben, um ins Foyer zu kommen, längst verschwunden."

Trotzdem ging sie vor ihm hinaus ins Foyer, wo Sir Reginald immer noch auf dem Boden ausgestreckt lag. Pickett kniete sich neben die Leiche.

„War er in dieser Lage, als Ihr ihn fandet, oder wurde er überhaupt bewegt?"

Lady Dunnington runzelte die Stirn und versuchte, die Szene in ihrem Gedächtnis noch einmal ablaufen zu lassen. „Ich glaube, ich habe ihn etwas bewegt. Ich erinnere mich, ihn an der Schulter geschüttelt zu haben. Mir war noch nicht klar, dass er tot ist."

„Durchaus verständlich, Mylady."

Pickett drückte gegen Sir Reginalds Schulter, bis der Körper auf den Rücken fiel. Die Brokatweste, die Sir Reginald getragen hatte, war stark blutverschmiert und in der

Mitte war ein kleines, rundes Loch, das keinesfalls von seinem Schneider stammte. Ein dünner Blutfaden war aus seinem Mund geronnen und auf seinem Kinn getrocknet. Seine hellblauen Augen standen weit offen und trugen einen erschrockenen Ausdruck, als könnte er nicht glauben, dass ihm so etwas hatte zustoßen können. Er war offensichtlich aus nächster Nähe erschossen worden, doch als Pickett sich umsah, sah er keine Spur einer Schusswaffe.

„Der Gerichtsmediziner muss geholt werden, das ist Routine", sagte Pickett über die Schulter hinweg zu Lady Dunnington, „aber es ist ziemlich offensichtlich, wie er gestorben ist."

Er erhielt keine Antwort, sondern hörte nur ein unverständliches Geräusch. Als er von seiner Untersuchung der Leiche aufschaute, sah er, dass Lady Dunnington sich in die nächste Ecke zurückgezogen hatte, wo sie damit beschäftigt war, ihr Abendessen in eine Topfpflanze zurückzugeben.

„Soll ich Hilfe für Euch holen, Mylady?", fragte er und fühlte sich ziemlich außerhalb seines Elements. „Lady Fieldhurst vielleicht, oder Eure Zofe?"

„Nein, nein, es geht mir gleich wieder gut", kam ihre kaum hörbare Antwort. „Trotzdem wäre ich dankbar, wenn Ihr zuerst Julia befragen könntet und mir einen Augenblick geben würdet, mich zu fassen."

Pickett brauchte keine Ermunterung dazu, Lady

Fieldhurst aufzusuchen, daher stimmte er diesem Vorschlag zu und wäre direkt wieder in den Salon gegangen, wenn Lady Dunnington ihn nicht zurückgerufen hätte.

„Bevor Ihr geht, Mr. Pickett, da gibt es noch etwas, das Ihr wissen solltet", sagte die Countess. Ihre Stimme klang jetzt stärker und sie schaffte es irgendwie, einen Hauch von Würde an den Tag zu legen, ungeachtet der Tatsache, dass sie vor einer ziemlich stark riechenden Topfpflanze kniete. „Julia hat mir einiges von dem erzählt, was in Schottland passiert ist. Ich habe gesehen, wie ihr ein reicher Mann das Herz gebrochen hat, und ich habe nicht vor zuzuschauen, wie es wegen eines armen wieder bricht."

Er war ziemlich erstaunt über ihre Andeutung, dass er die Macht besäße, Lady Fieldhursts Herz zu brechen, geschweige denn den Wunsch, dies zu tun. „Lady Dunnington", sagte er mit einiger Schärfe, „darf ich Euch daran erinnern, dass sich in Eurem Haus ein Toter befindet, der mit ziemlicher Sicherheit von einem Eurer Bekannten in kaltem Blut ermordet wurde. Ihr dürftet daher gewiss Dringenderes haben, mit dem Ihr Euch befassen müsst, als damit, wer ... wer ..."

„Wer Julias Bett wärmt?", beendete die Countess, die nie ein Blatt vor den Mund nahm, den Satz. „Wie Ihr richtig bemerktet, Mr. Pickett, ist Sir Reginald jenseits des Punktes, an dem ich ihm noch zu helfen vermöchte. Bei Lady Fieldhurst ist es jedoch etwas völlig anderes", fügte sie mit einem Blick zurück in Richtung des Salons hinzu, wo die

Viscountess wartete.

Pickett seufzte. „Ich versichere Euch, Mylady, das Letzte, was ich wünsche, wäre, Lady Fieldhurst zu verletzen."

Sie nickte. „Nur, damit wir uns richtig verstehen."

Diese Warnung – oder war es eine Drohung? – klang ihm noch in den Ohren, als er in den Salon zurückkehrte. Er fand sein Wild genau dort, wo er es verlassen hatte, als wäre sie zu Stein verwandelt worden. Er wollte sie beruhigen, aber er hatte keine Ahnung, was er sagen sollte – nicht nach der Art und Weise, wie sie sich in Schottland getrennt hatten und mit Sicherheit nicht in Anbetracht dessen, was er ihr noch eröffnen musste. Und so standen sie da wie Fremde, er und die Frau, die seine Frau war und es doch nicht war.

„Mylady", fing er an, „ich müsste Euch ein paar Fragen stellen, wenn es möglich wäre."

Sie nickte. „Ja, natürlich." Sie kehrte zu ihrem Stuhl vor dem Feuer zurück, aber ihre Augen blieben fest auf den Boden gerichtet.

Er holte tief Luft. „Mir ist klar, dass ich Euch gekränkt habe, Mylady, aber wollt Ihr mich nicht wenigstens ansehen?"

Das tat sie, obwohl er die Kraft erkannte, die sie das kostete. Er glaubte, Schatten unter ihren Augen zu erkennen und dass sie einen gehetzten Ausdruck hatten. „Ja, Mr. Pickett? Was möchtet Ihr fragen?"

Er zog sein Notizbuch und einen Stift aus der Innentasche seines Rocks heraus. „Ihr könnt damit beginnen, mir über die Leute zu berichten, die heute Abend hier anwesend waren. Ich glaube, Lady Dunnington sagte, sie hätte ein Diner gegeben?"

Das Gesicht der Viscountess wurde rosig, anscheinend erinnerte sie sich genau daran, was ihre Freundin über den Zweck dieses Diners gesagt hatte. „Außer Sir Reginald waren da Lord Rupert Latham – ich nehme an, Ihr werdet Euch an ihn erinnern – Hauptmann Sir Charles Ormond, Lord Dernham, Lord Edwin Braunton und Mr. Martin Kenney. Und Lady Dunnington und ich natürlich."

„Mylady ..." Er hielt inne, nicht ganz sicher, wie er die Bitte, die auszusprechen er sich gezwungen sah, formulieren sollte. „Mylady, ich muss Euch bitten – ich hoffe, Ihr werdet mir den Gefallen tun, keine Entscheidung bezüglich eines dieser Gentlemen als möglichem Liebhaber zu treffen, bevor diese Untersuchung nicht abgeschlossen ist."

Sie wurde steif. „Ich glaube, Mr. Pickett, dass Sie jegliches Recht verwirkt haben, etwas zu diesem speziellen Thema von mir zu erbitten."

Pickett wurde rot. „Ich spreche lediglich als Ordnungshüter des Königs, Mylady. In dieser Eigenschaft würde ich jedes weibliche Wesen davor warnen, mit einem Mann ein intimes Verhältnis zu beginnen, der ein Mörder sein könnte."

Nur, natürlich, dass da noch mehr war, viel mehr. Pickett fragte sich sehnsüchtig, ob es eine Möglichkeit gäbe, eine

Verschwörung der fünf zu beweisen, und so sie alle aufzuhängen. Diesen eher blutrünstigen Gedankengang beiseiteschiebend entschied er, dass er wahrscheinlich nie wieder eine bessere Gelegenheit bekommen würde, ein sehr persönliches Thema anzusprechen.

„Allerdings", begann er und wählte seine Worte mit Sorgfalt, „gibt es noch eine persönliche Angelegenheit, über die ich unter vier Augen mit Euch sprechen muss. Dies ist weder Zeit noch Ort dafür, aber ich werde morgen wieder in Mayfair sein, um die Männer zu befragen, die bei Lady Dunningtons Dinereinladung anwesend waren. Ich würde Euch gerne aufsuchen, wenn ich in der Gegend bin, und mit Euch allein sprechen, wenn das möglich wäre."

Sie zögerte und er befürchtete einen Moment lang, sie könnte es ablehnen.

„Na gut, Mr. Pickett", sagte sie schließlich. „Wenn Ihr um zwei Uhr kommt, könnt Ihr sicher sein, mich zu Hause zu finden. Ich werde Rogers anweisen, mich bei anderen Besuchern zu verleugnen."

„Vielen Dank, Mylady. Jetzt:", fügte er rasch hinzu und wandte sich dem vorliegenden Problem zu. „Wo wart Ihr, als Ihr den Schuss hörtet?"

„Lady Dunnington und ich waren immer noch im Speisezimmer."

„Und die Männer?"

Sie zuckte mit den Schultern. „Sie waren bereits

gegangen."

Sein Bleistift schwebte über der Seite des Notizbuchs und er schaute auf. „Wie, alle?"

„Ja. Das Diner war zu Ende und Lady Dunnington und ich wollten uns gerade zurückziehen, um die Herren ihrem Portwein zu überlassen. Einer nach dem anderen gaben die Gentlemen – alle, außer Sir Reginald, heißt das – einen Grund an, aus dem sie nicht bleiben könnten, und verabschiedeten sich alle."

„Und war das ungewöhnlich? Verzeihung, Mylady, aber ich war noch nie bei einem Diner der Gesellschaft und habe daher keine Ahnung, wie es abläuft."

„Ja, ich verstehe. Lady Dunnington empfing ihre Gäste im Salon – diesem Zimmer, übrigens – und bis alle eintrafen, haben wir müßig geplaudert, bis der Gong zum Diner ertönte. Dann gingen wir alle ins Speisezimmer. Am Ende des Mahls ziehen sich alle Ladys – das wären in diesem Fall Lady Dunnington und ich selbst gewesen – gewöhnlich in den Salon zurück, während die Gentlemen bei Tisch bleiben, Portwein trinken und vielleicht Schnupftabak genießen."

„Nur, dass sie das in diesem Fall nicht taten – die Gentlemen, meine ich."

„Genau." Sie zögerte, als ob sie sich fragte, was – oder vielleicht, wie viel – sie sagen sollte. „Mr. Pickett, Lady Dunnington mag sagen, dass es ein nettes Diner gewesen wäre, aber ich kann Euch versichern, dass es nicht so war!"

„Ich kann mir vorstellen, dass es für Euch äußerst unangenehm war", sagte er und bekämpfte ein völlig unprofessionelles Gefühl der Hochstimmung, dass Lady Fieldhurst die Gesellschaft für weniger als einnehmend befunden hatte.

„Nein, nicht das – na ja, das war es, aber nicht *nur* das."

Sie beugte sich näher und schaute ihm jetzt ohne Scheu in die Augen, fast war es, als wäre die frühere Unbeholfenheit zwischen ihnen verschwunden. Nicht ganz, aber beinahe. Jedenfalls war es ein Anfang.

„Ein Teil der Unterhaltung", fuhr sie fort, „hatte, ich weiß nicht, Untertöne, denke ich, könnte man es nennen – als ob sehr viel gesagt würde, was nicht *wirklich* ausgesprochen wurde, wenn Ihr versteht, was ich meine."

„Ich denke schon", sagte Pickett, der sich an gewisse spitze Bemerkungen erinnerte, die Mr. Foote an diesem Abend gemacht hatte. Ja, es war möglich, eine Menge mit den harmlosesten Worten auszudrücken. „Und würdet Ihr sagen, dass Sir Reginald das Ziel dieser Bemerkungen war?"

„Sie waren mit Sicherheit auf ihn gezielt, jedoch kann ich nicht ahnen, aus welchem Grund. Auf jeden Fall schien er völlig unbeeindruckt davon zu sein."

„Das muss für die Herren frustrierend gewesen sein, die versucht haben, ihn zu provozieren."

„Das nehme ich an. In der Tat hatte ich den deutlichen Eindruck, dass die anderen Gentlemen direkt nach dem Essen gingen, weil sie keine Lust hatten, länger in Sir Reginalds Gesellschaft zu verweilen."

„Interessant", bemerkte Pickett und machte sich einen Vermerk in sein Notizbuch. „Könnt Ihr Euch erinnern, was genau gesagt wurde?"

Sie hob in einer hilflosen Geste ihre Hände. „Ich fürchte, der Schuss und alles, was folgte, hat den größten Teil davon aus meinem Kopf gelöscht."

„Das kann ich verstehen. Aber alles, woran Ihr Euch erinnert, könnte sich als nützlich erweisen."

Ihre Stirn verzog sich vor Konzentration. „Soweit ich mich erinnere, gab es einige Diskussionen über die Heirat von Sir Reginalds Tochter. Es gab auch mehr als ein paar Fragen zu meiner letzten Reise nach Schottland. Ich fand nicht, dass ich das Recht hätte, über Eure Untersuchung zu reden, daher fürchte ich, habe ich den armen Harold und seine Brüder zum Zwecke der Unterhaltung den Wölfen vorgeworfen. Es war nicht ungewöhnlich, dass das die Rede auf die Notlage unehelicher Kinder brachte, bis jemand – ich meine, es könnte Rupert gewesen sein – darauf hinwies, dass das Thema sich nicht für gemischte Gesellschaft eigne. Es gab einen kurzen Wortwechsel über militärische Erinnerungen zwischen Sir Reginald und Hauptmann Sir Charles, der unter ihm gedient hat. Und dann wandte die Unterhaltung sich dem Thema Reisen zu – Schottland, wie ich sagte, und dann Brighton."

Als sie sah, wie Pickett ihre Worte niederschrieb, fühlte

sie sich gezwungen hinzuzufügen: „Natürlich ist nichts davon in der richtigen Reihenfolge. Das meiste war nur müßiges Geplauder, wie man es bei jeder Dinergesellschaft hören kann – Ihr wisst, was ich meine."

Eigentlich wusste Pickett das *nicht*, da er noch nie bei einer Dinergesellschaft gewesen war, aber er wollte sie nicht noch mehr auf die Kluft zwischen ihrer jeweiligen gesellschaftlichen Stellung aufmerksam machen.

„Aber wartet!", rief Lady Fieldhurst aus, als ihr ein neuer Gedanke kam. „Beim Thema Brighton, ich glaube, jemand hat den Brighton Cup erwähnt – das Pferderennen, wisst Ihr, in dem Mr. Kenney anscheinend eine hübsche Summe gewonnen hatte – und Sir Reginalds Versuch, die Zeit des Prinzregenten für ein Kutschenrennen entweder nach oder von London zu schlagen. Ich erinnere mich besonders daran, weil Lord Dernhams Frau und mehrere Mitglieder ihrer Familie umkamen, als ein Rennwagen mit der Kutsche zusammenstieß, in der sie fuhren. Das war vor drei Jahren, und auch wenn ich nie alle Einzelheiten gehört habe, bekam ich den Eindruck, dass Sir Reginald darin irgendwie verwickelt gewesen sein könnte. Ich weiß, dass Frederick ihn einen leichtsinnigen Kerl nannte, aber ich schätze, dass seine Meinung kaum als Beweis zählt."

„Da der verstorbene Lord Fieldhurst bei seiner Einschätzung von Frauen völlig danebenlag, sollte ich vorsichtig damit sein, seinen Worten zu viel Gewicht beizumessen, wenn es um Männer geht", murmelte Pickett.

Lady Fieldhurst nickte. „Ihr denkt an seine Geliebte, die sich als Mörderin erwies."

„Eigentlich dachte ich an seine Frau, die sich als Goldstück erwies. Ihr könnt sicher sein, ich würde ..." Er brach abrupt ab. *Ihr könntet sicher sein, ich würde Euch ein besserer Ehemann sein, als er es war, wenn Ihr nur bereit wäret, diese absurde Ehe bestehen zu lassen. Was war das, Mylady? Oh, hatte ich Euch das nicht gesagt? Es scheint, wir sind verheiratet.* Ja, das wäre, als wollte man eine Katze in einem Taubenschwarm loslassen.

„Ihr würdet was, Mr. Pickett?"

Er schüttelte den Kopf. „Nichts. Aber Ihr wart dabei, mir von den Gesprächen beim Essen zu erzählen. Wurde irgendetwas über Lady Dernhams Tod gesagt?"

„Sie wurde nie beim Namen genannt, aber es gab durchaus einen eher scharfen Wortwechsel zwischen Sir Reginald und Lord Dernham über das Thema privater Rennen auf öffentlichen Landstraßen. Das Thema wurde jedoch fallengelassen, weil das Hausmädchen Dulcie – das heißt, weil Lady Dunnington gezwungen war, den Tisch zu verlassen."

„So?" Er schaute scharf auf. „Zu welchem Zweck?"

Zu spät erinnerte sie sich an Emilys eindringliche Warnung. „Oh, ich weiß nicht", sagte sie mit einem Achselzucken. „Ein häusliches Problem, nehme ich an."

Pickett sah ein kurzes Aufblitzen in ihren Augen und wusste, dass sie log oder ihm doch zumindest auswich. Es war das erste Mal, dass sie etwas anderes als aufrichtig zu ihm gewesen war, und es versetzte ihm einen Stich, dass sie ihn nicht länger für vertrauenswürdig hielt.

„Wie lange, meint Ihr, war sie abwesend?"

„Fünf Minuten, vielleicht sogar zehn." Als sie sah, dass er es aufschrieb, fügte sie rasch hinzu: „Aber das war lange bevor Sir Reginald erschossen wurde."

Er schaute von seinem Notizbuch auf. „Mylady, ich hoffe, Ihr kennt mich gut genug, um zu verstehen, dass ich nicht versuche, eine Anklage gegen Eure Freundin aufzubauen. Ich versuche nur, mir ein Bild von den Bewegungen der wesentlichen Beteiligten zu machen."

Sie nickte, doch ihr Blick wandte sich ab, um wieder auf den Teppich zwischen ihnen zu sinken. „Natürlich, Mr. Pickett."

„Also da haben wir Lady Dunnington, die nach einer Abwesenheit von kaum zehn Minuten wieder an den Tisch zurückkehrt", erinnerte Pickett sie. „Was kam als Nächstes?"

Sie zuckte mit den Schultern. „Nichts, wirklich. Wir verspeisten das Dessert – bei dem sich niemand aufzuhalten wollen schien – und schließlich erhob Lady Dunnington sich und schlug vor, dass sie und ich uns in den Salon zurückziehen sollten, während die Gentlemen ihren Portwein genießen könnten. Sir Reginald sollte als Gastgeber fungieren."

„Und das war, als der Rest der Gentlemen beschloss, sich zu verabschieden?"

„Ja, aber bei Euch hört es sich so an, als wäre es eine gemeinsame Entscheidung gewesen, was es nicht war. Ich glaube, es war Lord Dernham, der zuerst ablehnte zu bleiben, dann schloss sich einer nach dem anderen ihm an. Einige nannten eine Entschuldigung für ihr vorzeitiges Gehen – Lord Edwin sagte, sein Arzt hätte ihn davor gewarnt, starke Getränke zu sich zu nehmen und Hauptmann Sir Charles erwähnte etwas wie eine Inspektion am Morgen – aber die anderen verabschiedeten sich einfach und gingen."

„Und was war während all dieser Zeit mit Sir Reginald?"

Sie runzelte nachdenklich die Stirn und versuchte, sich zu erinnern. „Wenn er gekränkt war, zeigte er es nicht. Natürlich kann es sein, dass Hauptmann Sir Charles wirklich morgen früh eine Inspektion hat und Lord Edwin vor dem Trinken gewarnt wurde."

„Beide Entschuldigungen sollten leicht genug zu bestätigen oder zu widerlegen sein", sagte Pickett und notierte sich etwas. „Hat Sir Reginald dann seinen Portwein in einsamer Herrlichkeit genossen?"

„Nein, denn er ging sehr bald danach auch selbst." Sie schnitt eine Grimasse. „Was für eine unglückliche Wortwahl!"

„Aber recht zutreffend, wie es scheint, und auf mehr als eine Weise. Was ist mit dem Butler, der ihn hinausbegleitete?", fragte Pickett, der während eines kurzen Inkognito-Aufenthalts als Lady Fieldhursts Lakai ein wenig Kenntnis von den Rollen der Diener gesammelt hatte.

Lady Fieldhurst schüttelte den Kopf. „Lady Dunningtons Butler ist nach Shropshire gefahren, um seine kranke Schwester zu besuchen, und der Diener ist selbst nicht bei guter Gesundheit. Es war eines der Hausmädchen, das die Aufgabe hatte, den Gästen die Tür zu öffnen."

„Es war ein Lakai, der mich aus der Bow Street geholt hat", sagte Pickett fragend.

„Ja, Emily sah sich gezwungen, den armen Jack von seinem Krankenbett aufstehen zu lassen, denn sie konnte kaum eine einzelne Frau mit einem solchen Auftrag und vor allem zu so später Stunde losschicken."

Pickett fand an dieser Feststellung nichts zu beanstanden und notierte es sich nur.

„Auf jeden Fall", fuhr Lady Fieldhurst fort, „lehnte Sir Reginald es ab, das Mädchen rufen zu lassen, und sagte, er könne sich selbst hinauslassen."

„Und dann?"

„Er verließ das Zimmer, und es war nur Augenblicke später, als wir – Lady Dunnington und ich, heißt das – den Schuss hörten. Wir liefen ins Foyer und fanden Sir Reginald vornüber auf dem Boden in einer Blutlache liegen. Oh, und die Tür war offen."

Pickett kritzelte in seinem Notizbuch, unterbrach sich

und schaute auf. „Welche Tür?

„Zwei Türen, eigentlich. Die Vordertür – die nach draußen führt, heißt das – und die Tür, die nach unten in die Küche führt, denn die Diener waren von dem Geräusch auch aufgestört worden. Ich erinnere mich, dass ich auf den äußeren Treppenabsatz ging, was Emily äußerst unvorsichtig von mir fand. Sie behauptete, ich hätte selbst auch erschossen werden können."

„Nur, wenn der Schütze eine zweite Waffe gehabt hätte, oder Zeit, um wieder zu laden. Aller Wahrscheinlichkeit nach wart Ihr nie in Gefahr." Das war sehr wahrscheinlich richtig, dennoch missfiel ihm die Vorstellung, wie Lady Fieldhurst allein vor der Tür stand, durch die ein Mörder gerade geflohen war, ebenso sehr wie Lady Dunnington.

„Mylady, würdet Ihr mir, so gut Ihr Euch erinnern könnte, zeigen, wie alles aussah, als Ihr und Lady Dunnington am Tatort eintraft?"

„Sicher", sagte sie und erhob sich.

„Ich sollte Euch jedoch warnen, dass Sir Reginalds Leiche noch immer dort ist", fügte er entschuldigend hinzu.

„Es wird nicht das erste Mal sein, dass ich einen Toten sehe", erinnerte sie ihn und hob tapfer den Kopf. „In der Tat ist es in letzter Zeit ziemlich häufig geworden. Ich wage zu behaupten, dass ich mich bald daran gewöhnen werde."

Er hätte ihr sagen können, dass man sich nie daran gewöhnte, aber da er nicht das Verlangen hatte, sie an vergangene Schrecken zu erinnern, sagte er nichts. Als sie durch den Salon gingen, wurde die Versuchung, sie zu berühren, zu groß, um ihr zu widerstehen, und er fühlte sich ermutigt, ihren Ellbogen zu umfassen. Sie zuckte bei seiner Berührung leicht zusammen, aber er bemerkte erfreut, dass sie nicht versuchte, ihren Arm wegzuziehen.

Sie fanden das Foyer leer mit Ausnahme von Sir Reginalds Leiche; anscheinend war Lady Dunnington immer noch im Obergeschoss, um sich nach ihrem Anfall von Übelkeit zu säubern.

Lady Fieldhurst rümpfte die Nase. „Es stinkt hier! Ich kann mich nicht erinnern, dass einer der anderen Toten einen so üblen Geruch ausgeströmt hätte."

„Ich fürchte, für diesen üblen Geruch ist Lady Dunnington verantwortlich. Als ich die Leiche umdrehte, um sie eingehender zu untersuchen, hat sie – äh – wurde ihr schlecht."

„Das kann ich mir vorstellen", sagte Lady Fieldhurst, während sie sorgfältig den Anblick Sir Reginalds mied, trotz ihrer angeblichen Gleichgültigkeit. Sie drückte die Tür zum Dienstbotentrakt im Untergeschoss auf. „Dulcie, das Mädchen, stand direkt in der Tür, die Köchin gleich hinter ihr. Und auf der Vordertreppe, die zu den oberen Stockwerken führt, waren Lady Dunningtons Zofe und Jack, der Lakai, aus ihren Schlafzimmern im Dachgeschoss heruntergekommen. Obwohl, wenn ich jetzt darüber nachdenke, ich glaube nicht, dass ich die Diener bemerkt habe, bevor ich wieder hereinkam. Je mehr ich mich anstrenge, mich zu erinnern, desto verwirrender scheint alles zu werden!" Sie drückte ihre Fingerspitzen an die Schläfen vor Aufregung.

„Bitte regt Euch nicht auf, Mylady. Ich glaube, Ihr sagtet, die Vordertür hätte auch offen gestanden?"

„Ja." Als sie vorsichtig um Sir Reginalds Leiche herumging, war sie sich eines Punktes sicher, der ihr vorher entgangen war. „Er lag nicht so da. Sein Gesicht war zum Boden gewandt."

„Ja. Ich musste ihn umdrehen, um seinen Körper zu untersuchen", erinnerte Pickett sie.

Sie schauderte. „Oh. Oh ja, natürlich. Das sagtet Ihr, nicht wahr, als Ihr mir erklärtet, dass Emily übel geworden wäre." Sie öffnete die Vordertür, drückte sie weit auf, bis sie fast rechtwinklig von der Wand abstand. „So. Ungefähr so sah es aus."

„Es scheint, jemand hatte es eilig, wegzukommen", bemerkte Pickett. Er trat auf die vordere Treppe und betrachtete die hohen, schmalen Häuser auf der anderen Straßenseite, deren dunkle Fenster gleichgültig zurückschauten wie blinde Augen.

„Wer auch immer auf ihn geschossen hat, ist doch längst weggelaufen", meinte Lady Fieldhurst von gerade innerhalb der Tür her. „Und wenn nicht, hat er sicherlich mehr als genug Zeit gehabt, um seine Waffe nachzuladen. Wollt Ihr nicht lieber wieder hereinkommen, Mr. Pickett?"

„Oh, ich hatte nicht damit gerechnet, ihn noch herumlungern zu sehen", versicherte Pickett, der weit mehr als vernünftig über ihre offensichtliche Sorge um seine Sicherheit erfreut war.

„Wonach haltet Ihr denn Ausschau?"

„Ich schaue mir die Häuser auf der anderen Straßenseite an. Ich frage mich, ob jemand den Schuss gehört oder gesehen hat, wie jemand weggelaufen ist. Ich werde Erkundigungen einziehen müssen."

„Es tut mir leid, Euch zu enttäuschen, aber die meisten Häuser dürften leer sein", sagte sie zu ihm. „Die Saison ist längst vorbei und der größte Teil des Adels hat sich für den Winter auf seine Landsitze zurückgezogen."

„Ihr seid noch hier und Lady Dunnington auch", entgegnete Pickett. „Und ebenso, was das betrifft, ein halbes Dutzend Gentlemen."

Sie rümpfte angewidert die Nase. „Ich bin noch hier, weil die Alternative darin besteht, mich meiner Schwiegermutter auf dem Landsitz der Fieldhursts in Kent anzuschließen. Lady Dunnington lebt das ganze Jahr in der Stadt, da sie von ihrem Ehemann entfremdet ist. Was die Gentlemen angeht …" Sie begann, sie an den Fingern aufzuzählen. „Sir Reginald war wegen der bevorstehenden Hochzeit seiner Tochter in St. George am Hanover Square noch hier. Lord Dernham ist immer noch in der Stadt, weil das Parlament tagt und er einen

Sitz im Oberhaus innehat. Hauptmann Sir Charles muss hier bei seinem Regiment bleiben. Lord Rupert ist hier, weil er das Leben in der Stadt dem Landleben auf dem Anwesen seines älteren Bruders vorzieht. Ich glaube, Mr. Kenney ist immer noch hier, weil er es sich nicht leisten kann, irgendwohin zu reisen. Lord Edwin ..." Sie stockte und machte eine Pause.

„Lord Edwin?", drängte Pickett.

„Um die Wahrheit zu sagen, kann ich mir nicht recht vorstellen, warum Lord Edwin noch in der Stadt ist. Er ist ein begeisterter Sportler und nachdem jetzt die Jagdsaison eröffnet ist, hätte ich gedacht, er würde irgendwo auf dem Land unterwegs sein." Sie runzelte die Stirn. „Es sei denn, er wäre interessierter daran, Sir Reginald zu jagen als Füchse zu hetzen. Meint Ihr, er könnte speziell in der Stadt geblieben sein, um ihn zu töten?"

Picketts Gedankengängen nach war es noch weit schlimmer. Er befürchtete sehr, dass Lord Edwin in der Hoffnung, Lady Fieldhursts Liebhaber zu werden, in der Stadt geblieben war.

„Das kann ich nicht sagen, Mylady. Vielleicht werde ich mehr wissen, nachdem ich morgen mit dem Gentleman gesprochen haben."

„Ich wünschte, Ihr würdet wieder nach drinnen kommen", sagte sie besorgt. „Ich kann mir nicht helfen, ein Gefühl zu haben, als ob er noch immer dort draußen mit seiner Waffe lauerte – nicht unbedingt Lord Edwin, sondern wer

67

immer auch der Mörder sein mag – und bereit ist, wieder zuzuschlagen."

„Das glaube ich nicht, Mylady", versicherte Pickett ihr und wünschte sich aus einem unbestimmten Grund, weiter zu zögern, damit sie fortfuhr, sich um seine Sicherheit Sorgen zu machen. Er schaute die Straße hinauf und hinab, ohne eine Entschuldigung zum Verweilen zu finden, und wandte sich wieder zum Hineingehen.

„Pssst!"

Er erstarrte mitten in der Bewegung und schaute zurück, um die Quelle dieses verstohlenen Rufs zu finden, sah aber niemanden.

„Pssst! Hier unten!"

Wie die meisten Häuser in den besseren Teilen der Stadt verfügte Lady Dunningtons Wohnhaus über ein schmiedeeisernes Geländer vorn, das teilweise eine Treppe verbarg, die zu dem Dienstboteneingang unterhalb des Straßenniveaus führte. Pickett warf einen Blick auf die Treppe und entdeckte, dass Lady Fieldhursts Befürchtungen doch nicht so weit hergeholt schienen.

Dort, am Fuße der Treppe, stand ein junger Mann mit wildem Blick, der eine Pistole schwenkte.

5

John Picketts Untersuchung wird fortgesetzt

He, hört auf, mit dem Ding da herumzufuchteln", schalt Pickett. Er lief um das schmiedeeiserne Geländer herum und die Stufen hinab.

„Pst!" Der junge Mann duckte sich wieder in den Schatten, senkte aber wenigstens die Pistole. „Lasst Mylady Euch nicht hören! Man darf mich hier nicht finden."

Pickett fragte sich, welche mögliche Bedrohung Lady Fieldhurst für einen Jüngling von nicht einmal zwanzig Jahren darstellen könnte. Dann wurde ihm klar, dass der Fremde von Lady Dunnington, der Herrin des Hauses, sprach.

„Mylady ist im Obergeschoss, gut außer Hörweite. Wer seid Ihr? Was tut Ihr mit dieser Waffe?"

„Ihr seid von der Bow Street, nicht wahr? Jemand wurde heute Nacht hier erschossen, nicht wahr?"

Pickett nickte. „Sir Reginald Montague. Was hat das mit

Euch zu tun?"

„Ich habe die Waffe gefunden." Er schaute auf die Pistole hinab, als fragte er sich, wie sie in seine Hand käme. „Ich hörte den Schuss und einen Moment später kam dieses Ding über das Geländer geflogen. Es rutschte klappernd die Stufen herab und landete fast zu meinen Füßen."

„Wer seid Ihr?", fragte Pickett erneut. „Und was habt Ihr hier unten gemacht?"

„Bitte um Verzeihung, Sir. Ich heiße James Marlow. Ich bin ein Diener im Haus der Fanshaws, drei Türen weiter." Er deutete mit dem Daumen auf das Haus, in dem er beschäftigt war.

„Ja? Warum seid Ihr dann hier und nicht dort?"

Der Ausdruck auf dem Gesicht des Dieners wurde verlegen. „Die Fanshaws sind auf ihren Landsitz gereist und haben im Stadthaus nur das nötigste Personal zurückgelassen. Da ich sah, dass ich dort nicht gebraucht werden würde, dachte ich, es wäre eine gute Gelegenheit, Polly, Lady Dunningtons Küchenmädchen, einen Besuch abzustatten. Wir gehen seit letztem Weihnachten miteinander aus. Meine Absichten sind aber völlig ehrenhaft", fügte er schnell hinzu. „Ich habe vor, Polly zu heiraten, sobald ich genug Geld gespart habe."

„Ich verstehe", sagte Pickett. Anscheinend war das Stelldichein der Liebenden von demselben Schuss gestört worden, der Sir Reginald getötet hatte. „Also, wo ist Polly?"

Der Diener deutete auf die Tür, die in den Vorraum des Dienstbotentrakts führte. „Ich habe sie hineingeschubst, sobald ich den Schuss hörte." Er zog den Kopf ein. „Um ehrlich zu sein, dachte ich zuerst, jemand hätte das mit Polly und mir herausgefunden."

„Ich entnehme dem, dass Lady Dunnington oder die Fanshaws oder vielleicht beide, nicht damit einverstanden sind?"

„Wir sind Diener, nicht wahr?", sagte James mürrisch. „Es ist uns nicht erlaubt, ein Privatleben zu haben."

Aus seiner kurzen Zeit als Lakai wusste Pickett, dass der junge Mann nicht unrecht hatte, aber er hatte im Moment dringendere Anliegen als die vereitelten Ambitionen junger Liebender. „Also hat jemand Sir Reginald erschossen und dann auf der Flucht die Waffe hier heruntergeworfen?"

„Es sieht so aus, nicht wahr?"

„Habt Ihr jemanden das Haus verlassen sehen?"

James schüttelte den Kopf. „Nein, Sir, keine Seele."

Kein Wunder, dachte Pickett. Abgesehen von der Tatsache, dass James und seine Polly weit unter dem Straßenniveau gestanden hatten, war ihre Aufmerksamkeiten anderweitig gefesselt gewesen. Aber wenigstens die Mordwaffe war gefunden worden; der nächste Schritt war herauszufinden, wem sie gehörte.

„Ich nehme das dann, wenn es recht ist", sagte er und streckte seine Hand nach der Pistole aus.

„Ihr werdet niemandem erzählen, dass ich es war, der sie gefunden hat, bitte? Das würde mich wahrscheinlich meine Stellung kosten", sagte James, unwillig, die Waffe ohne eine Zusicherung seiner Anonymität herzugeben.

„Wenn Ihr dachtet, Eure Stellung könnte in Gefahr sein, wenn Ihr hier gefunden werdet, warum seid Ihr dann noch hier? Ich frage mich, warum Ihr nicht längst nach Hause verschwunden seid."

„Ich konnte doch nicht wegrennen, wenn meine Polly vielleicht noch in Gefahr war, oder? Außerdem", gestand er verlegen, „ganz gleich, was man über die Gefahren der Neugier sagt, musste ich einfach wissen, was vor sich ging. Das versteht Ihr doch, nicht wahr? Ihr werdet es doch niemandem erzählen?"

„Ich kann nichts versprechen", sagte Pickett, der keine falschen Hoffnungen wecken wollte. „Aber wenn ich Euch mit hineinziehen muss, kann ich versichern, dass ich Euch in so heldenhaftem Licht wie möglich dastehen lassen werde. Mit Sicherheit würden sich die Fanshaws nur zögerlich von einem Diener trennen, der maßgeblich zur Aufrechterhaltung von Frieden und Sicherheit der Nachbarschaft beigetragen hat, indem er den Behörden eine gefährliche Waffe übergab."

James grinste. „Polly würde es auch nichts ausmachen, wenn es bekannt würde, dass sie sich in Gesellschaft eines regelrechten Helden aufhält."

Der Diener war so erfreut über das rosige Bild seiner

Zukunft, dass er seinen Fund ohne größere Umstände aushändigte. Pickett nahm die Waffe und schnüffelte am Ende des Laufs, nur, um seine Nase beim Geruch verbrannten Pulvers zu rümpfen. Er steckte die Pistole in seinen Hosenbund und ging wieder die Treppe zum Haus hinauf. Er ging durch die Halle, in der Sir Reginald noch immer lag und von dort in den Salon. Dort fand er Lady Fieldhurst zusammen mit Lady Dunnington; die Countess war immer noch etwas blass, schien sich aber ansonsten von ihrer früheren Übelkeit erholt zu haben.

„Ich bin wieder heruntergekommen, Mr. Pickett und warte auf Euch", verkündete sie mit einem Hauch von Tapferkeit, der nicht ganz echt klang. „Tut Euer Schlimmstes."

„Ihr habt nichts von mir zu befürchten, Mylady, das versichere ich Euch", sagte Pickett und wandte sich dann an Lady Fieldhurst. „Es steht Euch frei zu gehen, Mylady, wenn Ihr das wünscht." Es lag eine kühle Endgültigkeit in seinen Worten, die zu sehr in der Richtung lag, wie er in weniger als zwölf Stunden zu ihr zu sprechen haben würde.

Julia sah Lady Dunnington unsicher an. „Wenn du es vorziehen würdest, dass ich bleibe, Emily ..."

„Unsinn!", verkündete die Countess und griff nach dem Klingelzug. „Ich gehe davon aus, dass dein Mr. Pickett mich nicht verspeisen wird."

Sie zog an der Klingelschnur und einen Moment später

betrat ein Hausmädchen das Zimmer, eine schlanke, junge Frau in gestärkter weißer Schürze über einem nüchternen schwarzen Kleid. Aschblondes Haar schaute unter ihrer rüschenverzierten Haube hervor. Ihre großen braunen Augen weiteten sich bei Picketts Anblick, doch sie sprach Lady Dunnington an.

„Ja, Mylady?"

„Hole Lady Fieldhursts Umhang und lass dann ihre Kutsche vorfahren, bitte."

„Ja, Mylady." Sie knickste vor ihrer Herrin und verließ dann, mit einem letzten Blick zu Pickett, das Zimmer.

„Ich begleite Euch nach draußen, wenn ich darf, Mylady", sagte Pickett, nichts willens, Lady Fieldhurst allein an Sir Reginalds Leiche vorbeigehen zu lassen.

„Vielen Dank, Mr. Pickett."

Sie erlaubte ihm, sie wieder ins Foyer zu führen, wo das Hausmädchen bereits mit ihrem samtenen Abendumhang wartete. Pickett wünschte sich, über die Kühnheit zu verfügen, dem Dienstmädchen den Umhang abzunehmen und ihn selbst um die Schultern seiner Dame zu legen. Vor einem Monat in Schottland hätte er nicht gezögert, das zu tun; jetzt jedoch schien sie in seiner Gegenwart so unbehaglich zu fühlen, dass er nicht wagte, eine Bewegung zu machen, die wirken könnte, als wollte er sich Freiheiten herausnehmen.

Nachdem sie dies getan hatte, entschuldigte sich das Mädchen, um Lady Fieldhursts Stallknecht mit ihrer Kutsche zu rufen, und ließ die beiden in unbeholfenem Schweigen zurück.

„Ich hoffe, Ihr werdet mit Lady Dunnington sanft umgehen", sagte Julia schließlich. „Sie – sie ist nicht so abgebrüht, wie sie wirkt. Oder, wie ich vermute, wie sie glauben machen möchte."

„Ich werde daran denken", versprach er.

„Bis morgen, dann."

Sie zögerte einen Moment und bot ihm dann ihre Hand. Er nahm sie und hielt sie unsicher, als wüsste er nicht recht, was er damit tun sollte. Auf jeden Fall wurde ihm die Entscheidung durch die Rückkehr des Hausmädchens abgenommen.

„Eure Kutsche, Mylady", sagte sie und stieß die Haustür auf, gerade, als das Gefährt vor dem Haus anhielt.

„Morgen", sagte Pickett und überließ seine Lady ihrem Kutscher.

*****

„Tut mir leid, dass ich Euch warten ließ, Mylady", sagte Pickett, als er in den Salon zurückkam.

„Das macht doch nichts", versicherte ihm Lady Dunnington und bedeutete ihm, sich zu setzen. Anscheinend nicht mehr zufrieden mit Sherry, hatte die Countess die vernachlässigte Flasche Portwein der Herren aus dem Speisesaal beschlagnahmt und schenkte sich jetzt eine großzügige Portion ein. Dabei zitterten ihre Hände, wie

Pickett bemerkte, so heftig, dass sie mehrere Tropfen auf dem Teppich verschüttete. „Möchtet Ihr ein Glas?"

Er schüttelte den Kopf. „Nein, vielen Dank."

„Also wo möchtet Ihr, dass ich anfange?" Lady Dunnington nahm einen langen Zug aus ihrem Glas. „Bei der Dinergesellschaft, nehme ich an. Ja nun, Julia – Lady Fieldhurst, meine ich – war seit ihrem kürzlichen Aufenthalt in Schottland merkwürdig melancholisch. Ich fand, sie bräuchte einen Liebhaber, und das sagte ich ihr. In der Tat veranstaltete ich eine Dinergesellschaft und lud ein halbes Dutzend Kandidaten zu ihrer Begutachtung ein. Ich nehme an, dass sie Euch bereits die Namen aller anwesenden Herren genannt hat, daher werde ich Euch nicht durch eine erneute Aufzählung aller Gäste langweilen."

Pickett blätterte ein paar Seiten in seinem Notizbuch zurück. „Ich denke, ich habe alle Namen hier, Mylady." Er sollte nicht fragen; es hatte absolut keine Bedeutung für den Fall, aber er konnte sich ebenso wenig davon abhalten, wie er sein Herz vom Schlagen hätte abhalten können. „Wen hat Lady Fieldhurst – ich meine, hat Lady Fieldhurst gesagt, ob sie jemanden bevorzugen würde?"

„Das möchtet Ihr wohl gerne wissen?", gab sie zurück, ohne dass es boshaft klang. „In der Tat wüsste ich das auch gern, Mr. Pickett. Leider wurde Sir Reginald erschossen, bevor ich Gelegenheit hatte zu fragen."

„Könnt Ihr Euch einen Grund vorstellen, warum einer

der anderen anwesenden Herren ihn hätte erschießen wollen?"

Sie machte eine ausgreifende Handbewegung. „Oh, ich vermute, jeder von ihnen hätte eifersüchtig sein können. Sir Reginald hat – hatte – eine gewisse Aura der Gefährlichkeit an sich, die Frauen einfach unwiderstehlich finden."

Pickett hatte keinen Grund, daran zu zweifeln; er selbst war sich eines deutlichen Stichs von Eifersucht bewusst. „Könnte einer von ihnen eifersüchtig genug gewesen sein, um ihn tot sehen zu wollen?"

Sie zuckte mit den Schultern. „Wie könnte ich das wissen? Wenn dem so war, gab es beim Diner kein Anzeichen dafür. Niemand drohte, ihn mit dem Buttermesser zu erstechen oder etwas dieser Art."

„Lady Fieldhurst erwähnte einiges Unbehagen – kein Streit, sondern verschleierte Andeutungen."

Lady Dunningtons Augenbrauen hoben sich. „Hat sie das? Ich habe nichts davon bemerkt."

„Ich glaube, sie sagte, dass Ihr für einige Zeit den Raum verlassen musstet, daher nehme ich an, dass Euch das entgangen ist."

„Ja, ich erinnere mich jetzt", sagte Lady Dunnington fröhlich. „Ich hatte mir Suppe über das Kleid gegossen, ungeschickt, wie ich bin, und musste das Zimmer verlassen, um es zu säubern, bevor der Fleck eintrocknete."

Noch eine Lüge, dachte Pickett. Lady Fieldhurst hatte vage von einem häuslichen Problem gesprochen. Laut bemerkte er nur: „Es muss ein sehr leichter Fleck gewesen sein, Mylady, oder Ihr habt ihn sehr gründlich gesäubert."

„Ich wäre Euch dankbar, Sir, wenn Ihr Eure Augen von meinem Busen nähmet", sagte sie und durchbohrte ihn mit einem Blick, der fast so tödlich war wie der Schuss, der Sir Reginald gefällt hatte.

Wenn sie die Absicht gehabt hatte, ihn aus der Fassung zu bringen, gelang ihr das in bewundernswerter Weiser. Er wurde rot und fragte: „Wenn es keine Unstimmigkeiten zwischen den anderen Gentlemen und Sir Reginald gab, warum lehnten sie es dann alle ab, mit ihm Portwein zu trinken?"

„Lord Edwin folgte dem Rat seines Arztes und Hauptmann Sir Charles erwartete am Morgen eine Inspektion. Was die anderen angeht, schätze ich, dass sie ihre Gründe hatten und sich nicht dazu gezwungen sahen, sie mir mitzuteilen. Oder habt Ihr einer von ihnen in Verdacht, dass er mit der Pistole in der Halle gelauert hätte, bis Sir Reginald sich verabschieden würde? Das ist eine kalte Spur, wisst Ihr, denn Dulcie hätte ihn sehen müssen, wenn das der Fall gewesen wäre."

„Dulcie?"

„Das Hausmädchen, das sie eingelassen hat. Und nach draußen begleitet hat, im Übrigen."

Wie auf ein Stichwort erschien Dulcie an der Tür. „Verzeihung, Ma'am, aber der Gerichtsmediziner ist hier."

„Ich werde ihn empfangen, Mylady, wenn Ihr das lieber nicht tun würdet", sagte Pickett.

„Danke, Mr. Pickett", sagte Lady Dunnington mit aufrichtiger Dankbarkeit. „Ich wäre Euch sehr verbunden."

„Und Ihr, Miss – Dulcie, nicht wahr? Ich hätte gerne ein paar Worte mit Euch gesprochen, wenn das möglich wäre."

„Du kannst hierbleiben, Dulcie, und warten, bis Mr. Pickett Zeit für dich hat. Was mich betrifft", fügte sie mit einer Grimasse hinzu, „wenn Ihr mit mir fertig seid, Mr. Pickett, muss ich wohl die Witwe des armen Sir Reginald informieren."

„Ich kann Euch diese Aufgabe abnehmen, wenn Ihr erlaubt", bot Pickett an.

„Und zu denken, dass ich einmal an Eurer Kompetenz gezweifelt habe!", staunte Lady Dunnington. „Ich muss jetzt feststellen, dass Ihr in einer solchen Situation ein äußerst nützlicher Mensch seid. Ja, Mr. Pickett, ich wäre nur zu glücklich, diese unangenehme Pflicht auf Eure Schultern abzuwälzen, wenn Ihr so freundlich sein wollt."

Nachdem Pickett erneut seine Bereitschaft erklärt hatte, sich dieser unangenehmen Aufgabe anzunehmen, entschuldigte er sich bei der Countess und ihrem Hausmädchen, um sich dann im Foyer zu einer kurzen Besprechung mit dem Gerichtsmediziner über Sir Reginalds Leiche zu treffen. Danach nickte er diesem würdigen Herrn kurz zu (den er ohne Zweifel vor Gericht wiedersehen würde, vorausgesetzt, er konnte genug Tatsachen zusammentragen, um jemanden vor Gericht zu bringen), bevor er in den Salon zurückkehrte.

Lady Dunnington, die zu Recht davon ausgegangen war, dass Pickett privat mit dem Dienstmädchen sprechen wollte, hatte sich in einen anderen Teil des Hauses begeben und ihre Dienerin im alleinigen Besitz des Salons zurückgelassen. Dulcie in ihrer Hausmädchenuniform sah sehr jung und sehr fehl am Platze aus, wie sie auf den Möbeln saß, die sie zweifellos am nächsten Tag abzustauben haben würde. Sie sah ihn mit großen, verängstigten Augen an. Er dachte, sie könnte nicht älter als achtzehn sein, wenn überhaupt. Pickett, der aufgrund seines jungen Alters viele spitze Bemerkungen zu ertragen hatte, war erfreut, diesmal mehrere Jahre älter als die von ihm zu befragende Person zu sein. Er lächelte sie freundlich an.

„Wie geht es Euch, Miss ...?"

„Dulcie, Sir."

„Ja, aber sicher habt Ihr doch einen Nachnamen?"

„Monroe, Sir, aber hier bin ich einfach nur Dulcie."

„Ich bezweifle sehr, dass Ihr jemals ,einfach nur' irgendetwas sein könntet", sagte Pickett und wurde mit einem schüchternen Lächeln belohnt. „Ich bin John Pickett von der Wache in der Bow Street. Wie ich es sehe, hattet Ihr einen lebhaften Abend."

„Ja, Sir, und das, wo der Butler fort und der Diener krank

ist."

„Ich habe einmal selbst als Lakai gearbeitet. Diener zu sein ist ein anstrengendes Leben. Soweit ich weiß, musstet Ihr zusätzlich zu Euren anderen Pflichten auch die Tür öffnen."

„Ja, Sir, aber es macht mir nichts aus, nicht, solange Mylady so knapp an Personal ist wie derzeit."

Nachdem es Pickett gelungen war, das Mädchen zu beruhigen, zog er sein Notizbuch und einen Bleistift aus der Innentasche seines Rocks. „Würdet Ihr mir erzählen, was heute Abend passiert ist, soweit Ihr Euch erinnern könnt?"

„Ja, Sir, aber – ich weiß kaum, wo ich anfangen soll."

„Fangt am Anfang an. Wer kam zuerst an und zu welcher Zeit?"

Dulcie lächelte. „Oh, das ist einfach! Mylady Fieldhurst traf um halb acht ein, volle dreißig Minuten, bevor um acht das Diner beginnen sollte. Ich schätze, sie war so begierig darauf, die Gentlemen zu treffen, die um ihre Gunst wetteiferten, und kam deshalb so früh."

„Hmph", grunzte Pickett, ohne diese Beobachtung einer Antwort zu würdigen. „Wer kam als Nächstes?"

„Sir Reginald Montague. Lord Dernham und Lord Edwin Braunton trafen wenige Minuten später ein."

„Sie kamen zusammen?"

Ihre Stirn zog sich vor Konzentration zusammen, als sie über die Frage nachdachte. „Ich glaube nicht, dass sie zusammen hergefahren sind. Sie kamen nur zur gleichen Zeit an, daher habe ich sie zusammen gemeldet."

„Verstehe", sagte Pickett und machte sich eine Notiz. „Und dann?"

„Lord Rupert Latham." Sie errötete zart. „Er ist wirklich ein Gentleman, dieser Lord Rupert. Ich nahm ihm Hut, Handschuhe und Mantel ab, nur fiel einer der Handschuhe auf den Boden. Lord Rupert bückte sich und hob ihn für mich auf und sagte, ich sei viel zu hübsch, um ein Lasttier zu sein!"

„Natürlich", murmelte Pickett und kritzelte in sein Buch.

„Und dann kamen Hauptmann Sir Charles Ormond und Mr. Martin Kenney. Und ich *weiß*, dass sie nicht zusammen gekommen sind, denn der Hauptmann war geritten und hatte sein Pferd gerade dem Stallknecht übergeben, um es in den Stall zu bringen, als Mr. Kenney zu Fuß ankam. Daher meldete ich die beiden zusammen."

„Ich habe gehört, dass das Diner eher abrupt zu Ende ging", bemerkte Pickett.

„Ja, Sir, so war es. Ich war in die Küche hinuntergegangen, um zu helfen, das Abendessen für die Dienerschaft herzurichten und dachte, es würde mindestens ein paar Stunden dauern, bis die Gentlemen gehen würden. Doch es war kaum eine Stunde später, als Lady Dunnington nach mir klingelte. Es schien, dass alle Gentlemen bereit waren, sofort zu gehen. Alle, außer Sir Reginald, heißt das. Lady Dunnington klingelte nicht wieder nach mir, daher denke ich, dass er sich selbst hinauslassen wollte. Nur, dass er nie so weit kam, nicht wahr? Nicht lebend, jedenfalls."

„Nein, nicht lebend", sagte Pickett enttäuscht. Wenn alle Gentlemen sofort gegangen waren (alle, außer Sir Reginald, jedenfalls), würde es für jeden von ihnen äußerst schwierig gewesen sein, sich für ihn auf die Lauer zu legen. Er fragte sich, wie viel Zeit wohl vergangen war von dem Moment an, als die anderen Gentlemen gingen, bis Sir Reginald folgte; vielleicht war der Zeitraum lang genug gewesen, dass einer von ihnen zu Lady Dunningtons Haus hatte zurückkehren können, nachdem er die anderen glauben gemacht hatte, dass er fort wäre. Dulcie konnte das kaum wissen, da man sie nicht gerufen hatte, aber Lady Fieldhurst vielleicht und auch Lady Dunnington. Er machte sich eine Randnotiz, um sich daran zu erinnern, diese Frage zu stellen.

„Sagt mir, Miss Monroe", fuhr er fort, „habt Ihr während des Diners etwas gehört, das Euch erklären könnte, warum alle Gentlemen so früh gehen wollten?"

„Aber Mr. Pickett!", rief sie, von der bloßen Unterstellung empört. „Ich würde niemals lauschen!"

„Nein, nein, natürlich nicht", sagte Pickett hastig. „Aber man kann nicht anders, als Dinge mitzuhören, und manchmal reden sie vor den Dienern, als wären wir nicht menschlicher als die Möbel", fügte er hinzu, dankbar für die kurze Erfahrung als Diener, die es ihm ermöglichte, mit dem Hauspersonal zu sprechen, als wäre er einer von ihnen.

„Das stimmt", räumte Dulcie ein, „aber die meiste Zeit

war ich unten im Dienstbotentrakt. Ich hätte die Unterhaltung im Esszimmer nicht hören können, selbst wenn ich es versucht hätte."

Pickett schloss sein Notizbuch und steckte es wieder in die Rocktasche. „Vielen Dank, Miss Monroe. Ihr wart sehr hilfreich. Wenn Ihr mir jetzt die Zofe schicken könntet, wäre ich Euch sehr dankbar."

„Mrs. Winters? Aber sie hätte nie zu der Zeit in Sir Reginalds Nähe sein können! Sie kam die Treppe heruntergerannt, als der Schuss gefallen war. Ich erinnere mich, sie und Jack, den Diener, gesehen zu haben, wie sie sich über das Geländer lehnten."

„Ich vermute nicht, dass Mrs. – Winters, sagtet Ihr? – etwas mit Sir Reginalds Tod zu tun hat", versicherte Pickett ihr. „Ich wollte nur wegen etwas fragen, was Lady Dunnington gesagt hatte."

„Oh, ich verstehe. Ja, Sir, ich werde sie gleich herunterschicken."

Sie eilte aus dem Raum, und kurze Zeit später betrat eine stattlich aussehende Frau mittleren Alters den Raum. Von seinem kurzen Aufenthalt in einem Dienstbotentrakt wusste Pickett, dass sie eine der höchstrangingen Dienstboten war, nur die Haushälterin hatte eine höhere Position unter den weiblichen Angestellten. Er bemerkte, dass sie ihn von oben herab anschaute, vermutlich gekränkt, weil sie von einem Mann befragt werden sollte, der nicht älter als Jack, der

Diener, war.

„Ich glaube, Ihr wolltet mich sprechen?", fragte sie.

„Ihr seid Mrs. Winters, Lady Dunningtons Zofe?"

„Ja."

„Ich glaube, es wurde erwähnt, dass Lady Dunnington Suppe auf ihr Kleid beim Diner heute Abend verschüttet hätte. Als ihre Zofe wäret Ihr doch gerufen worden, um den Flecken zu beseitigen, nicht wahr?"

Mrs. Winters sah leicht überrascht aus. „Ich weiß nichts von verschütteter Suppe oder einem Flecken."

„Ich verstehe." Pickett machte sich, nicht überrascht, eine Notiz.

„Natürlich, wenn es nur ein Spritzer war, könnte sie ihn einfach mit der Serviette abgetupft haben."

„Nein, es wurde gesagt, dass sie den Tisch verlassen musste, um sich darum zu kümmern."

„Vielleicht ist sie nach unten in die Küche gegangen, um Wasser zu benutzen", meinte Mrs. Winters. „Es ist richtig, dass einige Flecken sofort behandelt werden müssen, wenn sie vollständig entfernt werden sollen."

„Danke, Mrs. Winters, ich werde dem nachgehen", versprach Pickett und ließ sie gehen.

Pickett stieg die Treppe zum Dienstbotentrakt hinunter, wo er die absolut nicht überraschende Information erhielt, dass Lady Dunnington nicht dort unten gewesen wäre, seit sie ziemlich früh am Abend zur Küche heruntergekommen war, um die Vorbereitungen für den Abend mit der Köchin noch einmal durchzusprechen. Er wollte zurück nach oben gehen, um sich von Lady Dunnington zu verabschieden, als Dulcie hinter ihm her kam.

„Verzeihung, Sir, aber was werdet Ihr jetzt tun?", fragte sie und stieg die Treppe hinter ihm hinauf.

„Ich werde den Tag morgen damit verbringen, alle Gentlemen zu befragen, die Ihr heute Abend hier gemeldet habt."

Sie folgte ihm in die Halle und legte eine Hand auf seinen Ärmel. „Oh, Mr. Pickett—"

„Ja?"

„Ich – ich habe Angst", sagte sie und sah zu ihm mit großen Rehaugen auf. „Was ist, wenn er zurückkommt? Der Mann, der Sir Reginald erschossen hat, meine ich."

Eher zerstreut tätschelte er die Hand, die auf seinem Arm lag. „Ich glaube nicht, dass Ihr etwas zu befürchten habt, Miss Monroe. Ich glaube, wer auch immer Sir Reginald erschossen hat, wusste genau, was er tat, und wird keinen Grund haben, wiederzukommen. Wenn Ihr Euch fürchtet, schließt Eure Tür ab, wenn Ihr heute zu Bett geht."

Sie nickte und ließ ihre Hand wieder an ihre Seite fallen. „Das werde ich tun, Sir. Und vielen Dank."

Es war zweifelhaft, ob er ihren Dank noch gehört hatte, denn er war bereits aus der Tür und ging die Audley Street hinunter. Dulcie seufzte leise und schloss die Tür hinter ihm.

6

In dem die Witwe des toten Mannes vorgestellt wird.

In der nächsten Viertelstunde wurde Pickett zum Ärgernis, als er an die Tür jeden Hauses auf der anderen Straßenseite klopfte, wo er die Bewohner ausfragte, ob sie jemanden das Stadthaus Lady Dunningtons hätten verlassen sehen, insbesondere jemanden, dessen Aufbruch verstohlen oder hastig zu sein schien. Man hätte nicht sagen können, dass seine Nachforschungen produktiv waren, denn obwohl der Ton der verschiedenen Reaktionen zwischen verärgert über gleichgültig bis hin zu begieriger Neugier variierte, blieb das Ergebnis das gleiche: Niemand hatte etwas gesehen, was als eine vielversprechende Spur hätte angesehen werden können. In der Tat waren die meisten Häuser, wie das der Fanshaws, nur mit dem nötigsten Personal besetzt und von den verbliebenen Dienstboten hatten die meisten sich schon für die Nacht zurückgezogen (daher der Ärger darüber, aus ihren

Betten aufgescheucht zu werden), und waren nicht in der Lage gewesen, überhaupt etwas zu sehen.

Als Resultat dieser erfolglosen Bemühungen war es recht spät, als Pickett bei Sir Reginald Montagues Haus am Grosvenor Square ankam, und er befürchtete, Lady Montague könnte bereits ihr Bett aufgesucht haben, in völliger Unkenntnis ihres Standes als frische Witwe. Doch als er dem Butler Lady Montagues seinen Namen nannte, wurde er prompt in den Salon geführt, ohne ein größeres Zeichen der Unruhe auf dem reglosen Gesicht des Butlers als einem leichten Aufreißen der Augen, als er die Worte „Bow Street" hörte.

„Mr. John Pickett von der Bow Street, Mylady", verkündete der Butler hölzern und zog sich dann zurück. Er ließ Pickett allein, um sich einer verblassten Frau in den frühen Vierzigern zu stellen. Ihr flohfarbenes Abendkleid mit seiner kurzen Halbschleppe und einem bescheidenen Ausschnitt war offensichtlich teuer, doch irgendwie sah sie hausbacken aus (zumindest im Vergleich zu Lady Fieldhurst, die es selbst noch im Schwarz der tiefen Trauer schaffte, elegant zu wirken), und das neben ihr auf dem brokatbezogenen Sofa liegende Opernglas sprach für einen auf einer kulturellen Veranstaltung verbrachten Abend. In der Nähe des Kamins standen eine junge Frau und ein Gentleman, ebenfalls in Abendgarderobe. Dies war eindeutig das Paar, dessen bevorstehende Hochzeit in St. George's am Hanover

Square gleich ruiniert werden würde.

„Bitte verzeiht meinen Besuch zu so später Stunde", begann Pickett. „Ich hätte es nicht getan, wenn es nicht nötig gewesen wäre."

„Ja, Mr. Pickett, was ist los?", fragte Lady Montague müde. „Sicher hat es etwas mit meinem Gatten zu tun, nehme ich an. Was ist mit ihm geschehen?"

Pickett blickte scharf auf. „Warum solltet Ihr das annehmen?"

Sie seufzte. „Ich bin seit fast einem Vierteljahrhundert mit ihm verheiratet. Ich versichere Euch, Ihr könntet mir nur sehr wenig über meinen Ehemann erzählen, was mich überraschen würde."

Insgeheim dachte Pickett, dass Lady Montagues Behauptung gleich auf die Probe gestellt werden würde. „Ja, Mylady, es hat mit Sir Reginald zu tun. Es tut mir leid, Euch mitteilen zu müssen, dass er tot ist, Ma'am."

Das Mädchen stieß einen kleinen Schrei aus und verbarg das Gesicht an der Schulter ihres Verlobten, aber die Witwe seufzte nur schwer.

„Ich kann nicht sagen, dass ich überrascht bin, Mr. Pickett. Aber wie ist das passiert? Ein Unfall beim Kutschieren, vermute ich? Ich fürchte, er war immer leichtsinnig, wenn er eine Peitsche in der Hand hielt."

„Nein, Ma'am. Ich fürchte, Sir Reginald wurde erschossen."

89

Sie nickte. „Ein Duell also."

Pickett schüttelte den Kopf. „Nein, Ma'am, kein Duell. Es sieht so aus, als wäre Euer Gatte ermordet worden."

Ein kurzes Luftholen begrüßte diese Äußerung, doch abgesehen davon, dass Lady Montague ein Taschentuch aus ihrem perlenbesetzten Reticule zog, verriet sie keine andere Reaktion auf die Nachricht vom gewaltsamen Ende ihres Mannes. Sogar das Taschentuch, stellte Pickett fest, wurde nicht zu ihren Augen erhoben, um Tränen zu trocknen, sondern wurde in den bemerkenswert ruhigen Händen Lady Montagues zusammengedreht. Die junge Frau hingegen brach in Tränen aus, die der Herr an ihrer Seite nach besten Kräften zu stillen suchte.

„Sehr gut, Mr. Pickett, wenn Ihr mir sagen würdet, wo mein Mann ist – war –, werde ich ein paar Lakaien schicken, um seine Leiche nach Hause bringen zu lassen."

Dies war ein heikles Thema, das Pickett zuvor nicht bedacht hatte. „Er war bei Lady Dunnington in der Audley Street, als er starb."

Die Witwe nickte resigniert und zog an der Klingelschnur. „Ich vermute, die beiden waren ein Liebespaar. Waren sie ..." Sie schaute sich nach ihrer Tochter um, die noch immer in den Armen des Gentlemans schluchzte, und senkte ihre Stimme. „Waren sie zusammen im Bett, als er erschossen wurde?"

Zumindest in diesem Punkt konnte Pickett sie beruhigen.

„Nein, Ma'am, das war überhaupt nicht so. Euer Gatte war einer von etwa einem halben Dutzend Gäste bei einer Dinergesellschaft. In der Tat hatte er sich gerade von Lady Dunnington verabschiedet und befand sich im Foyer, als er starb." Es war natürlich nicht die ganze Wahrheit, aber alles andere würde Lady Montague nur unnötig Leid zufügen.

„Ich verstehe", sagte sie und Pickett hatte das Gefühl, dass sie viel mehr verstand, als er ihr gesagt hatte. Als Antwort auf Lady Montagues Klingeln betraten zwei Lakaien den Raum, und das Gespräch wurde unterbrochen, während sie ihnen Anweisungen gab, wie sie Sir Reginalds Leiche nach Hause befördern sollten.

„Es tut mir leid, dass ich Euch zu einem solchen Zeitpunkt mit Fragen bedrängen muss", sagte Pickett, nachdem die Lakaien sich auf den Weg gemacht hatten, um ihre düstere Aufgabe zu erledigen, „aber ich muss Euch fragen, ob Euch jemand bekannt ist, der Eurem Gatten den Tod gewünscht haben könnte."

Bei diesen Worten tauchte die junge Frau aus der Umarmung ihres Verlobten auf, und ihre Augen funkelten vor Tränen und Empörung. „Wie könnt Ihr es wagen, Mr. Pickett!"

„Lass ihn in Ruhe, Eliza, der Mann macht nur seine Arbeit", sagte ihre Mutter müde.

Pickett, der das Gesicht der jungen Dame zum ersten Mal sah, wurde durch die Erkenntnis schockiert, dass sie ihn an jemanden erinnerte, obwohl er nicht sofort einordnen konnte, an wen. Ihre Haare waren blond, aber eher flachsfarben als golden, und ihre blauen Augen waren so hell, dass sie fast farblos schienen. Sie hatte ein hübsches, herzförmiges Gesicht und eine schlanke Gestalt. Sie war attraktiv, ohne wirklich schön zu sein, und, wie ihm jetzt einfiel, ein blasses Abbild von Lady Fieldhurst. Und doch war es das auch nicht. Er verdrängte diesen unwichtigen Gedankengang und machte sich an die Aufgabe, die gesträubten Federn des Mädchens zu glätten.

„Es tut mir leid, Miss Montague", sagte er so sanft wie möglich, „aber ich bin sicher, Ihr wollt, dass der Mörder Eures Vaters zur Rechenschaft gezogen wird."

„Ich wage zu behaupten, der Mörder meines Mannes dachte, *er* übe Gerechtigkeit", sagte die Witwe mit resignierter Stimme. „Ich fürchte, Mr. Pickett, es gab viele Menschen, die meinem Mann Übles wünschten, und ich vermute, dass mehr als nur ein paar guten Grund dazu hatten. Gerald", sagte sie über die Schulter zu dem Zukünftigen ihrer Tochter, „bitte, begleite Eliza in das Morgenzimmer, damit ich mit Mr. Pickett unter vier Augen sprechen kann."

„Selbstverständlich, Ma'am. Komm mit, Liebes", drängte der Gentleman.

Eliza Montague protestierte nicht, sondern erlaubte ihm, sie aus dem Raum zu führen.

„Nun, Mr. Pickett, wo soll ich anfangen? Mein Mann

hatte zahlreiche Affären, viele davon mit verheirateten Frauen, deren Ehemänner etwas dagegen haben, vielleicht auch gewaltsam werden könnten. Er hat zweimal im Duell seinen Gegner getötet und ich glaube, dass es in seiner militärischen Karriere einmal einen sehr unangenehmen Vorfall gab, obwohl ich nie alle Einzelheiten erfahren habe."

Pickett dachte sofort an Hauptmann Sir Charles Ormond. „Aber das ist doch schon lange her, oder? Was auch immer Sir Reginald in der Vergangenheit getan haben mag, warum sollte sich jemand jetzt dazu entschließen, Rache zu nehmen?"

Die Witwe zuckte mit ihrem dünnen, flohfarben bedeckten Schultern. „Wer kann sagen, wie das menschliche Herz denkt, Mr. Pickett? Vielleicht hat ein vor langer Zeit zugefügtes Unrecht innerlich an jemandem genagt, bis er sich dazu gezwungen fühlte, etwas zu unternehmen."

Pickett zog sein Notizbuch heraus. „Ich frage mich, ob Ihr mir sagen könntet, ob einer dieser Männer einen Grund haben könnte, Eurem Gatten etwas anzutun." Er blätterte ein paar Seiten um, bis er zur Liste von Lady Dunningtons Gästen kam. „Lord Rupert Latham?"

Sie schüttelte den Kopf. „Sie waren Mitglieder desselben Clubs, aber es gab keine Unstimmigkeiten zwischen ihnen, zumindest keine, von denen ich weiß."

Pickett war sich eines Stiches der Enttäuschung bewusst, las aber weiter die Liste vor. „Lord Dernham?"

„Vor etwa drei Jahren gab es einen Unfall mit der Kutsche, bei dem Lady Dernham getötet wurde, zusammen mit mehreren Mitgliedern ihrer Familie. Obwohl solche Dinge nicht in Anwesenheit von Frauen besprochen werden, vermute ich, dass Lord Dernham meinen Mann zum Duell gefordert hat, aber Reginald war bei dem Unfall selbst verletzt worden – er hatte sich tatsächlich den Arm gebrochen – und konnte die Herausforderung nicht annehmen."

Pickett notierte es sich. „Mr. Martin Kenney?"

Lady Montague schüttelte den Kopf. „Der Name ist mir unbekannt. Wenn mein Mann Mr. Kenney kannte, hat er die Bekanntschaft nie erwähnt."

„Hauptmann Sir Charles Ormond?"

„Im früheren Regiment meines Mannes gab es einen Ormond, aber ich glaube, er hatte den Rang eines Leutnants, jedenfalls zu jener Zeit."

Pickett machte eine weitere Notiz. „Lord Edwin Braunton?"

Etwas flackerte in den Augen der Witwe. „Lord Edwins Tochter Catherine war eine Freundin meiner Tochter."

„War?" Pickett bemerkte, dass sie die Vergangenheitsform verwendete. „Sind die beiden nicht mehr befreundet?"

Lady Montague machte eine Handbewegung, die ihr Taschentuch zum Flattern brachte. „Sie waren Schulfreundinnen und wurden beide im vergangenen Frühjahr bei Hof vorgestellt, aber die Erfordernisse der Saison ließen sie bald in verschiedene Richtungen gehen."

„Ich habe gehört, dass Eure Tochter bald heiraten soll", sagte Pickett. „Ich hoffe, Miss Brauntons Saison war ebenso erfolgreich."

„Wo Ihr es jetzt erwähnt, ich habe kein Wort von einer Verlobung gehört", sagte Lady Montague. „In der Tat glaube ich, dass Miss Braunton London verlassen hat, als die Saison noch nicht zur Hälfte vorbei war. Sie kann für junge Mädchen sehr anstrengend sein, wenn sie jeden Abend gesellschaftliche Verpflichtungen haben, die bis in die frühen Morgenstunden andauern. Wenn Ihr glaubt, dass ein Streit zwischen meinem Mann und Lord Edwin für ihre plötzliche Abreise verantwortlich war, kann ich Euch versichern, dass nichts dergleichen vorgefallen ist."

Als Pickett das Ende seiner Liste erreicht hatte, ohne klüger zu sein als zu Beginn, sprach er Mylady noch einmal sein Beileid aus zusammen mit einer erneuten Entschuldigung dafür, dass er sie zu so später Stunde gestört hatte, und verabschiedete sich. Soweit er sehen konnte, hatten mindestens zwei der Gentlemen – Lord Dernham und Hauptmann Sir Charles Ormond – guten Grund, Sir Reginald den Tod zu wünschen, aber die Gründe beider Gentlemen schienen in der Vergangenheit zu liegen. Warum sollten sie Jahre darauf warten, Rache zu nehmen? Und wenn man Lady Fieldhurst glauben durfte, könnten weitere Nachforschungen ergeben, dass auch die beiden anderen Gentlemen eigene Gründe hatten, um Sir Reginald zu grollen.

Pickett seufzte. Wie sollte er den Mörder eines Mannes finden, den anscheinen *jeder* tot sehen wollte?

7

Dies ist die Armee, Mr. Pickett

Und wo, sagt Ihr, habt ihr sie gefunden, Mr. Pickett?",
fragte Mr. Colquhoun und drehte die Pistole in seinen
Händen.

„Ich habe sie gar nicht gefunden." Pickett lehnte sich an
das hölzerne Geländer, das vor der Bank des Amtsrichters
verlief. „Sondern ein Diener aus einem der benachbarten
Häuser. Er war am Fuße der Treppe, die zum
Dienstboteneingang hinabführt, und schäkerte mit einem von
Lady Dunningtons Küchenmädchen, als der Schuss
abgefeuert und die Waffe die Treppe hinabgeworfen wurde."

Mr. Colquhoun lachte leise. „Ich wette, das hat den
Turteltäubchen einen hübschen Schrecken eingejagt."

„Das würde ich auch sagen, Sir."

„Ihr seid also davon überzeugt, dass der junge Mann die
Wahrheit gesagt hat?"

„Das könnte ich schwören. Ganz zu schweigen, dass er von dem Vorfall zutiefst verstört zu sein schien, kann ich mir nicht vorstellen, welchen Grund er haben könnte, deshalb zu lügen. Wenn er wirklich Angst hatte, dass sein Arbeitgeber etwas über ihn und das Küchenmädchen herausfinden könnte, wäre er besser beraten gewesen, zu schweigen und nichts zu tun, was die Aufmerksamkeit auf seine Anwesenheit an einem Ort richten könnte, wo er nichts zu suchen hatte."

Mr. Colquhoun nickte und sah keinen Grund, dieser Argumentation zu widersprechen. „Und er sagt, er hat niemanden das Haus verlassen sehen? Zu schade, das."

„Das finde ich auch, Sir. Es wäre hilfreich gewesen, einen Zeugen zu haben." Er gestattete sich ein Lächeln. „Ich nehme an, er hatte zu der Zeit andere Dinge im Kopf."

„Dann würde ich meinen, dass der nächste Schritt darin besteht, herauszufinden, wem das gehört", empfahl der Richter und übergab die Waffe seinem jüngsten Läufer.

„Ja, Sir", stimmte Pickett zu. „Ich könnte mir vorstellen, dass Hauptmann Sir Charles Ormond am ehesten im Besitz einer solchen Waffe sein könnte. Ich hatte an einen Besuch bei einem der Waffenhändler gedacht, um zu sehen, was er mir darüber sagen könnte. Nur ..." Er unterbrach sich stirnrunzelnd.

„Ja? Was gibt es?"

„Ich muss zugeben, nicht mit den Sitten der feinen Gesellschaft vertraut zu sein, Sir, aber wäre es nicht ungewöhnlich für einen Mann, selbst für einen Offizier, eine Feuerwaffe zu einer Gesellschaft mitzunehmen?"

Der Richter nickte. „Das denke ich auch", sagte er, „es sei denn, natürlich, dass er die feste Absicht hatte, sie zu benutzen, bevor die Nacht vorüber war."

„In welchem Fall der Mord an Sir Reginalds geplant gewesen wäre", folgerte Pickett.

„Es sieht so aus. Wohlgemerkt, ich kann mich an eine Zeit erinnern, in der ein Mann nur dann als gut gekleidet galt, wenn er ein Schwert an seiner Seite trug", fuhr der Richter mit einem leicht wehmütigen Glanz in den Augen fort.

„Ich bin sicher, Ihr müsst sehr schneidig ausgesehen haben, Sir", bemerkte Pickett, der sich bemühte, ein höchst unbotmäßiges Grinsen zu unterdrücken.

„Unverschämter junger Hund!", knurrte Mr. Colquhoun. „Fort mit Euch. Könnt Ihr nicht sehen, dass ich zu arbeiten habe?"

„Ja, Sir", sagte Pickett kleinlaut und zögerte dann. „Mr. Colquhoun, Sir – „

„Ja, was gibt es?"

„Ich werde die heute auf der Dinergesellschaft Anwesenden befragen, einschließlich Lady Fieldhurst, da die Einladung sozusagen zu ihren Ehren war. Ich habe mit Mylady einen Termin vereinbart, um auch das Thema unserer seltsamen Eheschließung anzusprechen, aber nachdem ich jetzt den Fall Sir Reginalds mit ihr besprechen muss, muss ich zugeben, dass ich zögere, unsere persönlichen Angelegenheiten während der Arbeitsstunden mit ihr zu diskutieren. Ich glaube, es wäre besser, wenn ich warten würde bis …"

Mr. Colquhoun zog mit wissendem Blick eine Augenbraue hoch. „Aufschieben, Mr. Pickett?"

Pickett grinste verlegen. „Irgendwie schon, ja, Sir."

Der Richter lehnte sich in seinem Stuhl zurück. „Nun, es tut mir leid, Euch enttäuschen zu müssen, aber da das Ganze mit dieser Kirkbride–Affäre verwoben ist, kann man sagen, dass es sowohl eine berufliche als auch eine persönliche Angelegenheit darstellt. Ihr habt meine Erlaubnis, das Thema mit Lady Fieldhurst zu besprechen, während Ihr Eure Untersuchung durchführt."

„Danke, Sir", seufzte Pickett, obwohl Dankbarkeit nicht das vordringlichste der Gefühle in ihm war.

„Oh, und John –"

Sein Gebrauch von Picketts Vornamen war ungewöhnlich genug, wenn es auch schon früher vorgekommen war, um die Aufmerksamkeit dieses jungen Mannes zu erwecken. „Ja, Sir?"

„Viel Glück."

Pickett lächelte unsicher. „Danke, Sir", sagte er erneut und drehte sich um, um zu gehen.

„Ich habe das Gefühl, Ihr werdet es brauchen", murmelte Mr. Colquhoun, als er ihm nachschaute.

*****

Pickett verließ die Wache in der Bow Street voller Entschlossenheit, vor seinem Treffen mit Lady Fieldhurst so viel wie möglich für die Ermittlungen zu erledigen. Er war der Überzeugung, dass ihm nach dieser Unterhaltung mit ihr nicht mehr sehr danach zumute sein würde, noch irgendetwas zu tun. Zu diesem Zweck begab er sich zunächst nach Whitehall, wo, wenn Hauptmann Sir Charles Ormond die Wahrheit gesagt hatte, das Regiment dieses Gentleman–Soldaten inspiziert werden sollte.

Schon im Moment, als er die Horse Guards Parade, eine weite Fläche mit zertretenem Erdreich gleich im Osten des St. James' Parks, erreichte, war offensichtlich, dass in der Tat ein Regiment inspiziert wurde. Dutzende berittener Husaren bewegten sich in Formation, und das Scharlachrot und die goldenen Litzen ihrer Uniform schimmerte im kalten Sonnenlicht des frühen Morgens. Die Tatsache, dass Pickett Hauptmann Sir Charles Ormond nicht kannte, hatte ihn beunruhigt, da er diesen Gentleman selbst dann nicht erkennen würde, wenn er ihn sähe. Dies erwies sich jedoch als das kleinere Problem: Alle Kavalleristen sahen aus dieser Entfernung gleich aus und Zivilisten wie Pickett konnten ohnehin nicht nahe genug herankommen, um einen der Reiter auszumachen. Wenn er gehofft hatte, den Hauptmann durch das Fehlen einer Pistole zu identifizieren, wurde er auch hierin enttäuscht: Bei der Inspektion tänzelten viele Pferde und wurden Schwerter geschwungen, aber es wurden keine Pistolen gezogen.

Trotz der frühen Stunde saßen eine Handvoll Zuschauer am Rande des Exerzierplatzes. Die meisten von ihnen waren weiblich, wahrscheinlich Mütter, Frauen oder die Liebsten der Soldaten, wie Pickett aus dem Alter der Damen schloss. Bei den wenigen anwesenden Männern hatte Pickett den Verdacht, dass sie selbst an Schlachten teilgenommen hatten, wenn die Benutzung von Krücken, Stöcken und Augenklappen ein Hinweis gelten durfte. Er beobachtete die Vorgänge auf dem Exerzierplatz einige Minuten lang und wünschte sich, genug von militärischen Angelegenheiten zu verstehen, um sich auf eine einigermaßen intelligente Unterhaltung mit einem der Veteranen einzulassen, und ging dann müßig am Rande der Parade entlang, bis er neben einem grauhaarigen, sich schwer auf eine Krücke stützenden Veteranen stehen blieb. Das Wetter war immer ein sicheres Thema, beschloss Pickett.

„Schöner Tag für eine Inspektion, vor allem so spät im Jahr", stellte er fest und nickte zu der im Osten noch niedrig stehenden Sonne hinüber.

Der Schachzug enttäuschte ihn nicht. „Ja, wir können die Husaren nicht im Regen paradieren lassen; ihre hübschen Uniformen könnten schmutzig werden", spottete der alte Mann. „Habt Ihr je eine solche Ansammlung von Lackaffen gesehen? Pah!"

„Also nicht Euer früheres Regiment", bemerkte Pickett und wagte es zu raten.

„Meins? Nee, ich gehörte zu den Jungs ‚Ruhm oder Tod'." Als er Picketts verwirrten Gesichtsausdruck sah, fügte er hinzu: „Dragoner, mein Junge! *Wir* trugen keine gelben Stiefel! Wer hat je von so etwas gehört? *Gelbe Stiefel!*" Er spuckte zum Zeichen der Verachtung der farbigen Fußbekleidung der Husaren auf den Boden.

„Ich glaube, es gab früher einen Hauptmann der Husaren, einen Sir Reginald Montague", wagte Pickett sich vor.

Der ältere Mann warf einen verstohlenen Blick über die eine Schulter und dann über die andere. „Japp, aber ich würde diesen Namen in dieser Umgebung nicht laut aussprechen, wenn ich Ihr wäre. Ihr werdet feststellen, dass Sir Reginald bei den Husaren nicht sonderlich beliebt ist – und auch nicht bei den anderen Regimentern, was das angeht."

„Das hat man mir zu verstehen gegeben." Pickett kratzte mit der Stiefelspitze im Boden. „Warum nicht, könnt Ihr mir das sagen?"

„Nun, es wurde wohl alles vertuscht, aber soweit ich gehört habe, sollte Hauptmann Sir Reginald seine Männer in Masséna gegen die Franzosen anführen. Wie ich sagen hörte, hatte er am Abend zuvor schwer getrunken – sich Mut angetrunken, sagen einige – und war nur halb bei sich, als er seine Abteilung direkt in einen Hinterhalt führte. Sir Reginald schaffte es, ohne einen Kratzer davonzukommen, aber die meisten seiner Männer hatten nicht so viel Glück." Er spuckte erneut auf den Boden.

„Aber sicher kann Sir Reginald nicht für einen französischen Hinterhalt verantwortlich gemacht werden", widersprach Pickett. „Ich gebe zu, dass ich kein Experte für militärische Angelegenheiten bin, aber ich möchte meinen, dass ein Hinterhalt es von Natur aus unmöglich macht, sich angemessen zu verteidigen."

„Japp, aber in diesem Fall waren alle Anzeichen vorhanden, wenn der Hauptmann nur nüchtern genug gewesen wäre, um sie zu erkennen. Anscheinend sah einer seiner jüngeren Offiziere die Gefahr und versuchte, ihn zu warnen. Wenn Hauptmann Montague, wie er damals hieß, bei klarem Verstand gewesen wäre, hätte er vielleicht auf seinen jungen Leutnant gehört."

„War der Name des Leutnants zufällig Ormond?"

„Ja, so hieß er", sagte der Veteran der Dragoner leicht überrascht. „Woher wisst Ihr das?"

„Gut geraten", sagte Pickett geheimnisvoll. „Und Ihr sagtet, es gab schwere Verluste?"

„Ja, der größte Teil der Abteilung. Von den Überlebenden waren viele verletzt und mussten in einem französischen Gefängnis schmachten, bis ihre Freilassung ausgehandelt werden konnte. Aber nichts davon betraf Hauptmann Montague. Er schaffte es, den Franzosen nur seine Hinterhufe zeigen." Ein dritter Strom von Spucke ließ auf die Meinung des Veteranen über Hauptmann Reginald Montague schließen.

„Sicher wurde er für seinen Anteil an diesem Debakel vor ein Kriegsgericht zitiert", bemerkte Pickett.

„Das möchte man denken, aber wie man so sagt, der Teufel kümmert sich um die Seinen. Sein Vater starb und Hauptmann Montague erhielt die Erlaubnis, sein Offizierspatent zu verkaufen und nach Hause zu gehen, um seine Baronie zu übernehmen. Wohlgemerkt, es gab zu der Zeit wenig öffentliche Unterstützung für den Krieg; ich schätze, das Kriegsministerium befürchtete, dass das Spektakel eines Kriegsgerichts die Moral noch mehr schädigen könnte, und da sie Hauptmann Montague auch so loswurden ..." Der Veteran zuckte die Achseln.

Danach wurde das Gespräch allgemeiner, aber Pickett hatte bereits erfahren, was er wissen musste. Er schaute zu, wie das Kavallerieregiment alle Schrittarten vorführte, bis es schließlich in Rückzugsformation verfiel und zu den Ställen an der Nordseite des Gebäudes der Horse Guards zurückkehrte. Pickett entschuldigte sich bei seiner neuen Bekanntschaft und folgte den Pferden aus einer diskreten Entfernung, wobei er sich behutsam um den Kot herum bewegte, den sie zurückließen. Da er den Hauptmann nicht kannte, musste er mehrmals nach dem Aufenthaltsort des Offiziers fragen. Schließlich fand er Hauptmann Sir Charles Ormond, eine hohe Gestalt in Scharlachrot und Gold, dessen kastanienbraunes Haar von einem federgekrönten Tschako bedeckt war. Pickett näherte sich ihm, als er von seinem schlanken schwarzen Hengst stieg und das Tier dem Soldaten übergab, der ihm als Offiziersbursche diente. Picketts Herz wurde bei seinem Anblick schwer. Die Vorliebe der Damen für Männer in Uniform war wohlbekannt, und der schneidige Hauptmann schien alle der begehrtesten Eigenschaften seiner Art vorzuweisen.

„Hauptmann Sir Charles Ormond?", fragte Pickett in der Hoffnung, dass er doch geirrt haben könnte.

„Ja?" Der Hauptmann runzelte die Stirn, als er einen ziemlich schäbig gekleideten Zivilisten in der exklusiven Domäne der Horse Guards sah.

„John Pickett von der Bow Street. Ich glaube, Ihr habt gestern Abend an einer Dinergesellschaft in der Audley Street teilgenommen?"

Der Hauptmann neigte den Kopf. „Im Hause Lady Dunningtons, in der Tat. Was ist damit?"

„Ich würde Euch gerne ein paar Fragen über den Abend stellen, wenn ich darf."

Das Stirnrunzeln des Offiziers vertiefte sich. „Warum zum Teufel solltet Ihr das wollen?"

„Falls es Euch nicht bekannt ist, Hauptmann, ein Mann starb gestern Abend. Aus nächster Nähe durch die Brust geschossen."

Hauptmann Sir Charles blinzelte kaum auch nur. „Wer?

Sir Reginald Montague, nehme ich an."

„Und warum solltet Ihr zu diesem Schluss kommen?", fragte Pickett scharf.

„Wenn der am meisten gehasste Mann in England erschossen wird, muss man sich nur fragen, warum es nicht früher passiert ist. Ich werde alle Fragen beantworten, die Ihr zu stellen wünscht, Mr. – Pickett, war es doch? – aber dies ist kaum der richtige Ort für eine solche Diskussion. Im Gebäude der Guards gibt es eine Kaffeestube. Wenn Ihr mir eine Minute Zeit lassen wollt, um hier alles fertigzumachen, werde ich Euch dort gleich zur Verfügung stehen."

Pickett stimmte diesem Plan zu und verließ die Ställe, um sie gegen den palladianischen Glanz des Horse Guards– Gebäudes zu tauschen. Ein Blick auf die Uhr in ihrem gewölbten Turm, der lange als der genaueste Zeitmesser in London galt, zeigte, dass es Viertel vor neun war; noch mehr als fünf Stunden bis zu dem gefürchteten Gespräch mit Lady Fieldhurst.

Als Zivilist, der sich in das innerste Heiligtum des Kriegsministeriums wagte, hatte Pickett misstrauische Blicke erwartet, aber zu seiner Überraschung (und ja, auch Erleichterung) schien keiner der Männer in ihren scharlachroten, grünen oder blauen Regimentsuniformen ihm irgendwelche Aufmerksamkeit zu schenken. Er fand die Kaffeestube ganz einfach, indem er dem Aroma diesen Gebräus folgte, bestellte sich eine Tasse und setzte sich dann zum Warten an einen Tisch an der Wand. Und wartete. Und wartete. Er wollte sich schon zu fragen beginnen, ob der Hauptmann Reißaus genommen hatte, als Sir Charles unter eine Fülle von Entschuldigungen auftauchte.

„Ich bitte um Verzeihung, dass ich Euch warten ließ. Es dauerte länger als erwartet, bis ich die Ställe verlassen konnte. Also, was ist genau mit Sir Reginald Montague passiert?"

Pickett nahm Zuflucht zu den Notizen in seinem Notizbuch. „Er war der letzte, der Lady Dunningtons Haus gestern Abend verließ ..."

„Ja, das kann ich mir denken", stellte der Hauptmann ironisch fest.

Pickett sah von seinen Notizen auf. „Wie bitte?"

„Mein guter Mann, die ganze *feine Gesellschaft* weiß von Lady Dunningtons entschlossener Jagd auf Sir Reginald – nicht, wohlgemerkt, dass ihre Beute einen merklichen Versuch gemacht hätte, ihr zu entkommen."

„Wollt Ihr mir sagen, dass Sir Reginald Ambitionen hatte, der Liebhaber *Lady Dunningtons* zu werden?" Pickett begann, wahre Zuneigung zu dem toten Mann zu empfinden; welche Fehler Sir Reginalds Charakter gehabt haben mochte, hatte er anscheinend doch nie amouröse Absichten gegenüber Lady Fieldhurst gehegt – eine Unterlassung, die zumindest für Pickett mit Sicherheit eine Reihe von Sünden aufwog.

„Oh ja, und das wäre er zweifellos geworden, wenn er lange genug gelebt hätte." Als er Picketts verblüfften

Gesichtsausdruck sah, fügte er hinzu: „Sie denken an all diesen Unsinn in Bezug auf Lady Fieldhurst, scheint mir. Ja, ich habe an dem Diner teilgenommen in der Absicht, äh, meine Bekanntschaft mit der Viscountess zu vertiefen, aber am Ende des Abends war ich zu der Überzeugung gelangt, dass Lady Dunnington bei diesem Vorhaben ihre Zeit verschwendete. Es hätte selbst für den geringsten Intellekt offensichtlich sein müssen, dass Lady Fieldhurst nicht das geringste Interesse an einem von uns armen Trotteln hatte, die da zu ihrer Besichtigung vorgeführt wurden. Vielleicht hat ihre Ehe sie für das männliche Geschlecht im Allgemeinen verdorben, oder vielleicht schmachtet sie nach einem anderen – falls Letzteres der Fall sein sollte, könnt Ihr sicher sein, dass das Objekt ihrer vergeblichen Sehnsucht *nicht* der verstorbene Lord Fieldhurst ist."

Pickett empfand überaus freundliche Gefühle gegenüber dem Hauptmann, in der Tat, hätte Sir Charles ihm den Mord an Sir Reginald an Ort und Stelle gestanden, war er gar nicht sicher, ob er es übers Herz hätte bringen können, ihn zu verhaften.

„Aber ich habe Euch unterbrochen", fuhr Captain Sir Charles fort. „Ihr sagtet, Sir Reginald wäre als letzter gegangen?"

„Jedenfalls als der letzte der Gentlemen", berichtigte Pickett sich. „Lady Fieldhurst war noch immer dort. In der Tat befanden sie und Lady Dunnington sich im Salon, als der

Schuss abgefeuert wurde. Sie rannten zum Flur und fanden Sir Reginald mit einem Loch in der Brust dort liegen."

„Und der Mörder?"

„Längst fort. Er hat jedoch etwas dort hinterlassen." Pickett zog die Pistole aus seinem Hosenbund und legte sie auf den Tisch. Er hatte vor, später am Morgen einen Büchsenmacher aufzusuchen, und war sich sicher, dass diese Person ihm weitaus mehr über die Waffe erzählen würde, als es Captain Sir Charles jemals könnte. Tatsächlich war er weniger daran interessiert, die Meinung des Hauptmanns über die Waffe zu hören, als vielmehr daran, dessen Reaktion darauf zu beobachten. „Könnt Ihr mir etwas über diese Waffe sagen?"

Der Hauptmann hob sie hoch, drehte sie in den Händen und untersuchte sie aus allen Blickwinkeln. „Vielleicht. Was wollt Ihr wissen?"

„Gehört sie Euch?"

Sir Charles sah völlig perplex auf. „Mein guter Mann …!"

„Ich habe erfahren, dass Ihr jeden Grund hattet, Sir Reginald den Tod zu wünschen", sagte Pickett nicht ohne Mitgefühl.

„Oh, das will ich nicht abstreiten."

„Wann ist das passiert?"

„Vor fast zehn Jahren." Der Blick des Hauptmanns ging in die Ferne und Pickett nahm an, dass er sich gar nicht länger in der Kaffeestube befand, sondern auf einem weit entfernten Schlachtfeld. „Sie waren gute Männer, einige von ihnen kaum mehr als Jungen. Und vielleicht wären sie heute am Leben, wenn ihr Kommandant weniger der Flasche zugetan gewesen wäre."

„Ein schwerer Trinker, also?"

„Nicht mehr als viele andere, würde ich sagen. Aber die meisten Männer wissen, wann sie es sich leisten können und wann sie einen klaren Kopf behalten müssen. Der gute Hauptmann Montague …" Fast spuckte er den Namen aus, „… anscheinend nicht."

„Soweit ich weiß, habt Ihr versucht, ihn vor dem Hinterhalt zu warnen."

„Ja. Aber was wusste ich schon? Ich war ja nur Unterleutnant, wie der Hauptmann mir sehr schnell klar machte."

„Ich bin sicher, keiner könnte es Euch übel nehmen, dass Ihr ihm den Tod wünschtet", sagte Pickett. „Dennoch fürchte ich, dass ich Euch um eine Darlegung Eurer Bewegungen nach dem Verlassen von Lady Dunningtons Haus in der gestrigen Nacht bitten muss."

„Natürlich, Mr. Pickett. Wie ich Lady Dunnington am Abend sagte, musste ich früh aufbrechen, da mein Regiment heute Morgen inspiziert wurde. Wohlgemerkt, mein vorzeitiger Abschied war keine große Belastung, da ich nicht den Wunsch hatte, länger in Sir Reginalds Gegenwart zu verweilen. Ich verließ Lady Dunningtons Haus und kehrte auf direktem Weg in die Kaserne zurück – wie jeder in meinem Regiment, ebenso wie der diensthabende Wachposten der letzten Nacht, bestätigen kann."

„Vielen Dank, Hauptmann. Ich werde mich darum kümmern, bevor ich gehe."

Der Hauptmann nickte zustimmend, und Pickett entschuldigte sich.

Anders als der Paradeplatz, der zum St. James' Park im Westen offen war, wurden die Kasernen von zwei Wachtposten auf der Seite von Whitehall im Osten bewacht. Pickett näherte sich einer davon und sprach den diensthabenden Soldaten an.

„John Pickett, vom Amtsgericht Bow Street. Ich würde gerne mit der Wache sprechen, die in der letzten Nacht Dienst hatte."

Die Stirn des Wachpostens kräuselte sich. „Letzte Nacht, sagt Ihr? Einer von ihnen dürfte Wilkinson gewesen sein, aber was den anderen angeht, weiß ich es nicht. Leutnant Carson ist der Offizier, der den Wachdienst einteilt, er ist derjenige, mit dem Ihr sprechen müsst."

„Carson, sagt Ihr?"

„Ja, richtig, Unterleutnant Andrew Carson. Ich würde Euch selbst hinbringen, aber ich darf meinen Posten nicht verlassen. Bow Street, sagt Ihr? Geht einfach weiter, Sir, und wenn jemand Euch anhält, sagt ihm, dass Gefreiter Watters

Euch eingelassen hat."

Pickett nickte. „Vielen Dank, Gefreiter."

Er ging durch die Tore in die Kaserne, wo er nach einigen Fragen Leutnant Carson ausfindig machen konnte. Der Leutnant erwies sich als nicht älter als Pickett selbst, aber eine aristokratische Erziehung zusammen mit militärischer Disziplin hatten ihm ein befehlsgewohntes Auftreten verliehen, um das Pickett ihn nur beneiden konnte; er vermutete, dass Leutnant Carson keine abschätzigen Äußerungen über sein Alter ertragen müsste, nicht einmal von den Soldaten unter seinem Kommando, die viele Jahre älter waren als er. Als er die Frage hörte, nickte der junge Offizier. „Letzte Nacht? Das dürften Collins und Wilkinson gewesen sein." Er drehte sich um und brüllte einen Befehl.

„Du da – Simpson! Geh und hole Collins und Wilkinson, sie sollen sich bei mir melden."

Der Gefreite Simpson eilte, diesen Befehl auszuführen, und innerhalb von Minuten standen zwei Soldaten salutierend vor Leutnant Carson.

„Wilkinson, Collins, dieser Mann ist aus der Bow Street", sagte der Leutnant und deutete auf Pickett. „Er hat ein paar Fragen an euch über euren Wachdienst in der letzten Nacht. Ihr werdet ihm jede mögliche Unterstützung geben. Mr. Pickett, wenn Ihr noch etwas braucht, müsst Ihr nur nach mir schicken."

„Ja, Sir. Vielen Dank, Sir", sagte Pickett und

unterdrückte das Bedürfnis zu salutieren. Als er mit den beiden Wachposten allein war, sagte er: „Man hat mir gesagt, Ihr wart letzte Nacht auf Wache. Kann sich einer von Euch erinnern, dass Hauptmann Sir Charles Ormond in die Kaserne zurückkam?"

Der Mann namens Collins schüttelte verneinend den Kopf, aber der andere, Wilkinson, nickte. „Ja, er kam an meinem Wachhäuschen vorbei."

„Könnt Ihr Euch erinnern, wie spät es war?"

Wilkinson kratzte sich am Kopf. „Mal sehen, die Uhr am Gebäude der Guards hatte gerade halb zehn geschlagen … Der Hauptmann muss etwa fünfundzwanzig Minuten vor zehn, nicht später als Viertel vor zehn zurückgekommen sein. Nun, es liegt auf der Hand, dass er nicht zu spät ausbleiben wollte, nicht wahr, nachdem für heute Morgen die Inspektion angesetzt war."

„Danke", sagte Pickett und notierte es sich. „Ihr wart sehr hilfreich."

Fünfunddreißig Minuten, höchstens fünfundvierzig, um von der Audley Street zu den Horse Guards zu laufen. Das schien eine vernünftige Zeit für einen Mann in guter körperlicher Verfassung mit einem reinen Gewissen und daher keiner Notwendigkeit zu übergroßer Eile, dachte Pickett, obwohl er es vielleicht bestätigen wollen würde, indem er die Strecke selbst ging. Nicht jetzt, natürlich, wo die Straßen von Mayfair und Whitehall vor Mitgliedern der eleganten Gesellschaft und Beamten wimmelten, sondern später, zwischen neun und zehn Uhr. Wenn keine dem widersprechenden Beweise auftauchten, schien es, dass Hauptmann Sir Charles Ormond, so groß die Versuchung für ihn auch gewesen sein mochte, mit dem Mord an Sir Reginald nichts zu tun hatte.

8

In dem John Pickett die Herkunft einer Pistole erforscht

Die Erfahrung hatte Pickett gelehrt, dass die *beau monde* sich selten vor dem Mittag aus ihren Betten erhob, daher sah er es als sinnlos an, einen von Lady Dunningtons Dinergästen vor dieser Stunde befragen zu wollen. Er beschloss, in der Zwischenzeit Joseph Manton, den bevorzugten Büchsenmacher der feinen Gesellschaft, in seiner beliebten Schießhalle in der Davies Street aufzusuchen. Wie er erwartet hatte, waren weniger der feinen Leute um diese Zeit anwesend. Nur drei oder vier Gentlemen waren dort, wechselten sich beim Schießen auf Zielscheiben ab und schlossen Wetten über ihren Erfolg (oder den Mangel daran) bei diesem Unternehmen ab. Keiner von ihnen hatte einen Blick für einen jungen Mann in einem unmodernen braunen Sergerock übrig, dessen lockiges, braunes Haar noch dazu zu einem altmodischen Zopf zusammengefasst war.

Der Besitzer jedoch hatte schon früher beruflich mit der Bow Street zu tun gehabt. Zugegeben, diese Ereignisse hatten sich vor Picketts Zeit abgespielt, aber der Ruf dieses jungen Mannes war ihm vorausgegangen, und so ließ Mr. Joseph Manton seine aristokratischen Kunden stehen und kam gleich auf ihn zu.

„Guten Morgen, Sir", sagte er, „und was kann ich für Euch tun?"

„John Pickett von der Bow Street. Ich würde gerne wissen, was Ihr mir über diese Waffe sagen könnt." Er zog die Pistole aus dem Bund seiner Hosen und überreichte sie dem Büchsenmacher.

„Hm, keine von meinen, das kann ich Euch sofort sagen."

„Ist es die Art von Feuerwaffe, die ein Hauptmann der Husaren bei sich führen könnte?"

„Ja und nein", sagte Mr. Manton, der die Pistole mit der Leichtigkeit langjähriger Gewohnheit in den Händen drehte. „Anders als die einfachen Soldaten, an die Musketen ausgeteilt werden, bringen Offiziere ihre eigenen Pistolen mit und sie können jede Art kaufen, die ihnen am besten gefällt. Ich schätze, mehr als nur ein paar von meinen haben auf der Halbinsel Dienst getan."

„Und diese?"

Picketts Wissen über Schusswaffen war rein dienstlich und Mr. Manton überforderte ihn schnell mit seinen

117

Erklärungen über gezogene Läufe, Federspannung, Zielvorrichtung und Ladestöcke, die er zum Schluss mit der Aussage krönte: „Diese Waffe wurde von Rigby in Dublin gefertigt."

„*Dublin*, sagtet Ihr?", fragte Pickett nach, um sich an dem einzigen Detail festzuhalten, das für ihn einen Sinn ergab. „Dublin, wie in Irland?"

Der Büchsenmacher zog die Augenbrauen hoch. „Wenn es ein anderes Dublin gibt, in dem Rigby eine Waffenschmiede betreibt, ist mir das nicht bekannt."

Pickett schüttelte den Kopf, als ob er ihn klar bekommen wollte. „Nein, natürlich nicht. Vielen Dank, Sir, Ihr wart sehr hilfreich."

Er verließ Mantons Schießhalle mit dem festen Entschluss, Mr. Martin Kenney, der aus Irland stammte, einen Besuch abzustatten, bis ihm einfiel, dass er keine Ahnung hatte, wo er den Mann finden könnte. Noch, was das anging, waren ihm die Anschriften eines der anderen Gentlemen bekannt, die bei Lady Dunningtons Diner anwesend gewesen waren, mit der bemerkenswerten Ausnahme von Lord Rupert Latham, den zu befragen er bereits einmal zuvor das zweifelhafte Vergnügen gehabt hatte; er war so von der Anwesenheit Lady Fieldhursts verwirrt gewesen und so von dem bevorstehenden Gespräch mit ihr verschreckt, dass er vergessen hatte, sich diese Informationen zu verschaffen. Offensichtlich blieb nichts anderes übrig, als zu Lady

Dunningtons Haus zurückzukehren und um weitere Aufklärung zu bitten – ein Vorgehen, das die Meinung der Countess über seine Kompetenz kaum steigern würde. Da er keine andere Lösung sah, machte er sich auf den Weg zur Audley Street, wo die Tür schnell von Dulcie geöffnet wurden, mit rotgeränderten Augen und schniefend.

„Miss Monroe?", fragte er und nahm seinen Hut ab. „Was ist los?"

„Nichts, Mr. Pickett, Sir." Doch wie sie ihre Augen mit einer Ecke ihrer Schürze betupfte, strafte dies ihre Worte Lügen.

„Ist etwas passiert?", fragte er und wurde zunehmend besorgt. „Lady Dunnington—?"

„Lady Dunnington geht es gut, Sir. Es ist – nichts, was Euch kümmern müsste."

„Im Moment fürchte ich, dass alles, was in diesem Haus passiert, mich kümmern muss. Kommt, Miss Monroe, wollt Ihr mir nicht sagen, was passiert ist?"

„Nennt mich Dulcie, Sir. Wenn Ihr es wissen müsst, es ist … es ist die Schäferin."

„Die Schäferin?", wiederholte Pickett und vor seinem inneren Auge entstanden Bilder von Schafherden, die nach dem gewaltsamen Tod ihrer Hirtin ziellos durch London wanderten. „Welche Schäferin?"

„Die Dresdner Schäferin, die auf dem Kaminsims im Salon zu stehen pflegte. Porzellan", erklärte, als sie ihn immer noch ratlos dastehen sah.

„Oh! Porzellan", sagte Pickett, erleichtert darüber, dass er wenigstens ein Geheimnis gelöst hatte. „Was ist damit?"

„Das ist genau das, was ich nicht weiß, Mr. Pickett", vertraute Dulcie ihm an und suchte erneut Hilfe beim Saum ihrer Schürze. „Mylady bemerkte heute Morgen, dass sie fehlte, und sie glaubt – sie glaubt, ich hätte sie gestohlen."

„Ist es möglich, dass jemand – ein anderer Diener – sie vielleicht versehentlich vom Kaminsims geworfen hat, vielleicht beim Abstauben oder etwas in der Art, und in der Hoffnung, dass Lady Dunnington es nicht bemerkt, die Scherben entsorgt hat?"

Dulcie wies seine Idee umgehend zurück. „*Ich* staube den Salon ab, Sir, und wenn ich so etwas getan hätte, würde ich Mylady sofort informiert haben, ohne Rücksicht auf eine mögliche Strafe!"

„Natürlich hättet Ihr das", versicherte er ihr hastig. „Ich bin sicher, dass Lady Dunnington es nicht so gemeint hat – sie ist sicher noch von den Ereignissen der letzten Nacht aufgeregt."

„Vielen Dank, Sir. Ich hoffe, Ihr habt recht."

„Ich würde gerne mit Lady Dunnington sprechen, wenn das möglich wäre."

„Natürlich." An ihre Pflichten erinnert, nahm sie ihm Hut und Handschuhe ab und legte diese auf den Beistelltisch nahe der Tür. „Wenn Ihr hier warten würdet, werde ich Mylady informieren."

Sie machte einen raschen Knicks und ließ dann dem Wort die Tat folgen. Pickett musste nicht lange warten, bis sie zurückkam, und ihm bedeutete, ihr zu folgen. „Wenn Ihr bitte mitkommen würdet, Sir."

„Vielen Dank. Und Dulcie…" Er zögerte und fragte sich, ob er seine Kompetenzen überschritte. „… wenn Ihr möchtet, dass ich für Euch bei Mylady ein gutes Wort einlege, tue ich das gern."

Er wurde mit einem dankbaren Lächeln des Zimmermädchens belohnt. „Das wäre sehr nett von Euch, Mr. Pickett."

Sie führte ihn nicht, wie er erwartet hatte, in den Salon, sondern ins Frühstückszimmer, wo Lady Dunnington am Tisch saß und ihre Morgenschokolade nippte. Sie trug noch ihren Morgenmantel und die Schatten unter ihren Augen ließen darauf schließen, dass sie nur wenig Schlaf gefunden hatte.

„Ich bitte um Verzeihung, dass ich beim Frühstück störe", sagte Pickett, der von ihrem verhärmten Aussehen erschrocken war. „Ich kann später wiederkommen, wenn Ihr das vorziehen …"

„Nein, Mr. Pickett, wenn es Euch nichts ausmacht, würde ich das gerne hinter mich bringen", sagte Lady Dunnington. „Hättet Ihr gerne Kaffee? Dulcie, hole bitte eine Tasse für Mr. Pickett. Ich vermute, dass er hundert Fragen hat, die er mir stellen möchte."

„Aber nicht doch, Mylady", warf Pickett hastig ein. „Und keinen Kaffee, bitte. Ich werde Euch nicht lange lästig fallen. Mir wurde nur heute Morgen klar, dass ich Euch zwar nach einer Liste der Männer gefragt habe, die gestern Abend hier beim Essen waren, aber vergessen habe, Euch nach ihren Wohnadressen zu fragen."

„Ihr enttäuscht mich! Und ich hatte gedacht, dass ein Bow–Street–Läufer kein Problem damit haben würde, seine Beute aufzuspüren." Ihr Tonfall klang scherzhaft, ein Umstand, der angesichts ihres offensichtlichen Kummers äußerst unpassend schien.

„Vielleicht nicht, aber gewöhnlich hilft es, eine gewisse Ahnung zu haben, wo ich danach suchen sollte", sagte Pickett.

„Sehr gut, Mr. Pickett, wenn Ihr darauf besteht. Dulcie", wandte sie sich an das Mädchen, „hole die Einladungsliste von meinem Schreibtisch – du weißt, wo du suchen musst."

„Ja, Ma'am."

Dulcie verließ den Raum und Lady Dunnington musterte Pickett über den Frühstückstisch hinweg.

„Nun, Mr. Pickett, habt Ihr unseren Mörder schon gefunden?"

Er blinzelte sie überrascht an. „Ich habe die Ermittlung noch kaum begonnen, Mylady."

„Ich bin sehr enttäuscht. Ich dachte, Ihr müsstet bereits kurz davor stehen, eine Verhaftung vorzunehmen. Wer könnte es sein, frage ich mich? Lord Rupert Latham vielleicht? Ich glaube, das würde Euch gefallen, nicht wahr?"

Pickett errötete, da ihm sehr wohl bewusst war, dass ihm ein solcher Gedanke mehr als einmal während seiner Untersuchung von Lord Fieldhursts Tod gekommen war. „Ich möchte nur die Wahrheit herausfinden, Mylady. Ob mir das Vergnügen macht oder nicht, ist völlig unwesentlich."

„Um so bedauerlicher, hmm?", warf sie ein und hob anzüglich eine zart gewölbte Braue.

Pickett war dankbar für die Unterbrechung, als Dulcie in diesem Moment mit einem einzelnen Blatt Pergament in der Hand zurückkehrte.

„Hier ist die Einladungsliste, Mylady."

„Gib sie bitte Mr. Pickett", sagte Lady Dunnington und deutete auf ihn. „Mr. Pickett, Ihr könnt sie behalten, wenn Ihr das wünscht."

Er nahm dem Mädchen die Liste ab und nickte ihr dann ermutigend zu, als sie einen Knicks machte und das Zimmer verließ.

Er warf einen Blick auf die Liste. Die Männer, die Lady Fieldhurst erwähnt hatte, standen alle darauf, zusammen mit der Anschrift der jeweiligen Wohnung jeden Mannes in London. Er bemerkte mit einiger Enttäuschung, dass, während die meisten der Männer in Mayfair lebten, Mr. Kenney (der Mann, an dessen Befragung er das größte Interesse hatte, wenn man die Herkunft der Pistole bedachte), seine Unterkunft etwas weiter entfernt in dem nicht allzu wohlbeleumundeten Stadtteil St. Giles hatte. Pickett beschloss, so viele der Männer wie möglich vor seiner Verabredung mit Lady Fieldhurst um zwei Uhr zu befragen und dann Mr. Kenney auf dem Weg zurück zur Bow Street aufzusuchen.

Er dankte Lady Dunnington und stand auf, um sich zu verabschieden. Als sie nach der Klingel griff, um Dulcie zu rufen, um ihn hinauszubegleiten, erinnerte er an das Versprechen gegenüber dem Mädchen, das er noch einzuhalten hatte.

„Mylady, Dulcie erzählte mir, dass Ihr eine Porzellanfigur vermisst."

„Ja, das ist wirklich zu ärgerlich, zu alldem, was hier schon passiert ist."

„Sie schien den Eindruck zu haben, ihr könntet glauben, dass sie sie gestohlen hätte."

Sie zuckte mit den Achseln und schaute ihn dann mit einem überraschend charmanten Lächeln an. „Es ist wohl so, dass ich etwas Derartiges gesagt habe. Es war eine fürchterliche Nacht, Mr. Pickett, und meine Zunge hat die Neigung, manchmal mit mir durchzugehen. Leute, die mich gut kennen, wissen, dass sie besser die Hälfte dessen, was ich sage, nicht beachten."

Aus seiner eigenen Erfahrung als Diener wusste Pickett, dass ein Diener es sich nicht leisten konnte, etwas zu ignorieren, was seine Herrschaft sagte, aber er vermutete, dass es vergebene Liebesmühe sein würde, Lady Dunnington darauf hinzuweisen. „Dann habt Ihr nicht vor, sie zu entlassen?"

„Himmel, nein! Gutes Personal ist zu schwer zu finden, als dass man ein Dienstmädchen so einfach wegschicken würde. Ich nehme an, das Mädchen hat sie heruntergeworfen und fürchtet sich davor, mir das zu sagen."

Der gleiche Gedanke war Pickett gekommen, aber er glaubte Dulcie, als sie es bestritten hatte. Trotzdem würde er ihr jetzt versichern können, dass ihre Stellung nicht gefährdet war. Das, nahm er an, würde reichen müssen. Er bedankte sich noch einmal bei Lady Dunnington, als Dulcie auf das Läuten ihrer Herrin kam, folgte er ihr bis zur Haustür.

„Danke, Dulcie", sagte er, als sie ihm seinen Hut überreichte. „Ich freue mich, Euch berichten zu können, dass es so war, wie ich vermutete, und Lady Dunnington aus ihrem aufgeregten Zustand nach den Ereignissen der letzten Nacht heraus gesprochen hat. Auf jeden Fall darf ich Euch versichern, dass Ihr nicht kurz davor steht, hinausgeworfen zu werden."

„Ihr seid sehr freundlich, Mr. Pickett", sagte sie scheu, senkte den Kopf und schaute ihn unter ihrem Wimpern hervor an. „Ich danke Euch, dass Ihr Euch die Mühe gemacht habt."

„Das war überhaupt keine Mühe", versicherte er ihr. „Einen schönen Tag noch, Dulcie."

„Euch auch, Mr. Pickett", sagte sie und blieb an der Tür stehen, um ihm nachzuschauen, bis er die Straße hinab verschwunden war.

*****

Pickett hielt zuerst im Stadthaus von Lord Edwin Braunton am Portman Square an, wo er seine Karte dem Butler übergab.

„Ich werde mich erkundigen, ob Lord Edwin zu Hause ist", säuselte diese Person und ließ Pickett sich im Foyer die Beine in den Bauch stehen. Er kehrte ein paar Minuten später mit der Information zurück, dass Lord Edwin ihn in seinem Arbeitszimmer empfangen würde. Der Butler ging ihm die Treppe hinauf voran, blieb an der Tür des Arbeitszimmers stehen und meldete: „Mr. John Pickett aus der Bow Street, Mylord."

Pickett, der in der Furcht lebte zu entdecken, dass zumindest einer der Gentlemen, die um die Gunst seiner Lady warben, dem Schönheitsideal jeder Frau entsprechen könnte, war erleichtert, sich einem rustikalen Gentleman gegenüber zu sehen, der volle zwei Jahrzehnte älter sein musste als seine eigenen vierundzwanzig Jahre. Lord Edwin schaute von seinem Schreibtisch auf, wo er damit beschäftigt war, etwas zu reinigen, was den Stücken nach, die über die Oberfläche verstreut waren, eine Vogelflinte zu sein schien. Mehrere andere Exemplare der Büchsenmacherkunst hingen an der Wand hinter dem Schreibtisch; anscheinend war Lord Edwin ein Sammler. Pickett merkte sich diese Information für spätere Überlegungen.

„Kommt herein, Sir, kommt herein", drängte Lord Edwin und winkte ihn zu sich. „Was bringt Euch hierher, wenn ich fragen darf?"

Er wartete, bis der Butler sich zurückgezogen und die Tür hinter sich geschlossen hatte, um zu antworten: „Ich bin hier auf Lady Dunningtons Geheiß, Lord Edwin. Einer der Gentlemen, die gestern Abend bei ihrem Diner anwesend waren, scheint etwas dort vergessen zu haben. Ich frage mich, ob Ihr bemerkt habt, dass etwas von Eurem persönlichen Eigentum fehlt."

„Nein, ich habe nichts verloren, was mir bewusst ist." Lord Edwin runzelte die Stirn und legte sein Reinigungstuch beiseite. „Schaut, ich hatte noch nie mit der Bow Street zu tun, aber soweit ich weiß, würde keiner von Euch Männern gerufen werden, um nach einem vermissten Handschuh oder einer Uhr zu suchen. Es sei denn, Ihr habt vor Kurzem eine Kinderabteilung eröffnet?"

Pickett biss die Zähne zusammen, ließ aber den unvermeidlichen Seitenhieb auf sein Alter unkommentiert stehen. „Nein, Sir, kein verlorener Handschuh oder eine Uhr." Er zog die Pistole aus seinem Hosenbund und legte sie auf den Schreibtisch. „Ich sehe, dass Ihr Euch für Schusswaffen interessiert. Sieht diese hier für Euch vertraut aus?"

„Hmm, Rigby, eh?" Lord Edwin nahm die Pistole in die

127

Hand und musterte sie. „Nicht meine, fürchte ich. Ich persönlich bevorzuge Manton. Ihr sagt, jemand hätte sie gestern Abend in Lady Dunningtons Haus vergessen?"

„Ja, gleich nachdem er Sir Reginald Montague damit in die Brust geschossen hatte."

„Lieber Gott!"

„Wisst Ihr von einem Grund, warum jemand Sir Reginald den Tod wünschen könnte?"

Lord Edwin legte die Pistole auf den Schreibtisch und schob sie weg. „Ihr solltet besser nach einem Grund fragen, warum jemand ihn gerne am Leben sehen würde. Der Kerl war ein Schurke. Ich habe ihn nicht getötet, aber ich kann nicht sagen, dass es mir leid tut, dass er tot ist."

„Warum nicht?"

Lord Edwin machte eine ausladende Geste. „Jede Menge von Gründen. Fragt, wen Ihr wollt! Diesen Hauptmann Sir Charles, zum Beispiel. Er hatte keinen Grund, Sir Reginald zu lieben."

„Wieso? Was hat sich zwischen Sir Reginald und dem Hauptmann abgespielt?", fragte Pickett und tastete in der Innentasche seines Rocks nach seinem Notizbuch und dem Bleistift. Er war sich natürlich der Geschichte des Hauptmanns völlig bewusst, nachdem er sie direkt von dem Mann selbst gehört hatte, aber es würde nicht schaden, sie aus anderer Quelle bestätigt zu bekommen.

„Oh, genau könnte ich das nicht sagen – irgendetwas auf

dem Kontinent, wenn man den Gerüchten glauben darf. Es wurde alles vertuscht, aber es gilt als sehr wahrscheinlich, dass Sir Reginald sich einem Kriegsgericht hätte stellen müssen, wenn sein Vater nicht ausgerechnet diesen Moment ausgesucht hätte, um zu sterben. Die Armee hat den Skandal übergangen, indem sie ihm erlaubt haben, sein Patent zu verkaufen, als eine Menge Leute ihn lieber am Ende eines Strickes hätten baumeln sehen." Er seufzte. „So oder so würde es diese armen Jungs unter seinem Kommando nicht wieder lebendig gemacht haben."

„Und Hauptmann Sir Charles wusste von diesem Vorfall – was auch immer es war?", fragte Pickett und verglich Lord Edwins Bericht mit dem, den der Kapitän erst vor wenigen Stunden selbst gegeben hatte.

„Wusste davon? Mein guter Mann, er war dort! Ein bloßer Unterleutnant jedoch zu der Zeit; wer hätte sein Wort höher bewertet als das seines kommandierenden Offiziers?"

„Soll ich das so verstehen, dass Sir Reginald Montague sein kommandierender Offizier war?"

„Habe ich das nicht gerade gesagt? Also wenn Ihr nach jemandem sucht, der einen Grund hätte, Sir Reginald zu töten, braucht ihr nicht weiter zu suchen als bis zu Sir Charles. Wenn es nicht Lord Dernham war, natürlich."

„Wieso? Was hatte Lord Dernham gegen ihn?"

Lord Edwin lehnte sich in seinem Stuhl zurück und richtete seinen Blick auf die Decke, während er eine Reihe von mentalen Berechnungen durchführte. „Mal sehen, vor zwei Jahren war es, nein, machen Sie drei daraus. Wohlgemerkt, ich bin selbst ein sportlicher Mann, aber ich bin nicht dafür, eine der belebtesten Durchgangsstraßen des Landes als private Rennstrecke zu benutzen!"

„Ich entnehme dem, dass Sir Reginald das getan hat?"

„Ja, er hatte die Absicht, die Zeit des Prinzregenten für die Strecke London–Brighton zu unterbieten. Wagenrennen", erklärte er, als er Picketts leeren Gesichtsausdruck sah.

„Was ist also geschehen?"

„So, wie ich es gehört habe, kam Sir Reginald an eine große Reisekutsche heran und setzte es sich in den Kopf, sie an einer Stelle zu überholen, wo die Straße nicht breit genug war.

„Und?", fragte Pickett weiter, obwohl er vermutete, dass er die Antwort bereits kannte.

„Sir Reginald wurde nur von seinem Sitz geschleudert – man sagt, der Teufel schütze die Seinen – aber mehrere der Insassen der Reisekutsche haben den Zusammenstoß nicht überlebt. Unter ihnen war Lord Dernhams Frau."

Pickett schaute vom Schreiben in sein Notizbuch auf. Das war ein Motiv, allerdings. Aber warum sollte Lord Dernham – oder auch Hauptmann Sir Charles, was das anging – jahrelang nach dem Vorkommnis warten, um selbst für Gerechtigkeit zu sorgen?

„Was ist mit den anderen Gästen?", fragte Pickett. Lord

Edwin Braunton war so klatschsüchtig wie eine alte Frau. Hoffte er, den Verdacht von sich abzulenken, oder beneidete er nur die anderen Männer, mit denen er um Lady Fieldhursts Gunst wetteiferte und hoffte, die Zahl der Bewerber zu verringern? Wäre Letzteres der Fall, hätte Pickett von ganzem Herzen Sympathie dafür gehabt; so oder so wollte er Lord Edwins Gesprächigkeit voll ausnutzen. „Hatte einer der anderen einen Grund, Sir Reginald den Tod zu wünschen?"

„Ich weiß nicht, ob er ihm den Tod wünschte, aber Mr. Martin Kenney hatte keinen Grund, ihn zu mögen. Sir Reginald hat ihn eines Abends bei White's praktisch beschuldigt, beim Kartenspielen betrogen zu haben, und obwohl nie etwas dort bewiesen werden konnte, wurde Mr. Kenneys Mitgliedschaft widerrufen."

Pickett konnte den Verlust der eigenen Clubmitgliedschaft kaum als Rechtfertigung für Mord betrachten, aber er wusste, dass die Aristokratie dazu neigte, die Dinge anders zu sehen.

„Und was ist mit Euch selbst, Lord Edwin?"

„Mit mir?", fragte Lord Edwin widerstrebend. „Ich gebe zu, dass ich den Mann nicht mochte – Orangenblüten und weißer Satin, in der Tat!– aber ich hätte keinen Grund gehabt, ihn zu töten!"

„Orangenblüten und weißer Satin?", wiederholte Pickett verwirrt.

Lord Edwin seufzte. „Sir Reginalds älteste Tochter soll

– sollte – in ein paar Wochen heiraten. Er sagte, er wäre zu Lady Dunningtons Diner gekommen, um dem Geschwätz seiner Frauen über die Hochzeit zu entkommen."

„Lord Edwin, ich fürchte, ich muss Euch um einen Bericht über Ihre Wege bitten, nachdem Sie Lady Dunningtons Haus letzte Nacht verlassen haben."

„Na schön, Sir, ich habe bei Boodle's, meinem Club, für eine oder zwei Stunden vorbeigeschaut – was der Portier im Übrigen bestätigen wird – und bin dann nach Hause gekommen, zu Bett gegangen und habe bis zum Morgen fest geschlafen."

Pickett notierte es, dankte Lord Edwin für die Informationen und verabschiedete sich. Es war jetzt fast halb eins und er beschloss, dass er vor dem erwarteten, aber auch gefürchteten *tête-à-tête* mit Lady Fieldhurst noch Zeit für eine weitere Befragung hätte. Er suchte als Nächstes Lord Dernham auf und wurde in einen elegant eingerichteten, aber irgendwie sterilen Salon geführt. Hier schloss sich ihm bald ein melancholischer Mann Ende der Dreißiger an, mit blassblauen Augen und hellem Haar, das sich schon rasch von seiner Stirn zurückzog.

„Bow Street, sagt Ihr?", fragte dieser Gentleman und bedeutete Pickett, vor dem Feuer Platz zu nehmen. „Wie kann ich Euch helfen?"

Pickett griff noch einmal auf die gleiche Eröffnung zurück, die er bei Lord Edwin verwendet hatte.

132

„Ich bin hier auf Geheiß von Lady Dunnington", begann er. „Ich glaube, Ihr habt gestern Abend mit ihr in der Audley Street diniert?"

„Ich war einer von mehreren Anwesenden, ja."

„Einer ihrer Gäste hinterließ einen persönlichen Gegenstand. Ich frage mich, ob Ihr bemerkt habt, dass Euch etwas fehlt."

Lord Dernhams Stirn legte sich in Falten. „Nicht, dass ich wüsste. Es scheint sich ja um einen Gegenstand von beträchtlichem Wert zu halten, wenn sie es für nötig hielt, sich an die Bow Street zu wenden."

„Man könnte sagen, er war das Leben eines Mannes wert." Pickett zog die Pistole heraus. „Habt ihr dies schon einmal gesehen, Lord Dernham?"

Im Gegensatz zu Lord Edwin mache Dernham keinen Versuch, die Waffe in die Hand zu nehmen. „Nicht, dass ich wüsste", sagte er und musterte sie mit Unbehagen. „Und Ihr sagt, jemand hätte sie gestern Abend in Lady Dunningtons Haus vergessen? Warum sollte jemand eine Pistole zu einer Dinnerparty mitbringen?"

„Offenbar zum Zweck, auf Sir Reginald Montague zu schießen", antwortete Pickett.

Lord Dernham zuckte bei solchen klaren Worten zusammen. „Also wurde Montague erschossen? Ist er …?" Er würgte, unfähig, das Wort auszusprechen.

„Ob er tot ist? Allerdings."

„Nun gut!" Lord Dernhams Gesichtsausdruck änderte sich, aber anstatt Entsetzen zu zeigen, wie man es hätte erwarten können, entspannten sich seine Gesichtsmuskeln und er sah plötzlich aus wie ein verurteilter Mann, der unerwartet begnadigt worden war. „Nun gut!", sagte er erneut.

„Ihr scheint Euch über die Nachricht zu freuen", bemerkte Pickett.

„Das kann ich nicht leugnen. Nein, Mr. Pickett, ich habe ihn nicht getötet, aber ich werde nicht vorgeben, seinen Tod zu bedauern. Wenn Ihr auf meine Hilfe bei der Ergreifung des Mörders hofft, fürchte ich, seid Ihr hier am falschen Ort. Von mir werdet Ihr keine Hilfe bekommen."

„Sir Reginald mag ein Schurke gewesen sein und ein Schuft, Mylord, aber selbst Schurken und Schufte haben dem britischen Gesetz nach Anspruch auf gewisse Rechte. Ich verstehe, dass Ihr allen Grund habt, ihm Böses zu wünschen, aber die Gerechtigkeit verlangt …"

„Gerechtigkeit?", unterbrach Lord Dernham ihn. „Sprecht zu mir nicht von Gerechtigkeit, Sir! Wo war Gerechtigkeit für meine Frau und ihre Familie? Meiner Meinung nach hat, wer auch immer Sir Reginald erschoss, jene Gerechtigkeit ausgeübt, die die Krone entweder nicht üben konnte oder wollte. Ich hoffe nur, dass Sie mich über die Identität des Mörders informieren, bevor er hingerichtet wird, damit ich ihm die Hand schütteln kann."

„Und doch vermute ich, dass Eure Dankbarkeit

gegenüber dem Rächer des Todes eurer Frau sich nicht darauf erstrecken würde, seinen Platz am Galgen einzunehmen, Mylord. Wenn Ihr ein solches Schicksal vermeiden wollt, würdet Ihr gut daran tun, mit mir zusammenzuarbeiten."

Lord Dernham stieß einen Seufzer aus und das Feuer seiner gerechten Empörung erlosch bei diesen unangenehmen Aussichten. „Also gut, Mr. Pickett. Was möchtet Ihr wissen?"

„Ich fürchte, ich muss Euch fragen, wohin Ihr gegangen seid, nachdem Ihr letzte Nacht Lady Dunningtons Haus verlassen habt."

Lord Dernham hob in einer hilflosen Geste eine Hand. „Da gibt es nicht viel zu erzählen. Ich bin direkt nach Hause gekommen und dann gleich zu Bett gegangen. Ich habe mir die Tür selbst geöffnet, da es der freie Tag meines Butlers war. Es war noch nicht neun Uhr – sehr früh nach den Maßstäben der *feinen Gesellschaft*– und ich hatte ihm gesagt, er bräuchte nicht vor zehn Uhr zurückkehren. Was den einzigen anderen Diener angeht, der mich gesehen haben könnte, hatte ich meinem Kammerdiener gesagt, er bräuchte nicht auf mich zu warten – eigentlich, Mr. Pickett, hatte ich erwartet, sehr viel später nach Hause zu kommen."

Pickett machte sich eine Notiz und fragte sich, ob Lord Dernham gehofft hatte, den Abend in Lady Fieldhursts Bett zu beenden. Er dankte seiner Lordschaft für die Information und erhob sich, um sich zu verabschieden, wobei er bemerkte, dass die Uhr über dem Kaminsims zeigte, dass es schon zehn

Minuten vor zwei war.

Die Stunde der Abrechnung schien bevorzustehen.

9

In dem eine Hochzeit bekannt gegeben wird

Nachdem Pickett Lord Dernhams Haus verlassen hatte, machte er sich zu Fuß auf den Weg zum Stadthaus der Fieldhursts am Berkeley Square und erreichte dieses gefürchtete Ziel für seinen Geschmack viel zu früh. Er hob den Klopfer und ließ ihn fallen und war überrascht, als die Tür von einem Butler geöffnet wurde, den er noch nie zuvor gesehen hatte.

„Ja?", sagte dieser würdige Mann, deutlich unbeeindruckt von Picketts etwas schäbigem braunem Sergerock und dem unmodisch flachen Hut.

„John Pickett; ich möchte Lady Fieldhurst sprechen", sagte er und richtete sich ein wenig höher auf, um auf diesen unwillkommenen Torhüter hinabzuschauen. „Mylady erwartet mich."

Der Butler schnüffelte, als ob er dies eher bezweifelte,

trat aber beiseite, um Pickett eintreten zu lassen. Er nahm Pickett Hut und Handschuhe ab (Pickett vermutete, dass das Loch im linken Daumen noch ein weiterer Punkt war, der gegen ihn sprach), und machte ihm ein Zeichen, ihm zu folgen. „Wenn Ihr hier warten würdet, Sir, will ich Lady Fieldhurst von Eurem Eintreffen benachrichtigen."

Pickett setzte sich auf das strohfarbene Sofa im Salon. Er hatte hier während der Ermittlungen wegen des Mordes an ihrem Ehemann viele Male neben Lady Fieldhurst gesessen, aber das Zimmer schien trotz der Wärme des Feuers seine einladende Atmosphäre verloren zu haben. Er nahm an, dass der Butler etwas damit zu tun hätte, und fragte sich, warum sie Rogers ersetzt hatte.

Er erhielt seine Antwort nur wenige Minuten später, als eine rundliche Frau mittleren Alters den Raum betrat, gefolgt von einem finsteren George Bertram, dem siebten Viscount Fieldhurst.

„Guten Tag, Mr. Pickett", sagte die neue Lady Fieldhurst und reichte ihm die Hand, als er sich bei ihrem Eintritt erhob. „Was bringt Euch her?"

Ihr Ehemann George war weniger höflich. „Ich möchte wissen, was zum Teufel Ihr Euch dabei denkt, meine Frau besuchen zu wollen!"

Zu spät erkannte Pickett, dass das Fieldhurst–Stadthaus im Eigentum des neuen Viscount und seiner Frau stand. Julia, *seine* Lady Fieldhurst, musste umgezogen sein – wohin? Sie würde erwarten, dass er jeden Moment einträfe, und er hatte keine Ahnung, wo er sie finden würde.

„Ich – ich bitte um Verzeihung", stammelte Pickett. „Ich hatte vergessen – ich dachte nicht – ich suche die Witwe Eures Cousins. Könnt Ihr mir sagen, wo sie jetzt wohnt?"

„Und warum zum Teufel sollte ich?", verlangte George, Lord Fieldhurst, zu wissen. „Was könnt Ihr überhaupt von ihr wollen?"

„Es gibt etwas, das ich mit Mylady besprechen muss", sagte Pickett. „Wenn Ihr mir sagen würdet, wo ich sie finden kann, werde ich nicht länger Eure Gastfreundschaft in Anspruch nehmen."

„Ihr könnt Julia nichts zu sagen haben, was Ihr nicht auch mir als dem Oberhaupt der Familie sagen könnt."

„Es – es ist eher persönlicher Natur", sagte Pickett. „Es geht um etwas, das sich in Schottland ereignet hat."

„Hmm, ich hatte immer den Verdacht, dass hinter dieser schottischen Angelegenheit mehr steckt, als Julia erzählt hat", grummelte George. „Was auch immer Ihr zu sagen haben, Ihr könnt sicher sein, dass ich es ihr weitergeben werde – wenn ich es für notwendig halte."

„Was ich ihr zu sagen habe, Sir, geht Euch nichts an!"

George brauste auf und hätte zweifellos den Butler gerufen, um Pickett mit einem Tritt hinauszubefördern, wenn seine Frau nicht eingegriffen hätte.

„George, deine Cousine Julia ist eine erwachsene Frau",

betonte die derzeitige Viscountess. „Sicher kann sie selbst entscheiden, ob sie Mr. Pickett sehen will oder nicht und hören, was er zu sagen hat."

„Da hast du nicht unrecht, meine Liebe, aber ich würde meine Pflichten der Familie gegenüber vernachlässigen, wenn ich nicht zu wissen verlangte, welche persönliche Angelegenheit dieser Kerl mit der Witwe meines Cousins zu besprechen haben könnte!"

Pickett hätte es vorgezogen, sich die Zunge herauszuschneiden, als Lady Fieldhurst zu verraten, indem er der aufdringlichen Familie ihres Ehemannes etwas über sie erzählt hätte. Trotzdem wusste er aus früheren Erfahrungen genug über George, um zu erkennen, dass er von dieser Quelle auf keine andere Weise Informationen erhalten würde.

„Sehr gut", sagte er mit einem Seufzer und erkannte, dass seine letzte schwache Hoffnung, die zufällige Ehe könnte bestehen bleiben, erlöschen würde, sobald er davon erzählte. „Ihr wisst, dass Lady Fieldhurst und Eure Söhne, als sie in Schottland waren, ihre eigenen Wege gingen und lieber ans Meer als zum Anwesen der Familie Fieldhurst gefahren sind."

„Ja, ja, das weiß ich. Was ist damit?"

„Vielleicht war Euch nicht bekannt, dass sie versuchten, ihre Anonymität zu wahren, indem sie einen falschen Namen annahmen. Und der Name, den Mylady wählte – nun, das war meiner."

„Was ihr nicht sagt, zum Teufel! Wollt Ihr mir

weismachen, dass die Witwe meines Cousins in Schottland herumzog und sich Mrs. John Pickett nannte?"

„Um die Wahrheit zu sagen, ich glaube nicht, dass mein Vorname erwähnt wurde, aber dass sie sich Mrs. Pickett genannt hat, ja, Sir, das stimmt."

George seufzte schwer. „Nun, ich kann behaupten, dass mir das gefiele, aber ich nehme an, das ist jetzt vorbei und vergessen. Je weniger darüber gesprochen wird, desto besser ist es, würde ich sagen."

„Nicht genau. Ich weiß aus berufenem Munde, dass nach schottischem Recht eine solche Erklärung vor Zeugen eine wirksame Eheschließung darstellt."

Georges Gesicht wurde vor Wut fast violett. „Wollt Ihr mir erzählen, dass unter allen Leuten *Ihr* jetzt mit der Viscountess meines Cousins verheiratet seid? Nein, Mr. Pickett, das werde ich nicht dulden!"

„Ich fürchte, was Ihr dulden wollt oder nicht, hat wenig Einfluss auf die Angelegenheit", sagte Pickett.

„Wenn Ihr sie auch nur angerührt habt, bei Gott, werde ich Euch auspeitschen lassen!"

In der Tat hatte Pickett Lady Fieldhurst mehr als nur angerührt. Er hatte sie mindestens zweimal geküsst, und die Lady hatte freiwillig mitgemacht. Jedoch wusste er, dass er dessen, was George meinte, unschuldig war. „Auspeitschen wird nicht notwendig sein, Mylord. Ich habe eine Verabredung mit Mylady, um sie über unsere unbeabsichtigte

Verbindung zu informieren, damit sie alle notwendigen Schritte unternehmen kann, um eine Annullierung zu bewirken." Ein böswilliges Teufelchen (oder vielleicht war es auch nur Wunschdenken), brachte ihn dazu, hinzuzufügen: „Aber wenn Ihr mir nicht erlauben wollt, mit ihr zu sprechen, nehme ich an, dass wir gezwungen sein werden, die Ehe bestehen zu lassen."

„*Ich* werde Julia darüber informieren und sofort meinen Anwalt benachrichtigen! *Ihr*, Sir, braucht überhaupt nichts dazu zu tun!"

Pickett hatte die Anwesenheit von Georges Frau fast vergessen, bis sie sich leise zu Wort meldete. „Unsinn, George. Natürlich muss Mr. Pickett es ihr selbst sagen." Zu Pickett gewandt fügte sie hinzu: „Ihr könnt sie in der Curzon Street finden. Nummer zweiundzwanzig, wenn meine Erinnerung stimmt."

„Vielen Dank, Mylady. Ihr seid sehr freundlich."

Er machte auf dem Absatz kehrt und ging, wobei er einen wütend blubbernden George Bertram hinterließ, der ihm nachstarrte.

*****

„Ihr seid spät dran, Mr. Pickett", tadelte ihn Julia, als Rogers etwa zwanzig Minuten später seine Ankunft ankündigte. Sie war früh aufgewacht und hatte die langen Stunden des Morgens in einer Mischung von Erwartung und Furcht vor seinem Besuch verbracht. Hatte er es sich anders überlegt und beschlossen, ihr Angebot doch noch anzunehmen? Wenn ja, sollte sie ihm eine zweite Chance geben? Ihr Stolz sagte Nein, aber als sie ihn in der vergangenen Nacht wieder bei Lady Dunnington gesehen hatte, war ihr klar geworden, dass ihr leider an Stolz mangelte, wenn es um ihn ging. Sie befürchtete sehr, dass sie ihm in die Arme sinken würde, wenn er sie fragte, ob sie seine Geliebte werden wollte.

„Ich bitte um Verzeihung, Mylady", sagte er und beugte sich über ihre Hand. „Ich bin zuerst an den Berkeley Square gegangen. Mir war nicht klar – ich hatte vergessen, dass Ihr nicht länger dort wohnen würdet."

Sie verdrehte die Augen. „Was mir vermutlich George auf den Hals holen wird!"

„Ich bitte um Verzeihung", sagte er noch einmal. „Es war nicht meine Absicht …"

„Egal, Mr. Pickett, wahrscheinlich hätte er es auf jeden Fall herausgefunden. Aber wollt Ihr Euch nicht setzen?"

Er setzte sich und sie ebenfalls. Einen langen Moment schauten sie sich in ungemütlichem Schweigen an, bis sie sagte: „Ich hoffe, Ihr hattet eine gute Heimreise von Schottland?"

Er nickte. „Die Reise war ereignislos, was meiner Meinung nach das Beste ist, was einem passieren kann, wenn man mit der Post reist." Wieder lange Stille. „Und die Jungen? Ich hoffe, es geht ihnen gut?"

„Recht gut, vielen Dank. Harold ist zur Königlichen Marine gegangen und wird bald einen Platz als Fähnrich an Bord der Fregatte Seiner Majestät *Dauntless* erhalten."

„Besser er als ich", sagte Pickett und grinste verlegen bei der Erinnerung an seine eigene Seekrankheit auf einem kleinen Fischerboot, während Harold Bertram die Erfahrung genoss. „Wenn Ihr ihn demnächst seht, richtet bitte meine besten Grüße aus."

„Das werde ich tun", versprach sie. „Ich bin sicher, er wird sich darüber freuen."

Nachdem sie ihren Vorrat an Plattitüden verbraucht hatten, verfielen sie wieder in Schweigen, bis Pickett zu dem Schluss gezwungen war einzusehen, dass es keine Entschuldigung dafür gab, das Unvermeidliche noch hinauszuschieben. „Mylady", begann er, „wenn Ihr Euch erinnert, zu der Zeit, als Ihr in dem Gasthof unter meinem Namen angemeldet wart …"

„Was die Angelegenheit für Euch äußerst unangenehm machte, fürchte ich", gab sie zerknirscht zu.

„Nicht halb so unangenehm, wie sie für Euch noch werden wird", sagte er grimmig voraus.

„Wie bitte?"

„Mylady, es ist mir bekannt geworden, dass – Mr. Colquhoun, mein Richter, ist geborener Schotte, und er sagt – das heißt, es scheint, dass gemäß dem schottischen Personenstandsrecht …"

Julia hörte diesem Stottern mit wachsendem Unbehagen zu, bis sie ihn schließlich unterbrach und seinem Gestammel ein Ende bereitete. „Mr. Pickett, was ist los?"

Er holte tief Luft und schaute ihr geradezu in die Augen. „Mylady, wie es scheint, besteht die ernsthafte Möglichkeit, dass wir rechtmäßig verheiratet sind."

Jede Spur von Farbe verschwand aus ihrem Gesicht. „*Was?*"

„Anscheinend gibt es in Schottland so etwas wie Heirat durch Erklärung, was bedeutet, dass es für eine wirksame Eheschließung ausreicht, wenn beide Parteien vor Zeugen erklären, dass sie Mann und Frau sind."

„Ach du liebe Güte", murmelte Julia in sich hinein. „Ach du *liebe* Güte! Das tut mir so furchtbar leid, Mr. Pickett. Ich hätte es wissen müssen!"

Er betrachtete sie mit einem verwirrten Stirnrunzeln. „Unsinn! Wie hättet Ihr das wissen sollen?"

„Mein guter Mann, jede Frau aus gutem Hause über vierzehn Jahren wird vor der Art von Roués und Glücksjägern gewarnt, die versuchen könnten, sie dazu zu überreden, mit ihm über die Grenze nach Gretna Green zu fliehen, wo eine schnelle Eheschließung ohne viele Fragen möglich ist!"

„Nun, die Sache hat ein Gutes", sagte Pickett kleinlaut. „Niemand könnte Euch beschuldigen, dass Ihr es auf mein Vermögen abgesehen hättet, als Ihr vorgabt, Mrs. Pickett zu sein."

Sie lächelte ein wenig automatisch. Es stimmte, dass sie keine Absichten auf sein Vermögen hatte (man konnte schließlich kaum begehren, was nicht existierte), aber Mr. Pickett besaß andere – wertvolle Dinge –, an denen sie mit Sicherheit mehr als nur ein vorübergehendes Interesse gezeigt hatte. „Mr. Pickett, ist das der Grund, warum Ihr abgelehnt habt – warum Ihr abgelehnt habt – zu ..."

Er zögerte einen Moment, bevor er antwortete. Er wusste, dass seine scheinbare Ablehnung sie gekränkt hatte, und hier war seine Gelegenheit, das Gesicht zu retten, indem er behauptete, dies aus edlen Beweggründen getan zu haben. Und doch konnte er nicht anders, als aufrichtig zu ihr zu sein, selbst unter beträchtlichem Schaden für sich selbst. „Nein, Mylady, daran lag es nicht. In der Tat war ich mir zu dem Zeitpunkt der Existenz dieser Ehe nicht bewusst. Es gab ... andere Gründe."

Sie lachte leise und freudlos auf, erhob sich dann von ihrem Stuhl und ging durch das Zimmer, um aus dem Fenster zu schauen, ohne wirklich etwas zu sehen. „Also habt Ihr mich als Geliebte abgewiesen, nur um sich an mich als Ehefrau gebunden zu sehen. Armer Mr. Pickett! Es scheint, Ihr seid vom Regen in die Traufe geraten."

Pickett verzog das Gesicht. „Ich wünschte, Ihr würdet nicht so viel über meine angebliche Zurückweisung nachgrübeln, Mylady. Wirklich, es war nicht so, wie Ihr denkt."

„Oh, aber ich muss darüber nachdenken! Lady Dunnington hat mich – zu Recht! – darauf hingewiesen, dass es ein unanständiges Angebot gewesen wäre, wenn Ihr mir einen solchen Vorschlag unterbreitet hättet. Es tut mir aufrichtig leid, Mr. Pickett. Ich hatte nicht gedacht, dass es Anstoß erregen könnte."

Darüber musste er lächeln. „Mylady, der Mann, der es *anstößig* finden könnte zu erfahren, dass Ihr an ihm auf diese Weise interessiert seid, müsste an nichts auf der Welt mehr Freude finden."

Das Lächeln, mit dem sie ihm antwortete, war seltsam düster. „Und doch konnte ich Euch nicht in Versuchung führen, Mr. Pickett. Ich versichere Euch, ich hätte nichts gesagt, wenn ich nicht gedacht hätte, dass ihr fühlen würdet … das heißt, ich habe mir eingebildet …"

Er stieß einen langen Seufzer aus, stand dann auf und kam zu ihr ans Fenster, wo sie stand und auf die Straße hinabsah. „Ihr wart offen zu mir und verdient nicht weniger von mir. Ganz ehrlich, Mylady, Eure Annahme war völlig korrekt: Ich verlange nach Euch, mit Körper und Seele. Aber ich möchte nicht Euer Schoßhund sein, der zu Eurer Unterhaltung herbeigerufen und dann wieder fortgeschickt wird, wenn Ihr des Spielens müde werdet."

„So hatte es nicht sein sollen!", schrie sie auf und wirbelte vom Fenster herum, um ihn anzusehen.

Er lachte freudlos auf. „Es wäre *genau so* geworden." Er

behielt seinen nagenden Verdacht, dass das Ende wegen seines eigenen Mangels an Erfahrung wahrscheinlich eher früher als später gekommen wäre, für sich. „Ihr solltet froh sein, dass ich Euer Angebot nicht angenommen habe – Ihr hättet Euch sonst für den Rest Eures Lebens an mich gefesselt finden können! Wie die Lage jetzt ist, könnten wir wenigstens eine Annullierung bewirken – es sei denn, dass Ihr die Frau eines Diebfängers sein und von fünfundzwanzig Schilling pro Woche leben *wollt*", fügte er grimmig hinzu.

Sie schwieg so lange, dass Pickett sich der wilden Hoffnung hingab, sie könnte sich zu ihm umdrehen und sagen: *Ja, Mr. Pickett, das möchte ich tatsächlich.*

Aber nein: „Nun, Mr. Pickett, Ihr seid mit Sicherheit voller Überraschungen", sagte sie forsch und bot ihm die Hand. „Vielen Dank, dass Ihr vorbeigekommen seid, um mir das vertraulich und persönlich zu erklären. Ich nehme an, der nächste Schritt muss sein, einen Anwalt zu beauftragen, um genau zu verstehen, wo wir stehen und was zu tun ist. Wenn Ihr mich entschuldigen wollt, werde ich Mr. Crumpton, dem Rechtsberater der Fieldhursts, eine Nachricht schicken und ihn bitten, sich mit uns beiden zu treffen. Es sei denn, Ihr hättet selbst einen Anwalt, mit dem Ihr Euch lieber beraten würdet?"

Pickett, der keine diesbezüglichen eigenen Verbindungen hatte, stimmte Lady Fieldhursts Vorschlag zu, wenn auch mit merklichem Mangel an Begeisterung.

„Nun gut, dann", sagte Lady Fieldhurst. „Ich nehme an, eine Nachricht in die Bow Street wird Euch erreichen?"

„Ja, Mylady, danke."

Er war nicht sicher, wofür er ihr dankte. Er beugte sich über ihre Hand und verließ das Zimmer, hielt sich nur lange genug auf, um seinen Hut und seine Handschuhe von Rogers zu holen.

Und so einfach war diese „Ehe" vorbei.

*****

Lady Fieldhurst blieb am Fenster, lange nachdem er gegangen war, und beobachtete, wie er die Straße in Richtung Osten entlang schritt. Verheiratet! Verheiratet mit Mr. Pickett! Sie hatte ihre Täuschung damals für harmlos genug gehalten, einen falschen Namen im Gasthof anzugeben, damit sie eine Zeit lang dem Skandal, der sie noch sechs Monate nach dem Tode ihres Mannes umgab, für einige Zeit entgehen konnte. Sie hätte sich nie träumen lassen, dass sie dadurch, dass sie vorgab, seine Frau zu sein, oder er, indem er ihre Täuschung mitmachte, tatsächlich daran gebunden werden könnten.

Noch viel verstörender als diese ungewöhnliche Ehe selbst war ihre Reaktion darauf. Vor nicht allzu langer Zeit – vielleicht in Schottland oder in Yorkshire im vergangenen Sommer, als er die Rolle ihres Dieners spielte – hätten Mr. Pickett und sie herzlich zusammen über die Vorstellung gelacht, dass er ihr Ehemann sein könnte. Doch keiner von ihnen lachte jetzt; in der Tat fand sie an der Situation nichts Komisches, und Mr. Pickett schien ihren Mangel an Belustigung zu teilen. Trotzdem war es nicht nötig, aus der Sache eine Cheltenham–Tragödie zu machen: Es war eine Unannehmlichkeit, aber sicher nichts, was Crumpton und Crumpton, seit Generationen die Anwälte der Fieldhursts, nicht aus der Welt schaffen könnten. An der Nachricht war nichts, gar nichts, was sie zittern und schwach in den Knien werden lassen müsste. Was hatte sich geändert?

Schon, als sie sich fragte, kannte sie die Antwort. Sie war Mr. Pickett dankbar gewesen, dass er sie vor dem Galgen gerettet hatte, und sie hatte begonnen, ihn als vertrauenswürdigen Freund zu respektieren, aber jetzt – jetzt war der Geist der körperlichen Begierde aus der Flasche entkommen, und es gab keine Möglichkeit, ihn wieder hineinzuzwingen.

Ihr kam in den Sinn, dass, wäre er von höherer Geburt oder sie von niedrigerer gewesen, eine Ehe mit Mr. Pickett eine sehr angenehme Vorstellung hätte sein können. Aber er war, wer er war, und sie war, wer sie war, und es konnte keine gemeinsame Grundlage für den Aufbau einer Ehe oder für irgendeine dauerhafte Verbindung geben. Selbst eine dauerhafte Freundschaft zwischen ihnen war äußerst unwahrscheinlich, da sie davon abhing, dass verschiedene Mitglieder ihres Kreises sich in regelmäßigen Abständen ermorden ließen.

Rückblickend befürchtete sie, Mr. Pickett hätte Recht gehabt, als er sagte, es könne nur ein Ende für eine Verbindung zwischen ihnen geben. Irgendwann würde er eine Frau aus seinem Stand treffen, die er heiraten wollte, und sie hätte ihn freigeben müssen, bevor das Problem auftauchte; aus Prinzip abgelehnt zu werden, wie er es in Schottland getan hatte, war sicherlich weniger demütigend als zu Gunsten einer anderen Frau aufgegeben zu werden. Sie hätte dankbar sein sollen, wie er gesagt hatte, dass er sie abgewiesen hatte, damit die Ehe (soweit man sie so nennen konnte), annulliert werden könnte. Und doch war Dankbarkeit nicht der vordringlichste Gedanke in ihrem Kopf, als sie über die Gelegenheit nachdachte, die sie versäumt hatte. War es möglich, etwas zu vermissen, was man nie gehabt hatte?

Als seine große Gestalt in der Ferne verschwand, schob sie ihre melancholischen Überlegungen beiseite, setzte sich dann an ihren Rosenholzschreibtisch und schrieb eine Notiz an Walter Crumpton, Esquire, von Crumpton und Crumpton, Rechtsanwälte, Lincoln's Inn Fields.

10

Indem John Pickett in die Flaute gerät

Es war ein sehr entmutigter John Pickett, der Lady Fieldhursts Haus verließ und die Curzon Street entlang stapfte, während er sich fragte, wie lange es wohl dauern würde, bis er von ihr eine Nachricht über ein Treffen mit ihrem Anwalt erhalten würde, um über eine Annullierung zu diskutieren. Er hatte von diesem Treffen nichts anderes erwartet; warum dann hatte er gegen alle Vernunft darauf gehofft, dass es irgendwie anders ausgehen könnte?

Nachdem er das gefürchtete Gespräch jetzt hinter sich hatte, bemerkte Pickett, dass es fast drei Uhr war und er seit dem Frühstück nichts zu essen bekommen hatte. Er hätte es vorgezogen zu warten, bis er zurück in der Bow Street war, um eine Fleischpastete von einem der vielen Straßenverkäufer zu kaufen, die ihre Waren in der Nähe von Covent Garden anboten; die eleganten Kaffeehäuser und Teestuben von

Mayfair würden weit mehr von seinem Lohn verzehren, als er für eine einzige Mahlzeit gerne ausgab. Doch inzwischen protestierte sein Magen lautstark über die Vernachlässigung und er hatte noch zwei weitere Befragungen durchzuführen, bevor er Mr. Colquhoun seine Ergebnisse vorlegen konnte. Er fand eine bescheiden aussehende Teestube, bat um einen Tisch und bestellte das Billigste, was das Haus anbot. Der Preis selbst dieser bescheidenen Mahlzeit diente ihm noch einmal als Erinnerung daran, wie groß die Kluft zwischen ihm und Lady Fieldhurst war und warum eine Annullierung ihrer versehentlichen Ehe nicht nur wünschenswert, sondern notwendig war.

Während er sein mageres Mahl verzehrte, zog er ein zusammengefaltetes Papier aus der Tasche und konsultierte Lady Dunningtons Liste. Irgendwie war es keine Überraschung, dass er als Nächstes die Junggesellenresidenz von Lord Rupert Latham aufsuchen musste; ein *tête-à-tête* mit dem Mann, der beinahe Lady Fieldhursts Geliebter geworden wäre, schien irgendwie sehr gut zu allem anderen zu passen.

Nachdem er sein Mittagsmahl verzehrt hatte, suchte er Lord Ruperts Wohnung in Albany auf. Als er Lord Ruperts Diener nach drinnen folgte, sagte Pickett sich, dass er keinen Grund hätte, Lord Rupert zu beneiden; schließlich hatte dieser Gentleman es noch nicht geschafft, sich in Lady Fieldhursts Bett zu schlängeln, während Pickett selbst dorthin eingeladen worden war. Nein, wenn überhaupt, sollte es Lord Rupert sein, der ihn beneidete, und nicht umgekehrt.

Dieser aufmunternde Gedanke welkte jedoch dahin und starb, als Pickett sich einem Gentleman gegenüber sah, der der neuesten Mode entsprechend gekleidet war, dessen dunkelblauer, doppelreihiger Rock aus superfeinem Bathtuch so eng um seine Schultern lag, dass Pickett, der sich seines eigenen braunen Serges für Arbeitstage nur zu schmerzlich bewusst war, vermutete, dass Lord Rupert ihn nicht ohne die Hilfe seines Kammerdieners an– oder ausziehen könnte.

Pickett seufzte. Er war sich nie seines eigenen Mangels an Raffinesse (oder in der Tat von irgendetwas anderem, das von der Klasse, zu der Lady Fieldhurst gehörte, für wertvoll befunden wurde) mehr bewusst gewesen, als in Gegenwart des Mannes, der nur wegen des Todes von Lord Fieldhurst nicht ihr Liebhaber geworden war.

„Also so treffen wir uns wieder, Mr. Pickett", sagte Lord Rupert, nachdem sein Diener den Besucher angekündigt und sie allein gelassen hatte. „Was ist es diesmal, wenn ich mir die Frage erlauben darf?"

„Ich habe erfahren, dass Ihr einer von mehreren Gentlemen wart, die gestern Abend an einer Dinergesellschaft in Lady Dunningtons Haus teilgenommen haben", sagte Pickett. „Ein persönlicher Gegenstand von beträchtlichem Wert wurde dort zurückgelassen und ich versuche, seinen Eigentümer zu identifizieren. Ich frage mich, ob Ihr bemerkt habt, dass etwas von Eurem Hab und Gut fehlt?"

Lord Ruperts Augenbrauen hoben sich neugierig. „Fehlt? Nein, das glaube ich nicht. Was für ein persönlicher Gegenstand ist das denn, wenn ich fragen darf?"

Zum dritten Mal an diesem Morgen zog Pickett die Pistole aus dem Hosenbund und legte sie auf den Tisch.

„Nicht meine", sagte Lord Rupert. „Abgesehen von der Tatsache, dass ich Mantons bevorzuge, scheint es mir von schockierend schlechtem Geschmack zu zeugen, eine Schusswaffe zu einer Dinergesellschaft mitzubringen."

„Ich wage zu behaupten, dass Sir Reginald Montague Eurer Meinung sein würde, da jemand diese benutzt hat, um ihm eine Kugel in die Brust zu schießen."

„Was Ihr nicht sagt!" Lord Rupert, dessen Interesse jetzt vollends geweckt war, hob die Pistole auf und drehte sie in seinen Händen, um sie von allen Seiten zu betrachten. „Wenn sie nur sprechen könnte, welche Geschichten diese Waffe erzählen würde!"

„Ganz genau", stimmte Pickett zu. „Aber da sie das nicht kann, muss ich meine eigenen Schlussfolgerungen treffen. Würdet Ihr mir sagen, wohin ihr nach dem Verlassen von Lady Dunningtons Haus gestern Abend gegangen seid?"

Lord Rupert lachte leise. „Es tut mir leid, Euch zu enttäusch, Mr. Pickett, aber wenn Ihr immer noch auf einen Vorwand hofft, um mich an den Galgen zu schicken, muss ich gestehen, dass ich Sir Reginald zwar nicht besonders mochte, aber auch keinen Grund dazu hatte, ihm die Belohnung zuteil werden zu lassen, die er zweifellos verdient hatte."

„Wenn die Hälfte der Geschichten, die ich in den letzten vierundzwanzig Stunden über Sir Reginald gehört habe, wahr ist, scheint Ihr einer der wenigen Männer in London zu sein, die eine solche Behauptung aufstellen könnten."

„Angesichts des Zwecks von Lady Dunningtons Party könnte man annehmen, dass jemand dieses kleine Spielzeug mitgebracht hat, um die Konkurrenz auszuschalten", fuhr Lord Rupert fort, als hätte Pickett nicht gesprochen. „Dennoch, wenn das der Fall wäre, schmeichle ich mir, dass ich und nicht Sir Reginald das Ziel der Wahl gewesen wäre, angesichts meines sozusagen größeren Anspruchs auf die Zuneigung der schönen Julia."

Pickett hielt weise den Mund. War Lord Rupert sich seiner so sicher, was Lady Fieldhurst betraf, fragte er sich, oder amüsierte er sich nur auf Kosten einer Person, deren Bewunderung für die Dame, wie sie beide wussten, hoffnungslos war?

Lord Rupert gab Pickett die Waffe zurück. „Es tut mir leid, dass ich Euch nicht den Gefallen getan habe, mich umbringen zu lassen. Mir ist klar, wie viel es Euch bedeuten würde, aber ich versichere Euch, dass meine Absichten in Bezug auf Lady Fieldhurst recht ehrenhaft sind. So sehr sie auch versuchen mag, Lady Dunnington nachzuahmen, ich fürchte, Julia ist nicht die Art von Frau, die sich einfach so einen Liebhaber nimmt. Wenn sie sich selbst über diese Tatsache im Klaren sein wird, habe ich die Absicht, sie zu heiraten."

Pickett war überrascht, bis zu einem gewissen Punkt mit seiner Lordschaft einer Meinung zu sein. Er vermutete auch, dass Lady Fieldhurst nicht die Art von Frau war, die ihre Gunst beiläufig einem Mann schenken würde, der ihr zufällig gefiel – eine Entdeckung, die eine neue Frage aufwarf: Wenn er ihre Einladung angenommen hätte, ihr Liebhaber zu werden, würde sie das wirklich gemacht haben oder hätte sie in zwölfter Stunde eine Entschuldigung gefunden, um die Beziehung, die sie selbst angeregt hatte, nicht Wirklichkeit werden zu lassen? Wenn Letzteres der Fall war, hätte er sie unnötig verletzt und gedemütigt. Es war ein verstörender Gedanke.

Als Pickett sah, dass Lord Rupert auf eine Antwort wartete, war er nicht wenig zufrieden, ihm eine zu geben. „Ich glaube, Ihr habt mit der Einschätzung des Charakters der Lady recht. Doch was eine Heirat angeht, fürchte ich, Ihr kommt ein wenig zu spät zur Messe. Mylady ..." *Sag es nicht, sag es nicht!* Warnglocken läuteten in seinem Kopf, doch Pickett hätte die Worte nicht mehr zurückhalten können, als er das Atmen hätte einstellen können. „Mylady ist bereits verheiratet. Mir mir."

Leider wurde die Freude, die er erwartet hatte, als er diese Äußerung machte, erheblich durch die Tatsache geschmälert, dass Lord Rupert eher amüsiert als wütend über die Enthüllung wirkte.

„Kommt schon, Mr. Pickett", sagte er lachend, „das ist zu dick aufgetragen! Wenn Ihr glaubt, mich so aus dem Feld zu schlagen, um es so auszudrücken, müsst Ihr Euch etwas Besseres einfallen lassen."

„Wenn Ihr an meinen Worten zweifelt, könnt Ihr Lady Fieldhurst fragen. Sie wird Euch sagen, dass es wahr ist." *Und dann wird sie mich umbringen, weil ich das Geheimnis dem ersten, der mir über den Weg lief, verraten habe*, fügte er innerlich hinzu.

Zumindest hatte er die Befriedigung, das herablassende Lächeln auf Lord Ruperts Gesicht verblassen zu sehen. „Unsinn! Warum sollte sie sich dafür entscheiden, einen Diebfänger zu heiraten, der – verzeiht mir! – nichts an Geburt noch Erziehung noch Geld zu bieten hat, was ihn ihr empfehlen könnte?"

„Um ehrlich zu sein, Lord Rupert, glaube ich, dass es genau mein Mangel an diesen Dingen war, der zu meinen Gunsten wirkte. Bei ihrem kürzlichen Aufenthalt in Schottland fand es Mylady wünschenswert, einen falschen Namen anzunehmen, aus Gründen, die ich Euch wohl nicht erklären muss. Sie beschloss, sich Mrs. Pickett zu nennen, und als ich kurz darauf selbst in Schottland ankam, unterstützte ich sie bei dieser Behauptung. Nicht viel später fanden wir heraus, dass in Schottland eine solche Behauptung eine rechtswirksame Eheschließung darstellt."

„Ich verstehe", sagte Lord Rupert, und Pickett hatte das unbestimmte Gefühl, dass er weit mehr verstand, als je ausgesprochen worden war. „Und bildet Ihr Euch ein, Mr. Pickett, dass diese seltsame Ehe von Bestand sein wird?"

„Ich werde mich natürlich ganz nach Mrs. Picketts Wünschen in dieser Angelegenheit richten." Es war ihm insbesondere in seiner jetzigen Gesellschaft unmöglich, der Versuchung zu widerstehen, sie nur einmal bei diesem Namen zu nennen.

„Das solltet Ihr besser, oder sie könnte sich zum zweiten Mal verwitwet sehen", versprach Lord Rupert drohend und griff nach dem Klingelzug. „Hastings, Mr. Pickett will jetzt gehen. Habt die Güte, ihn hinauszuwerf... – äh – *zu führen.*"

Nachdem er das Albany ohne weitere Umstände (allerdings ohne Nachhilfe) verlassen hatte, blieb Pickett noch ein weiterer Besuch. Um die Wahrheit zu sagen, hatte er nach den Gesprächen mit Lady Fieldhurst und dann mit Lord Rupert nicht mehr allzu viel Interesse an Sir Reginalds Ermordung. Jedoch hatte er eine Pflicht zu erfüllen und daher, mit der leisen Hoffnung, dass die Ausführung dieser Pflicht seinen Gedanken eine sinnvollere Richtung bieten könnte, suchte er Mr. Martin Kenney in seinen gemieteten Zimmern in St. Giles auf.

Die Tür wurde nicht von einem Diener geöffnet, sondern von Mr. Kenney selbst, der Pickett mit einem entwaffnenden

Lächeln begrüßte und ihn in das einlud, was er bescheiden (wenn auch korrekt) als seine schlichte Unterkunft bezeichnete.

Schlicht war sie sicher, dachte Pickett, der Mr. Kenneys Angebot, in einem verblassten, fadenscheinigen Ohrensessel vor dem eher schwachen Feuer Platz zu nehmen, annahm. Als Pickett seine Umgebung betrachtete, stellte er überrascht fest, dass die Unterkunft des Iren nicht besser war als seine eigenen zwei gemieteten Zimmer über einem Krämerladen in der Drury Lane. Und doch wurde Mr. Kenney als eine geeignete, wenn auch keineswegs brillante Bekanntschaft für Lady Fieldhurst angesehen, dachte er bitter, während er es selbst das nicht war. Und warum nicht? Sein Gehirn lieferte die Antwort, bevor er die Frage formulieren konnte. Lord Ruperts drei Argumente, natürlich: Geburt, Erziehung und Geld. Der Ire war vielleicht nicht reicher als Pickett selbst, aber er hatte den Stammbaum und die Bildung, die Pickett fehlten; anscheinend reichten zwei von drei aus.

All diese Gedanken gingen ihm in kürzerer Zeit durch den Kopf, als er brauchte, um sich in dem Sessel niederzulassen, auf den Mr. Kenney deutete, und den Tee, den der Mann ihm anbot, abzulehnen. „Tatsächlich bin ich hier auf Geheiß von Lady Dunnington", erklärte Pickett. „Es scheint, dass einer der Gentlemen, die gestern Abend bei ihrem Diner anwesend waren, einen persönlichen Gegenstand von beträchtlichem Wert dort zurückgelassen hat."

„Ich verstehe", sagte Mr. Kenney in seinem weichen irischen Akzent. „Und ist dieser Gegenstand vielleicht eine von Rigby aus Dublin gefertigte Pistole?"

Pickett blinzelte. „In der Tat, ja." Er zog die Waffe aus seinem Hosenbund und reichte sie dem Iren. „Ist es vielleicht Eure, Sir?"

„Ja, das ist sie wohl." Er nahm die Pistole und sah sie sich sorgfältig an. „Sie wurde abgefeuert, seit sie zuletzt in meinem Besitz war."

„Ja. Und zwar in Sir Reginald Montagues Brust."

Kenney stieß einen langen, leisen Pfiff aus. „Kann nicht behaupten, dass mich das überrascht, nicht wirklich. Er hatte die Gabe, sich Feinde zu machen, unser Sir Reginald."

„Ihr werdet mir verzeihen, dass ich mit den Sitten der feinen Gesellschaft nicht vertraut bin, Mr. Kenney, aber macht Ihr es Euch zur Gewohnheit, bei solchen Besuchen eine Feuerwaffe mitzuführen?"

Mr. Kenney seufzte. „Bevor ich nach St. Giles gezogen bin, nein. Doch diese Straßen hier sind nachts nicht allzu sicher, Mr. Pickett. Ich fühle mich besser, wenn ich eine Waffe bei der Hand habe, nur für den Fall, dass es nötig sein könnte."

„Wenn Ihr Euch hier nicht sicher fühlt, warum sucht Ihr Euch dann nicht Zimmer woanders?", fragte Pickett, vermutete aber, dass er die Antwort bereits kannte.

„Oh, ich habe mich nicht immer mit solchem Luxus

umgeben", sagte Mr. Kenney drollig und machte eine ausholende Geste, die den kleinen Raum und seine schäbigen Möbel umfasste. „Früher hatte ich Zimmer im Albany – tatsächlich nur ein paar Türen von Lord Rupert Latham entfernt. Ich verdanke die Pracht meiner gegenwärtigen Situation der Großzügigkeit von Sir Reginald Montague."

„So? Inwiefern?"

„Meine Familie war schon immer das, was man häufig als ‚reich an Land aber arm an Gold' bezeichnet, Mr. Pickett. Wir haben ein ausgedehntes Anwesen in der Grafschaft Cork, aber nur sehr wenig finanzielle Mittel, mit dem wir es bewirtschaften können. Als mein Vater letztes Jahr starb, war ich gezwungen, seine Schulden zu begleichen, was mich am *point non plus* zurückließ. Ich schaffte es bis nach London, wo ich mich das letzte Jahr so durchgeschlagen habe. Zum Glück habe ich ein helles Köpfchen, daher war ich imstande, dem Gesetz immer einen Schritt vorauszubleiben."

„Bis Sir Reginald sich einmischte?"

Mr. Kenney nickte. „Wie Ihr sagt. Ich hatte eines Abends eine unglaubliche Glückssträhne bei Brook's, größtenteils auf Sir Reginalds Kosten." Sein frisches, offenes Gesicht verfinsterte sich. „Er beschuldigte mich fast, beim Kartenspielen zu betrügen. Nichts wurde je bewiesen – wie hätte es das auch können, wo ich unschuldig war? – aber die Andeutung reichte aus, um mich ausballotieren zu lassen."

„Aber wenn man für seinen Lebensunterhalt spielt, muss

162

es doch sicher andere Orte in London geben, wo man das tun kann", bemerkte Pickett.

„Oh, es gibt jede Menge diskreter kleiner Häuser in der Jermyn Street, wo man um bedeutend höhere Einsätze spielen kann als sogar bei White's", räumte der Ire ein, „aber es ist dort viel wahrscheinlicher, selbst betrogen zu werden. Dazu kommt noch die Frage des guten Rufs. Ein nettes Whistspiel mit anderen Clubmitgliedern ist eine Sache, aber welcher Mann möchte seine Tochter einem Kerl geben, von dem bekannt ist, dass er häufig in Spielhöllen zu finden ist?"

„Tochter?" Pickett durchsuchte seine Erinnerung danach, was Lord Edwin über Mr. Kenneys Heiratspläne gesagt hatte. „Sprecht Ihr allgemein oder habt Ihr eine bestimmte Frau im Sinn?"

Mr. Kenney gab ein kurzes, freudloses Lachen von sich. „Ich sehe, die Klatschmäuler waren fleißig. Ich vermute, Ihr werdet nicht überrascht sein zu erfahren, dass sich in der Gesellschaft, die an diesem Abend anwesend war, der Vater einer jungen Dame befand, einer bedeutenden Erbin, die ich zu heiraten gehofft hatte, und so meine angespannte Finanzlage erheblich hätte verbessern können. Unnötig zu erwähnen, dass der Skandal meine Hoffnungen auf Ehe ein Ende setzte. Ich habe vielleicht vierhundert Pfund gewonnen, aber vierzigtausend verloren – ein bemerkenswerter Erfolg für einen Abend, da werdet Ihr mir sicher zustimmen."

„Ihr hattet also keinen Grund, Sir Reginald zu lieben",

bemerkte Pickett.

„Ich bin vielleicht ein Glücksjäger, Mr. Pickett, aber ich denke gern, dass ich ein Ehrenmann bin. Hätte Miss – egal wie sie heißt, aber hätte sie zugestimmt, mich zu heiraten, hatte ich die Absicht, ihr treu zu bleiben; das wäre ich ihr zumindest schuldig gewesen, dafür, dass ich so die Güter meiner Familie und unser Erbe zu retten vermocht hätte. Aber so sehr ich den Verlust ihrer vierzigtausend Pfund auch bedauern mag, es ist mir niemals in den Sinn gekommen, eine Kugel in die Brust des Mannes zu feuern, der daran schuld war, dass ich sie nie bekommen werde."

„Wie, niemals?", fragte Pickett, leicht überrascht. „Es scheint, dass Ihr einer der wenigen Männer in London wart, dem es, was Sir Reginald betraf, an mörderischem Instinkt fehlte."

„Oh, ich bin kein Heiliger; ich hasste und verabscheute den Mann – nicht nur wegen dem, was er mir angetan hatte, sondern auch, wenn man den Gerüchten Glauben schenken darf, wegen dem, was er anderen angetan hat. Aber ich bin nicht derjenige, der ihn getötet hat."

Der Ire fürchtete offenbar, dass Pickett nicht überzeugt war, und fügte eilig hinzu: „Seht doch, wenn ich den Mann erschossen hätte, ist es wahrscheinlich, dass ich meine Pistole dort lassen würde, die mich als den Mörder identifizieren könnte? Mir scheint, jemand anderes hat meine Waffe benutzt und dort abgelegt, um den Verdacht von sich abzulenken."

„Ihr könntet recht haben." Pickett machte sich eine Notiz in seinem Notizbuch. „Wann fiel Euch auf, dass die Waffe fehlte?"

„Auf dem Heimweg letzte Nacht. Ich dachte, ich würde verfolgt – falscher Alarm, wie sich herausstellte – und griff in meiner Tasche nach meiner Pistole. Und verdammt, wenn ich nicht stattdessen dieses Ding da fand." Er deutete mit dem Kopf in Richtung eines sich wie betrunken zur Seite neigenden Beistelltisches, auf dem unsicher die Porzellanfigur einer Schäferin mit Krummstab in einer Hand stand, die mit der anderen ein Lamm an sich drückte. Er lachte schroff auf. „Das hätte mir in einem Kampf eine Menge genützt! Ich schätze, ich hätte das Ding auf dem Kopf eines Angreifers zertrümmern können, aber wenn er einen Komplizen gehabt hätte, wäre es aus gewesen mit meinem Glück."

„Dann ist jedenfalls ein Rätsel gelöst", sagte Pickett und ging durch den Raum, um das Stück genauer zu untersuchen. „Lady Dunnington bemerkte heute Morgen, dass eine Dresdner Schäferin vom Kaminsims in ihrem Salon fehlte. Tatsächlich glaube ich, dass sie ihrem Zimmermädchen deshalb einiges an Kummer bereitet hat."

„Hat das Mädchen beschuldigt, sie gestohlen zu haben?", fragte Mr. Kenney mit einem wissenden Grinsen. „Soweit ich mich erinnere, war das Mädchen ein nettes kleines Püppchen. Ihr müsst das Ding unbedingt zurückbringen, Mr. Pickett, und seht zu, dass Ihr auch die dem Helden dafür zustehende Belohnung einfordert. Einer von uns könnte wenigstens etwas von dem Austausch haben", fügte er achselzuckend hinzu.

„Dann habt Ihr keine Ahnung, wie dieses Stück in Eure Tasche gelangt ist?"

„Nicht die geringste."

Pickett hob die Figur hoch und wog sie in seinen Händen. „Ich schätze, sie wurde wegen ihres Gewichts dort hineingesteckt, damit Ihr das Fehlen Eurer Pistole nicht bemerken würdet, bevor die Tat begangen wurde."

„Ich nehme an, Ihr habt recht."

„Ich fürchte, dies wird zumindest vorläufig als Beweis beschlagnahmt werden müssen." Pickett steckte die Pistole zurück in seinen Hosenbund und nahm die Dresdner Schäferin an sich. „Ich werde zusehen, dass Ihr sie sobald wie möglich zurückerhaltet."

Mr. Kenney nickte zustimmend und Pickett verabschiedete sich. Als er in die Bow Street zurückkehrte, war der Nachmittag weit fortgeschritten.

„Was ist das alles?", fragte Mr. Colquhoun als er seinen jüngsten Läufer mit einer Porzellanfigur unter dem Arm das Büro in der Bow Street betreten sah.

„Eine merkwürdige Angelegenheit, Sir." Pickett stellte die Schäferin auf die Richterbank. „Ich habe herausgefunden, wem die Pistole gehört – einem Iren namens Martin Kenney. Es scheint, dass jemand die Pistole aus seiner Tasche genommen und stattdessen dieses Ding dort hineingetan hat."

Der Richter hob die Figur auf und betrachtete sie von allen Seiten. „Merkwürdig, allerdings. Zum Ausgleich des Gewichts, vermute ich, um den Diebstahl der Waffe zu vertuschen."

„So könnte es scheinen."

„Darf ich nach der anderen kleinen Angelegenheit fragen?"

Pickett holte tief Luft. „Ich habe es Lady Fieldhurst erklärt, Sir."

„Und?", drängte der Richter.

„Und sie …"

In diesem Moment betrat ein sommersprossiger Bengel das Gebäude, winkte mit einem gefalteten Papier und brüllte: „Pickett! Botschaft für Mr. John Pickett!"

„Entschuldigt mich, Sir", sagte Pickett und wandte sich dann dem Boten zu, der ihm kaum bis zur Taille reichte. „Ich bin John Pickett. Du sagst, du hättest eine Botschaft für mich?"

Der Junge hielt den Brief gerade außerhalb von Picketts Reichweite. „Was ist sie Euch wert?"

Pickett, der den Verdacht hatte, bereits zu wissen, woher die Nachricht kam und was sie enthalten würde, dachte, er würde weit mehr dafür zahlen, sie nicht erhalten zu müssen. Trotzdem kramte er in seiner Tasche und gab dem Jungen ein Zwei-Penny-Stück.

Der Junge sah finster auf die Kupfermünze in seiner Hand und dann wieder zu Pickett auf. „Ist das alles?“, brummte er.

„Nimm es oder lasse es bleiben“, sagte Pickett schulterzuckend. „Es ist mir egal.“

Der Junge schwankte und kämpfte anscheinend mit der Frage, ob er auf einer weniger dürftigen Belohnung bestehen sollte. Der düstere Ausdruck auf Picketts Gesicht führte ihn jedoch zu dem Schluss, dass er wahrscheinlich keine größere Belohnung für die offensichtlich schlechten Nachrichten erhalten würde. Er gab die Nachricht her, wandte sich dann ab und verließ die Amtsstube der Bow Street auf der Suche nach lukrativeren Aufträgen.

Pickett wandte sich von der Richterbank ab, erbrach das Siegel und entfaltete das einzelne Blatt.

Mr. Pickett, stand da, *mein Anwalt, Mr. Walter Crumpton von Lincoln's Inn Fields, hat sich bereit erklärt, mich am Donnerstag um zehn Uhr aufzusuchen, um die für eine Annullierung erforderlichen Schritte zu diskutieren. Da die Angelegenheit Euch ebenso betrifft wie mich, hoffe ich, dass Ihr frei seid, um ebenfalls zu dieser Stunde zu erscheinen. Wenn nicht, müsst Ihr mich nur davon in Kenntnis setzen und ich werde Mr. Crumpton bitten, seinen Besuch auf eine passendere Stunde zu verschieben.* Es war unterschrieben mit *Julia Fieldhurst.*

Donnerstag. Und heute war Dienstag, also in zwei Tagen.

Seine „Ehe" hatte weniger als achtundvierzig Stunden bestanden.

„Nun, was gibt es?", fragte Mr. Colquhoun, der am Ausdruck auf dem Gesicht seines Protegés erkennen konnte, dass es keine guten Nachrichten waren.

„Er ist von Lady Fieldhurst, Sir. Sie – sie hat ein Treffen mit ihrem Anwalt arrangiert, um über eine Annullierung zu sprechen."

„Verstehe", sagte der Richter mit ungewohnter Sanftmut. „Es tut mir leid, John."

Pickett starrte die Nachricht an, als könnte er durch bloße Willenskraft ihren Inhalt ändern, schaute dann auf und schenkte seinem Mentor ein tapferes kleines Lächeln. „Schon gut, Sir. Ich ... ich habe nie wirklich etwas anderes erwartet." Er sah sich das Schreiben in seiner Hand noch einmal an. „Sie bittet mich, sie Donnerstag früh um zehn Uhr aufzusuchen, und ich habe keine Ahnung, wie lange eine solche Besprechung dauern kann. Darf ich mir diesen Morgen freinehmen?"

„Nehmt Euch den ganzen Tag frei, wenn Ihr wollt", sagte Mr. Colquhoun und wälzte dabei Gedanken, die alles andere als schmeichelhaft für Lady Fieldhurst waren.

„Vielen Dank, Sir, aber ich – ich glaube, ich würde lieber etwas zu tun haben."

Mr. Colquhoun nickte geistesabwesend. Als er vor ungefähr zehn Jahren die Deportation von John Picketts Vater nach Botany Bay wegen Diebstahls angeordnet hatte, hatte er eine gewisse Verantwortung für den vierzehnjährigen Jungen empfunden, der allein zurückgeblieben war. Schließlich hatte er für ihn einen Platz in der Truppe der Bow Street gefunden, zuerst bei der Fußpatrouille und später bei den Läufern. Mit seiner wachsenden Zuneigung zu dem jungen Mann war auch seine Überzeugung gewachsen, dass John Pickett zu Größerem bestimmt war. Was genau das war, hatte er keine Ahnung, aber es könnte sich sicherlich als interessant erweisen zu sehen, wo sein Schützling zehn oder sogar zwanzig Jahre später sein würde. Mr. Colquhoun, der sich selbst nach oben gearbeitet hatte, war, als er von Picketts Dilemma mit Lady Fieldhurst erfuhr, der Gedanke gekommen, dass eine Ehefrau aus guter Familie, wenn sie ihn liebte, viel tun könnte, um den Aufstieg des jungen Mannes zu erleichtern. Als sie alle in Schottland waren, hatte er angedeutete – nein, er hatte mehr als nur angedeutet, er hatte die Lady praktisch beschuldigt, mit John Picketts Zuneigung zu spielen, nur um ihre eigene Eitelkeit zu befriedigen. Die Empörung Lady Fieldhursts war bei dieser Gelegenheit so groß gewesen, dass er sich zu fragen begonnen hatte …

Aber er wusste genug über die feine Gesellschaft, dass es wirklich eine seltene Viscountess sein müsste, die sich für die Ehe mit einem mittellosen jungen Mann ohne Familie oder Bildung, die ihm als Empfehlung dienen könnten, entscheiden würde, völlig ungeachtet des persönlichen Charmes dieses jungen Mannes. So groß die Versuchung war, Lady Fieldhurst für ihre Eile bei einem Antrag auf Annullierung zu verurteilen, konnte er sie kaum für die Gewohnheiten der Welt, zu der sie gehörte, tadeln. Und dennoch hatte er gehofft, dass die Sache in einer Art gelöst werden könnte, die nicht dem, den er wie einen eigenen Sohn zu betrachten begonnen hatte, Schmerz zufügen würde.

Mit einem unzufriedenen Seufzer entließ er Pickett und rief den nächsten Fall dazu auf, an die Richterbank zu treten.

11

In dem John Pickett eine Reise plant

Die Novembertage waren kurz geworden und die Lampenanzünder machten ihre Runde, als Pickett das Büro in der Bow Street verließ und sich auf den kurzen Weg zu seinen gemieteten Zimmern in der Drury Lane machte. Auf dem Weg hielt er bei einer Buchhandlung an, wo er den Besitzer beträchtlich verärgerte, da er die letzte Ausgabe von Debretts *Vollständiges Adelsverzeichnis von England, Schottland und Irland* volle zehn Minuten studierte und dann den Laden verließ, ohne etwas zu kaufen.

Bis er bei seiner eigenen Unterkunft ankam, war die Nacht hereingebrochen. Da er keine Lust auf Unterhaltung hatte, grüßte er seine Vermieterin, Mrs. Catchpole, nur flüchtig und stieg dann die Treppen vom Laden im Erdgeschoss zu seinen beiden eigenen Zimmern darüber hinauf. Sie waren kalt und dunkel, als er eintrat, ein Zustand, den er sich so schnell wie möglich zu ändern bemühte. Eine einzelne Kerze stand auf einem kleinen Tisch neben der Tür, und nachdem er diese angezündet hatte, damit er sich im Zimmer bewegen konnte, ohne mit den Schienbeinen gegen die Möbel zu stoßen, kniete er sich vor den Kamin und machte Feuer. Nachdem das Holz Feuer gefangen hatte, setzte er einen Kessel Wasser auf, zündete mit der Kerzenflamme eine Lampe an und schaute sich mit einem langen, harten Blick in den Räumen um, die er in den letzten fünf Jahren sein Zuhause genannt hatte.

Vielleicht lag es daran, dass er den größten Teil des Tages damit verbracht hatte, durch den reichsten und modischsten Teil Londons zu stolpern, aber an diesem Abend erschien seine Unterkunft ihm noch kleiner, älter und schäbiger als üblich. Es kam ihm in den Sinn, dass selbst Mr. Kenney, der kaum mehr in den Taschen zu haben schien als er, Pickett, selbst, einer wohlhabenden Braut einen Landsitz in Irland zu bieten hatte; er, John Pickett, hatte überhaupt nichts. Kein Wunder, dass Lady Fieldhurst ihren Anwalt nicht schnell genug herbeirufen konnte! Er wollte sich vorstellen, wie sie hier als seine Frau lebte – das Wasser für den Tee auf dem Feuer erhitzte, vielleicht, oder den kleinen Tisch zum Abendessen deckte – und versagte völlig dabei.

Sein Blick huschte zu einer Tür in der Wand neben dem Kamin und von dort in das dunkle Schlafzimmer dahinter. Während es zweifellos eine angenehme Vorstellung war, im engen Bett mit „Mrs. Pickett" an seiner Seite (oder, besser noch, unter ihm) zu liegen, war dieses Szenario das am wenigsten wahrscheinliche von allen; es wäre nicht so gewesen, selbst wenn er ihr Angebot angenommen hätte, ihr Geliebter zu werden. Nein, dachte er bitter, jeder Versuch dazu (vorausgesetzt, dass Lord Rupert sich irrte und ihr Mut sie nicht bereits vor dem entscheidenden Moment im Stich gelassen hätte), würde in ihrem Haus in der Curzon Street stattgefunden haben, auf einer dicken, weichen Matratze mit parfümierten Laken, und wenn der Morgen herannahte, würde er auf Zehenspitzen die Stufen hinabgeschlichen sein, die Schuhe in der Hand, damit die Diner ihn nicht wie einen Hund mit zwischen den Beinen eingekniffenen Schwanz hinausschlüpfen sähen.

Die Dampfschwaden, die aus dem Kessel aufzusteigen begannen, sagten ihm, dass das Wasser heiß wäre und daher schüttelte er diesen völlig sinnlosen Gedankengang ab und machte sich daran, sich eine Tasse Tee zu bereiten. Während dieser zog, legte er seinen braunen Sergerock ab und hängte ihn über einen der beiden Stühle am Tisch, zog dann den anderen Stuhl dichter ans Feuer und nahm ein zerlesenes Exemplar des *Vikar von Wakefield* vom Kaminsims. Er setzte sich, zog seine Stiefel aus, stützte seine in Strümpfen steckenden Füße am Kamin ab und öffnete sein Buch.

Leider war seine heutige Stimmung nicht förderlich für das Lesen. Nachdem er den gleichen Absatz viermal überflogen hatte, ohne ihn zu verstehen, schloss er das Buch und legte es beiseite, dann tapste er auf Strümpfen durchs Zimmer, um sein Notizbuch aus der Tasche seines weggelegten Rocks zu holen. Als er wieder am Feuer saß, blätterte er in seinen Notizen zum Beginn des Falles zurück und begann, sie durchzuarbeiten.

Er hatte sich etwa zwanzig Minuten damit beschäftigt, als er etwas sah, das ihn sich auf seinem Stuhl aufsetzen und die Lampe näher ziehen ließ. Er blätterte fünf – nein, sechs – Seiten zurück und las Dulcies Bericht über den Abend noch einmal. Es war, wie er es sich gedacht hatte. Hauptmann Sir Charles Ormond hatte erklärt, dass er zwischen dreißig und fünfundvierzig Minuten gebraucht hätte, um von der Audley Street in die Kaserne zurückzukehren. Pickett hatte zu diesem Zeitpunkt nichts Falsches an der Behauptung erkennen können. Doch der Hauptmann war nicht gegangen; Dulcie zufolge war er geritten. Und ein Pferd hätte die Entfernung in wesentlich geringerer Zeit zurücklegen können, vor allem zu so später Stunde, wenn auf den Straßen wenig Verkehr gewesen sein dürfte. Was erklärte also diese zusätzlichen Minuten? Hatte der Hauptmann irgendwo unterwegs Halt gemacht? Oder hatte er vielleicht doch irgendwo in den Ställen außer Sichtweite gewartet, bis die anderen Gäste gegangen waren, um dann ins Haus zurückzukehren und Sir Reginald zu erschießen?

Es schien, dass Hauptmann Sir Charles Ormond, den

Pickett schon so gut wie von seiner Liste gestrichen hatte, nun wieder darauf stand – und zwar sehr weit oben.

*****

„Es gibt eine Sache an diesem Fall, die mich verwirrt", vertraute Pickett am nächsten Morgen Mr. Colquhoun an, als er an das hölzerne Geländer vor der Richterbank gelehnt stand.

Mr. Colquhoun schaute ihn unter buschigen weißen Brauen heraus an. „Nur eine?"

„Nun, tatsächlich mehrere, aber eines sticht insbesondere hervor."

„Und was ist das?", fragte der Richter.

„Warum sollte jemand sich dazu entschließen, Sir Reginald gerade jetzt zu töten? Wie ich es sehe, hatten Lord Dernham und Hauptmann Sir Charles Ormond die besten Gründe, den Mann tot sehen zu wollen. Aber Lord Dernhams Frau ist seit drei Jahren tot, und die Katastrophe, an der das Regiment von Hauptmann Sir Charles beteiligt war, ereignete sich vor fast einem Jahrzehnt. Warum sollte einer von ihnen beschließen, ihn jetzt zu töten, wenn es ihnen vor Jahren gelungen war, sich zurückzuhalten, zu einer Zeit, als ihre Verluste noch frisch waren?"

„Habt Ihr die anderen Verdächtigen denn schon ausgeschlossen?"

„Nein, Sir, nicht ganz. Aber Lord Rupert Latham scheint kein Motiv zu haben, während Lord Edwin Braunton, was dies betrifft, keinen Hehl aus seinem Hass auf Sir Reginald macht, aber die einzige Verbindung zwischen den beiden Männern, die ich sehen kann, ist die Tatsache, dass ihre Töchter zusammen in der Schule waren. Selbst Mr. Kenneys Verbannung aus seinem Club und sein Verlust einer wohlhabenden Braut scheinen im Vergleich zum Tod unschuldiger Personen durch Sir Reginalds Hand zu verblassen."

„Und dennoch habt Ihr und ich Männer gesehen, die wegen weniger getötet haben", bemerkte Mr. Colquhoun.

Pickett seufzte und trommelte mit den Fingern auf das Geländer. „Sehr wahr, Sir. Am Ende, schätze ich, spielt es keine wirkliche Rolle, wie überzeugend ich das Motiv finden mag; die Argumentation des Mörders ist die einzige, die zählt. Ich frage mich beständig, was in Sir Reginalds jüngster Geschichte die Gedanken von jemandem so auf vergangene Untaten lenken könnte, dass er sich dazu bewegt fände, ihn zu töten. Ich kann nicht umhin zu denken, dass, könnte ich das herausfinden, der Rest sich zusammenfügen würde."

„Sehr gut, und wie habt Ihr vor, das zu bewerkstelligen?"

„Mit Eurer Erlaubnis, Sir, möchte ich einen kurzen Besuch in Leicestershire machen."

Der Richter runzelte die Stirn. „Warum Leicestershire, wenn ich fragen darf?"

Pickett löste sich von dem Geländer und begann mit auf dem Rücken verschränkten Händen auf und ab zu gehen. „Ich komme immer wieder auf dieselbe Frage zurück: 'Warum jetzt?' Und finde immer dieselbe Antwort."

„Und die wäre?"

„Soweit ich sehen kann, hat das einzige, was sich kürzlich im Leben Sir Reginalds geändert hat, mit der Heirat seiner Tochter zu tun."

„Aber Miss Montague lebt doch in London, oder nicht?"

„Ja, Sir, aber ich glaube nicht, dass er mir das Geringste helfen würde, sie zu befragen. Wenn ich nach Miss Montagues Verhalten urteilen darf, als sie von seinem Tod erfuhr, hatte sie ihn sehr gern; anscheinend wurde sie vor allen Gerüchten über seinen unappetitlichen Ruf geschützt. Ich glaube nicht, dass sie mir etwas Wissenswertes sagen könnte – oder es tun würde, selbst wenn sie etwas wüsste."

„Und Ihr glaubt, in Leicestershire gibt es jemanden, der das könnte?"

„Lord Edwin Brauntons Tochter Catherine. Die beiden Mädchen waren zusammen in Bath in der Schule, und beide wurden im vergangenen Frühjahr bei Hof vorgestellt. Da sie mit der Familie bekannt ist und doch eine gewisse Distanz zu ihr hat, könnte sie Dinge wissen, die Sir Reginalds eigene Tochter nicht weiß oder nicht zu verraten bereit wäre."

„Ich entnehme dem, dass diese Tochter in Leicestershire lebt?"

Pickett nickte. „Lord Edwin hat dort einen Landsitz. Ich habe bei Debrett nachgeschlagen." Als er sah, dass sein

Mentor nicht überzeugt war, fügte er hinzu: „Nennt es eine Ahnung, Sir."

Mr. Colquhoun führte einige mentale Berechnungen durch. „Fast hundert Meilen pro Strecke. Wenigstens zwei Tage Reise nach Norden und zwei weitere zurück, ohne Übernachtungen und Mahlzeiten auf dem Weg zu erwähnen. Verdammt teure Ahnung, meint Ihr nicht?"

„Ja, Sir, ich denke schon", räumte Pickett seufzend ein, dann jedoch hellte sein Gesicht sich auf, als ihm ein neuer Gedanke kam. „Ich könnte etwas sparen, indem ich einen Platz auf dem Dach nehme, wenn das helfen würde."

Aber dieser Vorschlag fand beim Richter keine Gnade. „In diesem Wetter? Ihr werdet hier sehr von Nutzen sein, wenn Ihr Euch in der Kälte den Tod holt! Na gut, Mr. Pickett, Ihr habt meine Erlaubnis, Eurer Ahnung nachzugehen. Ihr dürft gleich morgen früh abreisen."

„Vielen Dank, Sir. Aber …"

„Ja? Aber was?"

„Die Annullierung, Sir. Ich sollte mich morgen früh um zehn mit Lady Fieldhurst und ihrem Anwalt treffen."

„Lady Fieldhurst hat es bis jetzt überlebt, mit Euch verheiratet zu sein; ich wage zu behaupten, dass zwei Wochen mehr sie nicht umbringen werden."

„Nein, Sir", sagte Pickett, der völlig über die Maßen erfreut war, seine „Frau" für eine weitere Woche behalten zu dürfen.

*****

Ungeachtet der Erlaubnis von Mr. Colquhoun gab es einige Dinge, die Pickett vor seiner Abreise am nächsten Morgen zu erledigen hatte. Das erste von diesen beinhaltete einen weiteren Besuch bei den Horse Guards; das zweite (und seiner Meinung nach mit Abstand wichtigste) betraf einen Besuch bei Lady Fieldhurst in der Curzon Street.

Als Pickett bei den Horse Guards in Whitehall ankam, trat er in den Stall und blinzelte, als seine Augen sich nach der hellen Herbstsonne an die relative Dunkelheit um ihn herum gewöhnte. Nachdem die Flecken vor seinen Augen verschwunden waren, begann er, die Stallknechte auszufragen, und fand bald den Pferdepfleger, der für das Reittier des Hauptmanns verantwortlich war.

„Soweit mir bekannt, verließ Hauptmann Sir Charles Ormond vor zwei Tagen abends die Kaserne, um zu einem Diner in der Audley Street zu gehen", begann er. „Ich frage mich, ob Ihr mir sagen könnt, ob er an jenem Abend sein Pferd benutzt hat oder zu Fuß ging."

Zu seiner Überraschung gluckste der Pferdepfleger. „Eigentlich beides. Er ritt nach Mayfair, richtig, aber er kam zu Fuß zurück und führte den armen Diablo am Zügel.

„Warum sollte er so etwas tun?", fragte Pickett und bemühte sich zu verstehen, wie dieses Szenario mit dem Mord in Einklang zu bringen wäre, ohne einen möglichen Zusammenhang erkennen zu können.

„Musste er, ja? Diablo hatte auf dem Weg ein Hufeisen verloren. Na ja,", sagte der Pferdepfleger achselzuckend, „wenn es schon passieren musste, dann besser in der Nacht zuvor als während der Inspektion am nächsten Morgen."

„Ja, das kann ich mir vorstellen", räumte Pickett ein.

So schien es, dass Hauptmann Sir Charles Ormond doch keine Gelegenheit gehabt hatte, Sir Reginald zu töten – es sei denn, natürlich, dass er es mit der uneingeschränkten Unterstützung der Männer seines Regiments getan hatte, die ihn jetzt deckten. Pickett seufzte. Er hatte bereits früher einen Zusammenstoß mit Regierungsbürokratie gehabt, während seiner Untersuchung von Lord Fieldhursts Tod. Bei jener Gelegenheit hatte es sich bei der Regierungsbehörde um das Außenministerium gehandelt, und ihm war diese Begegnung nicht gut bekommen. Er würde sich mit der britischen Armee anlegen, wenn alles andere fehlschlug, aber eine einfachere Lösung des Falles wäre ihm lieber gewesen. Er konnte für sein *tête–à–tête* mit Lady Fieldhurst nur auf mehr Glück hoffen.

Doch leider sollte es anders kommen. „Aber Mr. Pickett", rief sie aus, als er in ihren Salon geführt wurde. „Ich hatte nicht erwartet, Euch vor morgen Vormittag zu sehen. Seid Ihr so darauf bedacht, mich loszuwerden, dass Ihr einen vollen Tag zu früh herkommt?"

Diese Vermutung war so eklatant neben der Tatsache, dass Pickett es vorzog, sie keiner Antwort zu würdigen. „Ich fürchte, dass ich morgen nicht in der Lage sein werde, Euch aufzusuchen, Mylady. Ich muss eine Reise antreten und werde mindestens eine Woche fort sein."

„Oh. „Ich verstehe." Ihr Gesicht verzog sich und Pickett konnte nicht umhin zu hoffen, dass es die Aussicht auf seine Abwesenheit war und nicht die Verzögerung der Annullierung, was ihre Mundwinkel nach unten sinken ließ. „Es war sehr rücksichtsvoll von Euch, mir das mitzuteilen, Mr. Pickett, aber Ihr hättet nicht persönlich kommen müssen. Sicher hätte eine schriftliche Nachricht gereicht."

„In der Tat, Mylady, gibt es noch einen Grund für meinen Besuch. Er betrifft die Ermittlungen."

„Natürlich, wenn es irgendetwas gibt, das ich tun kann – aber wollt Ihr Euch nicht setzen?"

„Vielen Dank, Mylady." Auf ihr Angebot hin nahm er auf dem Sofa Platz und war erfreut, als sie die danebenstehenden Sessel nicht beachtete, sondern sich neben ihn setzte.

„So haben wir es bequem", sagte sie und lächelte ihn an. „Ich nehme an, Ihr habt noch weitere Fragen an mich. Wie Emily Dunnington sagen würde, dürft Ihr Euer Schlimmstes tun."

Pickett holte tief Luft. „Da wir von Lady Dunnington sprechen, ich möchte gerne, dass Ihr mir sagt, warum sie gezwungen war, während des Diners an jenem Abend den Raum zu verlassen."

Ihr Lächeln wurde unsicher. „Aber – aber ich habe es

Euch gesagt."

„Ihr habt mir tatsächlich *etwas* gesagt, und Lady Dunnington hat mir etwas völlig anderes gesagt. Berichtigt mich, wenn ich mich irre", sagte er nachdenklich, „aber ich glaube, das war das erste Mal, dass Ihr mich je angelogen habt."

Sie hob ihr Kinn, aber ihre blauen Augen behielten einen gehetzten Ausdruck bei, der in seltsamem Widerspruch zu der trotzigen kleinen Bewegung stand. „Wie wollt Ihr wissen, dass ich es war und nicht Lady Dunnington, die nicht die ganze Wahrheit sagte? Sicher geht es doch Emily weit eher an als mich; warum stellt Ihr Eure Fragen nicht ihr?"

„Ich bezweifle, dass sie beim zweiten Mal offener wäre als sie es beim ersten Mal war", gestand er.

„Und doch erwartet Ihr es von mir. Wie kommt das, Mr. Pickett?"

Weil es zwischen uns – etwas – gibt, etwas, das sich weigert, geleugnet zu werden, ganz gleich, wie oft ich mir sagen, wie unmöglich es ist ... Bitte sagt mir, dass es nicht einseitig ist, dass Ihr es auch spürt ... Nein, dies war kaum die Zeit noch der Ort für eine Erklärung, wenn eine solche Zeit oder ein solcher Ort überhaupt existierten. Während er nach einer Antwort suchte, dehnte sich das Schweigen ungemütlich zwischen ihnen aus, bis Lady Fieldhurst sich gezwungen fühlte, es zu unterbrechen.

„Ich habe Euch nicht angelogen, nicht wirklich",

beharrte sie. „Ich sagte Euch, dass es eine Art häusliches Problem gewesen wäre, und das war es, aber mehr darf ich dazu nicht sagen. Bitte verlangt das nicht von mir, Mr. Pickett."

„Mylady, Ihr wisst, dass ich das muss."

„Es tut mir leid, aber ich muss die Antwort verweigern."

Es kam ihr in den Sinn, dass sie, wenn tatsächlich Lord Dunnington Sir Reginald erschossen hätte, sie durch ihr Schweigen einen Mörder schützte. Und dennoch war diese Vorstellung für sie weniger beunruhigend als das bittere Wissen, dass sie mit jemandem uneins war, dessen gute Meinung für sie aus Gründen, die sie nicht einmal sich selbst ganz erklären konnte, von unschätzbarem Wert geworden war. Doch Emily war seit sechs Jahren ihre beste Freundin gewesen, hatte sie getröstet und ihr geholfen, mit der Untreue des verstorbenen Lord Fieldhurst fertig zu werden, wenn sie dem Rest der Welt ein tapferes, lächelndes Gesicht hatte zeigen müssen. Sicher verdiente Emily ihre Loyalität mehr als ein Detektiv aus der Bow Street, den sie seit kaum mehr als sechs Monaten kannte, mochte er auch noch so nett sein.

„Mylady", sagte Pickett sanft, nahm ihre Hand und hielt sie zwischen seinen beiden fest, „nach allem, was wir zusammen durchgemacht haben, habe ich Euch nicht gezeigt, dass Ihr mir vertrauen könnt?"

Ihr Blick sank und ihre freie Hand zupfte am Rock ihres wegen ihrer Halbtrauer grauen Kleides. „Es liegt nicht daran, dass ich Euch nicht vertraue, Mr. Pickett, ich – ich kann es Euch nur nicht sagen."

Er ließ abrupt ihre Hand los und stand auf, um sich zu verabschieden. „Wenn das Eure Vorstellung von Vertrauen ist, halte ich nicht viel davon."

„Bitte, geht nicht", flehte sie und klammerte sich an seinen Ärmel. „Nicht so. Setzt Euch und ich werde nach Tee läuten und wir können über etwas – irgendetwas – sprechen, etwas anderes als den Mord an Sir Reginald. Ich habe gehört, Mrs. Church wird bald ihren letzten Auftritt auf der Bühne des Drury Lane haben. Erinnert Ihr Euch, als …"

Sie wurde von Thomas, dem Diener, unterbrochen. „Verzeihung, Mylady, aber Lord Rupert Latham wartet unten."

Sie seufzte. „Nun gut, Thomas, führe ihn herauf", sagte sie mit einem merklichen Mangel an Begeisterung.

Wenn Pickett zum Verweilen geneigt gewesen wäre, hätte das Erscheinen seines verhasstesten Rivalen ausgereicht, sich diese Idee aus dem Kopf zu schlagen. „Ich muss wirklich gehen, Mylady", sagte Pickett. „Ich reise im ersten Morgengrauen nach Leicestershire ab und habe meine Tasche noch nicht gepackt."

Ihre Fingerspitzen strichen über seinen Unterarm, als sie seinen Ärmel losließ. „Ich verstehe. Ich … ich wünsche Euch eine angenehme Reise, Mr. Pickett. Ihr … Ihr werdet mich wissen lassen, wenn Ihr wieder in London seid?" Und damit er nicht zu viel in diese einfache Bitte hineinlesen möge, fügte sie hastig hinzu: „Damit ich Mr. Crumpton Bescheid geben kann, natürlich."

Pickett hatte jedoch dringendere Bedenken. „Mylady – bevor Lord Rupert hereinkommt – ich sollte Euch warnen ..."

„Lord Rupert Latham", verkündete Thomas, der in diesem Moment mit dem Gentleman auf den Fersen zurückkam.

Lord Rupert betrat mit katzenhafter Anmut den Raum und hob sein Monokel ans Auge, bei dem Anblick, wie Pickett anscheinend ein *tête-à-tête* mit Lady Fieldhurst hatte. Er nickte Pickett knapp zu, ergriff dann Julias Hand und hob sie an seine Lippen. „Mylady – oder sollte ich Mrs. Pickett sagen?"

Lady Fieldhurst wurde ziemlich blass und drehte sich zu Pickett um. „Ihr ... Ihr habt es ihm erzählt!"

„Ich – ich – ich ..." Pickett schaffte es nicht, eine Erklärung für seinen Ausrutscher zu finden; es war einfach unmöglich, das Unentschuldbare zu verteidigen. „Es ... es ... tut mir leid, Mylady, ich ... ich sollte besser gehen", stotterte er und trat hastig den Rückzug an.

„Ein weiser Mann, unser Mr. Pickett", bemerkte Lord Rupert und beobachtete seinen raschen Abgang.

„Ich kann nicht glauben, dass er es Euch gesagt hat!", rief sie Lord Rupert zu, nachdem Pickett gegangen war. „Oh, wie konnte er nur?"

„Sicher konntet Ihr nicht von einem Mann seines Standes erwarten, dass er einen solchen Coup für sich behält", sagte Lord Rupert. „Ich vermute, dass nicht jeden Tag ein Mitglied der Bow Street-Truppe in den Adel einheiratet, und wenn es nur versehentlich geschieht."

„Nein, aber ... hat er Euch gesagt, wie das zustande kam?"

„Ja." Lord Ruperts neigte den Kopf. „Ich schätze, ich sollte geschmeichelt sein, dass Ihr mich nicht für unbedeutend genug hieltet, um Euch Mrs. Latham zu nennen."

„Mr. Pickett ist kaum unbedeutend", protestierte Lady Fieldhurst. „Dennoch würde sein Name in den besseren Kreisen weniger wahrscheinlich erkannt werden. Wir beabsichtigen natürlich, eine Annullierung zu erwirken, sobald dies möglich ist. In der Zwischenzeit, Rupert, vertraue ich darauf, dass Ihr niemandem davon erzählt."

Lord Rupert verbeugte sich zustimmend. „Ich wage zu behaupten, mindestens so diskret sein zu können wie Euer argloser junger Ehemann."

„Unter diesen Umständen ist das kaum eine Beruhigung", gab sie zurück. „Trotzdem verstehe ich immer noch nicht, warum er es Euch gesagt hat. Es scheint so gar nicht zu dem zu passen, was ich über seinen Charakter weiß."

„Ich fürchte, ich muss meinen Teil der Schuld an Mr. Picketts, äh, Verfehlung eingestehen", gestand Lord Rupert.

„Ihr? Warum? Was habt Ihr zu ihm gesagt?"

Er schüttelte den Kopf. „Die Einzelheiten dieser Unterhaltung sind unwichtig. Es reicht zu sagen, dass ich ihn zu dieser Indiskretion gereizt habe."

Sie sah ihn stirnrunzelnd an. „Was heißen soll, Ihr habt Euch abscheulich benommen. Wirklich, Rupert, es ist nicht nett von Euch, ihn zu verspotten. Er hat keine Eurer Privilegien."

„Ja, ich weiß, es war meiner nicht würdig. Aber meine Liebe, dieser große Ernst! Er macht es fast unwiderstehlich."

„Unwiderstehlich", wiederholte sie. Das war das richtige Wort für ihn. Ein Blick in diese warmen, braunen Augen und sie hatte ganz knapp davor gestanden, ihm Lord Dunningtons Kopf auf einem Silbertablett zu reichen, trotz ihres Versprechens an Emily. *Ich sehne mich nach dir mit Körper und Seele...* „Ja, das ist er wohl."

Lord Rupert warf ihr einen scharfen Blick zu, aber Lady Fieldhurst, die zerstreut auf die Tür blickte, durch die Pickett gerade gegangen war, bemerkte es nicht.

12

In dem sich John Pickett in Leicestershire befindet

Pickett reiste am nächsten Morgen mit der Postkutsche nach Leicestershire ab und war die nächsten drei Tage unterwegs. Als er schließlich das Ende seiner Reise erreicht hatte, besorgte er sich ein Zimmer in einem sauberen, jedoch einfachen Gasthof und, nachdem er seine abgenutzte Reisetasche in seinem Schlafzimmer abgestellt hatte, fragte seinen Wirt nach Lord Edwin Brauntons Landsitz, um sich dann zu Fuß auf den Weg zu machen.

Lord Edwins Landhaus erwies sich als ein sehr hübsches Tudor-Gebäude mit Fachwerkwänden, Fenstern mit geschliffenen Scheiben und Efeu, der die Tür umrahmte. Er wunderte sich erneut über Lord Edwins Entschlossenheit, in London zu bleiben, wenn er doch in jeder Hinsicht das Landleben vorzog. Pickett selbst, der in London geboren und aufgewachsen und daher kein großer Freund des Landlebens war, dachte, dass selbst er glücklich sein könnte, wenn er an einem solchen Ort lebte, wenn er ihn mit einer gewissen Dame seiner Bekanntschaft teilen dürfte – einer Dame, wie er sich streng ermahnte, die ungeduldig auf seine Rückkehr wartete, damit sie das Verfahren zur Aufhebung ihrer Ehe würden beginnen können.

Er klopfte an der Tür, und nach einiger Wartezeit (während derer Pickett zu befürchten begann, dass das Haus unbewohnt sein könnte, was seine Reise nach Leicestershire zu nichts weiter als einer sehr teuren Jagd nach Hirngespinsten gemacht hätte) wurde sie ihm von einem sehr alten Butler geöffnet.

„John Pickett", sagte er zu dem alten Diener. „Ich komme von London, um mit Miss Braunton zu sprechen."

Der Butler warf ihm einen so von Missbilligung erfüllten Blick zu, dass er fast an Hass grenzte. „Aus London seid Ihr?"

Pickett nickte. „Von der Bow Street, in der Tat. Wollt Ihr nun so freundlich sein, Eure Herrin zu informieren?"

„Ich werde nachfragen, ob Miss Braunton zu Hause ist", teilte der Butler ihm mit und ließ ihn dann vor der Tür warten. Nach einer Verzögerung, die unendlich schien, aber vermutlich nicht mehr als zwei oder drei Minuten betrug, kehrte er zurück. „Wenn Ihr mir folgen wollt?"

Der Butler führte ihn in eine große Halle mit freiliegenden Balken an der Decke und feinen, mit gefälteltem Leinen bespannten Wandpaneelen. Mehrere Türen gingen von diesem Mittelraum ab und der Butler blieb vor einer stehen, um zu melden: „Mr. Pickett aus der Bow Street, Miss."

Pickett betrat den Raum und erblickte so zum ersten Mal Lord Edwins Tochter und Eliza Montagues ehemalige Schulfreundin. Er bemerkte sofort, dass Miss Braunton eine Schönheit war, viel schöner als Sir Reginalds Tochter, die selbst auch nicht hässlich war. Außer einer gewissen Ausstrahlung von aristokratischer Erziehung sahen sich die beiden jungen Frauen überhaupt nicht ähnlich, denn wo Eliza Montague blond war, war Lord Edwins Tochter dunkel, mit glänzendem braunen Haar und funkelnden dunklen Augen.

Ihre Farben waren jedoch nicht der größte Unterschied zwischen den beiden Ladys. Denn wo Eliza Montague schlank wie ein Schilfrohr war, war Miss Brauntons Bauch durch ein Kind geschwollen.

„Miss – äh – Mrs. ...?"

„Ja, Mr. Pickett, es ist ‚Miss' und wird wahrscheinlich so bleiben", bestätigte die fruchtbare Miss Braunton mit einem reumütigen Lächeln. „Würdet Ihr bitte Platz nehmen und mir sagen, was Euch nach Leicestershire bringt? Ist meinem Vater etwas zugestoßen?" Ihre Stimme hob sich alarmiert.

„Als ich Lord Edwin zuletzt sah, war er bei bester Gesundheit", versicherte Pickett ihr und ließ sich auf dem Sofa nieder, auf das sie gedeutet hatte, wobei er sich große Mühe gab, seinen Blick nicht von ihrem Gesicht abzuwenden.

„Was gibt es dann?"

„Es betrifft, jedenfalls indirekt, eine alte Schulfreundin von Euch. Ich glaube, Ihr seid mit Miss Eliza Montague recht gut bekannt?"

Die junge Frau nickte.

„Es scheint, dass Miss Montagues Vater vor ein paar Nächten getötet wurde."

Miss Brauntons Hand fuhr zu ihrem prall gefüllten Bauch, was Pickett viel verriet, ohne dass ein Wort gesagt wurde.

„Wie – wie ist er gestorben?"

„Er wurde durch die Brust geschossen", sagte Pickett so sanft wie möglich. „Es tut mir leid, wenn Euch das verstört."

Sie schüttelte den Kopf. „Nein, nein, es ist schon in Ordnung. Sagt mir, hat – hat Vater ihn getötet?"

Pickett runzelte die Stirn. „Wisst Ihr einen Grund, aus dem er das wünschen sollte?"

Ihr Blick senkte sich auf ihren Bauch. „Sir Reginald Montague ist der Vater meines Kindes."

Pickett holte tief Luft. Das hatte er bereits vermutet, aber als er es so offen ausgesprochen hörte, fühlte er sich unwohl und verlegen; er konnte sich nur vorstellen, was Miss Braunton bei dem Geständnis empfinden musste. „Ich will nicht neugierig sein, aber würdet Ihr mir sagen, wie es dazu kam?" Beim Klang seiner eigenen Worte wurde Pickett puterrot. „Das soll heißen, ich weiß natürlich, wie es passiert ist, offensichtlich, aber ich würde gerne wissen – das heißt, ich muss fragen ..."

Als er sich mehr und mehr in Zusammenhanglosigkeit verwickelte, erbarmte Miss Braunton sich seiner. „Sir Reginald hat mich nicht gezwungen, wenn Ihr das denkt. Ich fürchte, ich muss mir selbst an meinem Ruin einen großen Teil Schuld geben. Ich war mit Eliza in der Schule, wie Ihr sagtet. Wann immer ihr Vater kam, um sie abzuholen – zu den Ferien oder am Ende des Schuljahres –, waren die anderen Mädchen und ich alle immer sehr aufgeregt. Er ist – er war – ein sehr gut aussehender Mann, seht Ihr, und ich fürchte, wir waren ein so dummer Haufen Mädchen, wie nur je unter einem Dach versammelt waren." Sie lächelte ein wenig bei der Erinnerung. „Er war höchst schmeichelhaft aufmerksam, als ich im letzten Frühjahr meinen Knicks bei Hof machte und ich war dankbar, dass er mich endlich bemerkte, nicht als Schulmädchen, sondern als erwachsene Frau in langen Röcken und mit aufgestecktem Haar – und dass ihm offensichtlich gefiel, was er sah. Ich wusste natürlich, dass er eine Frau hatte, aber mir war bewusst, dass selbst verheiratete Menschen sich Flirts erlauben, und seine Aufmerksamkeit ließ mich mich ziemlich erwachsen und raffiniert fühlen. Und dann, eines Abends auf dem Ball der Heathertons, führte er mich in eines der hinteren Schlafzimmer und küsste mich. Zuerst war das alles sehr aufregend, obwohl ich natürlich wusste, dass es falsch war. Und als ich merkte, dass er mehr als ein paar Küsse wollte, war es – es war zu spät. Ich habe ihn gebeten aufzuhören, ich habe ihn *angefleht* aufzuhören, aber er – er –" Sie vergrub ihr Gesicht in ihren Händen.

Pickett zog ein Taschentuch aus der Innentasche seines Rocks und reichte es ihr.

„Danke", sagte sie mit erstickter Stimme.

„Miss Braunton, ich fürchte, Ihr gebt Euch mehr Schuld, als Ihr wirklich habt. Ihr sagtet, er hätte Euch nicht gezwungen, aber für mich hört es sich so an, als wäre es *genau* das, was er getan hat. Um nicht allzu sehr darum herumzureden, was Euch geschehen ist, war eine Vergewaltigung."

„Ja, aber ich habe darum gebeten", schniefte sie. „Ich habe seit dem Beginn der Saison mit ihm geflirtet und bin ihm bereitwillig genug in das Schlafzimmer gefolgt."

„Das hat er Euch gesagt?"

„Ja." Sie betupfte ihre Nase mit dem Taschentuch. „Als ich ihm sagte, dass ich ein Kind erwarte."

„Ihr mögt vielleicht mit ihm geflirtet haben, aber ich kann Euch versichern, dass kein Mann der Sklave seiner Triebe ist. Ihr habt ihn nicht – *konntet* ihn nicht – dazu zwingen, etwas zu tun, was er nicht ohnehin tun wollte. Außerdem war er erwachsen, während Ihr kaum mehr als ein Kind wart. Nein, Miss Braunton, mir scheint, dass mehr an Euch gesündigt wurde, als Ihr gesündigt habt."

Sie schnüffelte. „Vielen Dank, Mr. Pickett, Ihr seid sehr freundlich. Aber sagt mir, glaubt Ihr, dass mein Vater ihn getötet hat?"

„Um völlig ehrlich zu sein, ich habe derzeit noch nicht genügend Informationen, um mir eine Meinung zu bilden, geschweige denn, eine Verhaftung vorzunehmen. Er war mit Sicherheit ausreichend gereizt worden, aber das galt auch für ein Dutzend anderer. Ihr kennt ihn weit besser als ich: Glaubt Ihr, dass er einer solchen Tat fähig wäre?"

Pickett fand es bezeichnend, dass sie ihren Vater nicht scharf gegen die bloße Vermutung verteidigte, sondern ihren Kopf schräg legte und die Frage sorgfältig überlegte, bevor sie antwortete. „Er war sicherlich wütend, als er von dem Baby erfuhr – wütend auch auf mich, weil ich mich in Gefahr gebracht hatte, mehr noch aber auf Sir Reginald. Und da er ein begeisterter Jäger und Sammler von Schusswaffen ist, hätte er sowohl die Waffe als auch die Fähigkeit dazu gehabt." Sie schüttelte den Kopf. „Mehr als das kann ich nicht sagen."

„Was die Fähigkeit angeht, nun, Sir Reginald wurde auf kurze Entfernung erschossen. Man hätte keine besondere Genauigkeit mit der Pistole gebraucht. In der Tat hätte es eines erbärmlich schlechten Schusses bedurft, um ihn auf diese Entfernung zu verfehlen", versicherte Pickett ihr. „Aber ich bin mir bewusst, dass Euer Vater ein begeisterter Sportsmann ist. Eigentlich bin ich verwirrt, warum er noch in London war, wo es Füchse gibt, die gejagt und Moorhühner, auf die im Land geschossen werden müssten. „

Sie seufzte. „Das erstaunt Euch, Mr. Pickett? Er ist noch

immer in London, um einen armen Gentleman dazu zu überreden, mich zu heiraten, bevor das Kind geboren wird. Ich hatte bereits eine angemessene Mitgift, aber als mein Onkel, der Herzog von Wexham, von meinem Dilemma erfuhr, hat er sie mehr als verdoppelt in der Absicht, einen Mann zu verlocken, mit mir zum Altar zu gehen." Sie legte sanft eine Hand auf ihren Bauch. „Ich fürchte, es ist vergebliche Mühe. Welcher Mann möchte wohl das Kind eines solchen Vaters aufziehen? Niemand kann sagen, zu welchem Ungeheuer dieses Baby heranwachsen wird."

Pickett dachte längere Zeit über diese Bemerkung nach und fragte dann: „Miss Braunton, darf ich Euch etwas über meinen eigenen Vater erzählen?"

Sie wirkte eher verblüfft, nickte aber. „Wenn Ihr wollt."

„Er wurde wegen eines kleinen Diebstahls nach Botany Bay deportiert, jedoch bevor er festgenommen und verurteilt wurde, hat er mir viel beigebracht. Ich war bereits ein fähiger Taschendieb."

Miss Braunton gab einen schwachen Laut der Überraschung von sich.

„Ich wage zu behaupten, dass er es als Lehre ansah, damit ich mich selbst erhalten könnte, und ich tadele ihn nicht dafür. Dennoch, wer weiß, wo ich geendet hätte – selbst deportiert, schätze ich, oder gehängt – wenn nicht ein anderer Mann es übernommen hätte, an mir Vaters Stelle zu vertreten." Er lächelte beim Gedanken an seinen Richter.

„Und das tut er noch immer, ob es mir gefällt oder nicht."

„Ich freue mich für Euch, Mr. Pickett, aber ich verstehe nicht ganz, was das mit mir zu tun hat."

„Ich versuche zu sagen, Miss Braunton, dass Blut nicht unbedingt Schicksal ist." Es sei denn, man war ein Diebfänger, der eine Ehe mit einer Viscountess anstrebte, aber das war ein Thema für eine andere Diskussion, bei der Miss Braunton keine Rolle spielte. „Der Vater Eures Kindes mag ein Schurke gewesen sein, aber das heißt nicht unbedingt, dass das Kind auch zu einem solchen werden muss. Mit der Unterstützung eines guten Mannes, auch wenn er vielleicht nicht aus adligem Haus ist, könnte Euer Kind vielleicht zu einem Mann oder einer Frau werden, auf die Ihr stolz sein könnt."

Miss Braunton hob ironisch eine Augenbraue. „Wie, Mr. Pickett, bietet Ihr Eure Dienste an?"

Pickett wurde rot. „Ich – ich – ich bin ein verheirateter Mann."

Sie lachte laut über sein offensichtliches Unbehagen. „Egal, Mr. Pickett, ich wollte Euch nur necken. Ich kann mir die Reaktion meines Vaters – oder schlimmer, meines Onkels, des Herzogs – nur vorstellen, wenn ich ihnen sagen wollte, dass ich einen Bow–Street–Läufer heiraten möchte."

„Lächerlich", murmelte Pickett. Sie wollte nicht grausam sein, erinnerte er sich. Sie war nicht älter als achtzehn Jahre und in hohem Maße ein Produkt ihrer Erziehung. Und natürlich hatte sie keine Ahnung, dass er in letzter Zeit begonnen hatte zu wünschen, über seinen Stand hinaus zu schauen. „Aber sagt mir, kennt Ihr einen Mr. Martin Kenney?"

„Warum, ja", sagte sie. „Ich habe ein paar Mal zu Beginn der Saison mit ihm getanzt, bevor – bevor ich gezwungen war, London zu verlassen. Er ist ein sehr charmanter Gentleman, aber jede junge Dame in der Stadt wird gewarnt, ihn nicht zu ermutigen, weil jeder weiß, dass er keinen roten Penny hat – oh!" Sie brach abrupt ab, als sie merkte, wohin die Diskussion führte.

„Keinen roten Penny, genau", stellte Pickett noch einmal fest. „Haargenau. Tatsächlich wurde auch Mr. Kenney von Sir Reginald wie Ihr geschädigt. Mir kam jetzt der Gedanken, dass man aus zwei Schäden etwas Gutes machen könnte. Wenn Ihr die Vorstellung einer solchen Ehe nicht abstoßend fändet, würde ich dies Eurem Vater gerne vorschlagen – vorausgesetzt natürlich, dass Mr. Kenney sich nicht wegen Mordes an Sir Reginald vor Gericht verantworten muss."

Sie seufzte. „Selbst wenn dem so wäre, fürchte ich, dass ich kaum in der Lage bin, besonders anspruchsvoll zu sein. Wie Ihr wisst, können Bettler nicht wählerisch sein."

„Das habe ich immer gehört", gab Pickett lächelnd zu, „aber es kann keine glückliche Ehe geben, wenn der Bräutigam an den Galgen gehen muss, kaum, dass die Gelübde gesprochen sind."

Miss Braunton musste wider Willen lachen. „Sehr wahr. Tatsächlich mochte ich Mr. Kenney recht gern und hoffe, dass er an Sir Reginalds Tod schuldlos ist, nicht nur um seinet–, sondern auch um meinetwillen. Ja, Ihr habt meine Erlaubnis, Mr. Kenney meinem Vater als möglichen Ehemann für mich vorzuschlagen."

„Ich werde es tun, sobald ich nach London zurückkomme", versprach Pickett.

„Vielen Dank. Wisst Ihr, Mr. Pickett, mir kommt der Gedanke, dass Mrs. Pickett eine sehr glückliche Frau sein muss."

Eine sehr glückliche Frau, die sich in diesem Moment an ihren Anwalt wandte, um die Ehe für nichtig zu erklären. Picketts antwortendes Lächeln enthielt mehr als nur einen Hauch von Traurigkeit. „Ich danke *Euch*, Miss Braunton. Es ist mein innigster Wunsch, dass sie sich selbst dafür hält."

*****

Während Pickett seine Ermittlungen in Leicestershire fortsetzte, fand Lady Fieldhurst sich in seltsam melancholischer Stimmung. Unruhig und unsicher, was sie mit sich anfangen sollte, stattete sich Lady Dunnington einen Besuch ab, in der vagen Absicht, ihre Freundin durch die Tortur zu helfen, einen Mann in ihrem Haus ermordet aufzufinden, nachdem sie sechs Monate zuvor beim Tod ihres Ehemannes ähnliches durchlebt hatte.

„Und", schloss sie, nachdem sie Lady Dunnington auf

diese Ähnlichkeit aufmerksam gemacht hatte, „wenigstens kann niemand dich verdächtigen, Sir Reginald getötet zu haben, denn ich kann für deine Anwesenheit im Salon in dem Moment, als der Schuss fiel, bürgen."

„Sehr richtig, meine Liebe", nickte Emily und schaute zur Tür, als Dulcie mit dem Teetablett eintrat. „Wie gut für mich, dass dein Mr. Pickett niemals auf die Idee käme, an deinem Wort zu zweifeln."

„Ich wünschte, du würdest aufhören, ihn als ‚meinen' zu bezeichnen", fauchte Lady Fieldhurst, die sich schmerzlich bewusst war, dass ihr Wort bei Mr. Pickett nicht mehr in so hohem Ansehen stand und sie niemandem außer sich selbst die Schuld an diesen veränderten Umständen geben konnte.

„Natürlich wäre es äußerst unangenehm für Dunnington, wenn seine Anwesenheit hier an diesem Abend bekannt würde", fuhr Lady Dunnington fort, ohne etwas von Julias innerem Aufruhr zu bemerken. „Ich vertraue darauf, dass du nichts davon erwähnt hast?"

„Nein, ich habe es nicht erwähnt", sagte Julia düster.

„Du bist ein Engel!", erklärte die Countess.

Lady Fieldhurst konnte sich andere, zutreffendere Beschreibungen vorstellen, doch sie sagte nur: „Emily, solltest du nicht besser deshalb klare Verhältnisse schaffen? Es wird bestimmt irgendwann herauskommen, denn jeder am Tisch hat gehört, was gesagt wurde. Oder erlaube mir, es Mr. Pickett zu erklären, falls du dich nicht dazu durchringen kannst. Wie du sagtest, mein – mein Wort zählt etwas bei ihm."

„Nein, Julia, das darfst du nicht! Denn Dunningtons Worte würden ihn angesichts dessen, was später geschah, höchst verdächtig erscheinen lassen."

Lady Fieldhurst konnte nicht anders, als sich wundern über die Entschlossenheit der Countess, einen Mann zu beschützen, für den sie in den sechs Jahren, seit die beiden Frauen befreundet waren, kein freundliches Wort gehabt hatte. „Keine Sorge, Emily. Mr. Pickett ist nach Leicestershire gefahren, um Nachforschungen anzustellen. Wenn Lord Dunnington also keine geheimen Verbindungen in den Norden hat, ist er meines Erachtens ziemlich sicher."

„Gott sei Dank!", erklärte Lady Dunnington. „Ja, Dulcie, du darfst jetzt gehen. Es gibt keinen Grund für dich, länger hier herumzustehen."

Die beiden Damen verstummten, bis das Mädchen den Raum verlassen und die Tür hinter sich geschlossen hatte.

„Wirklich!", rief Lady Dunnington leise aus. „Hast du gesehen, wie das Mädchen bei der Erwähnung der Reise eines bestimmten Herrn nach Leicestershire die Ohren gespitzt hat? Ich glaube, sie hat sich in deinen Mr. Pickett verliebt! Erst treibt sich Polly ständig mit dem Lakaien von weiter unten an der Straße herum – als ob ich nicht alles darüber wüsste, dieses dumme Mädchen! – und jetzt dies. Ich schwöre, wenn das so weiter geht, werde ich noch vor Weihnachten kein

Hausmädchen mehr haben."

„Ich kann dir versichern, dass, ganz gleich, wie Dulcies Gefühle für Mr. Pickett aussehen mögen, sie nicht vor Weihnachten mit ihm verheiratet sein wird", sagte Lady Fieldhurst tonlos.

„Nun, dem Himmel sei Dank dafür! Aber wie willst du das wissen?"

„Weil Mr. Pickett bereits verheiratet ist."

„So? Ich frage mich, wer da die Wiege ausgeraubt hat."

„Eigentlich", gestand Julia kläglich, „war *ich* das. Mr. Pickett ist mit mir verheiratet."

Lady Dunnington stellte ihre Teetasse mit einem lauten Klirren ab. „Julia! Er hat sich geweigert, dein Liebhaber zu werden, da hast du ihn einfach geheiratet? Meine Güte, du wolltest diesen jungen Mann aus der Bow Street *unbedingt* in deinem Bett, wie? Ich hoffe, er war es wert!"

„Mr. Pickett war noch nie in meinem Bett und wird es auch nie sein!", erklärte Lady Fieldhurst mit brennenden Wangen. „Ich sage dir, es war überhaupt nicht so. Es – es ist in Schottland passiert."

„Das scheint alles Interessante in diesem Tagen zu tun", näselte die Countess. „Wirklich, ich muss irgendwann selbst dorthin reisen. Es hat dich jedenfalls zu einer lustigen Witwe gemacht!"

„Ich war keine lustige Witwe! Aber ich wollte nicht auf dem Landsitz der Fieldhursts vermodern, daher beschlossen wir – Georges Jungen und ich, heißt das – in einem Gasthof an der Küste abzusteigen und um sicherzugehen, dass niemand uns finden würde, habe ich mich unter einem falschen Namen dort eingetragen."

Lady Dunnington hob eine Hand. „Sag mir nichts, lass mich raten: Du hast dich dort Mrs. Pickett genannt."

„Es schien in diesem Moment harmlos genug", beharrte Julia. „Wie hätte ich wissen sollen, dass Mr. Pickett eine Woche später dort auftauchen würde?"

„Dir nachgejagt, um die Rückgabe seines Namens zu fordern, schätze ich", bemerkte Lady Dunnington.

„Natürlich nicht! Tatsächlich hatte er seinen Richter dorthin begleitet. Mr. Pickett untersuchte einen Fall, während sein Richter Colquhoun einen Angelurlaub genoss. Ich – ich hatte eher das Gefühl, dass Mr. Colquhoun ihn aus London wegschleppen wollte, in der Absicht, ihn meinen Klauen zu entreißen."

„Ich schätze, du hast es ihm gezeigt, nicht wahr?"

„Das ist nicht witzig, Emily! Als Mr. Pickett im Gasthaus ankam und seinen Namen angab, nahm der Inhaber an, dass er mein Ehemann wäre, und gab uns dasselbe Zimmer. Obwohl wir nie wirklich das Zimmer geteilt haben", fügte sie hastig hinzu, da sie die nächste Frage der Countess vorausahnte.

Lady Dunnington schnalzte missbilligend mit der Zunge. „Kein Wunder, dass Cousin George völlig außer sich war!

Sich in Schottland herumtreiben, die englische Jugend verderben ..."

„Unsinn! Dank unserer Ausflüge entlang der Küste gingen die Jungen jeden Abend erschöpft zu Bett, lange bevor die Erwachsenen schlafen gingen. Selbst wenn wir das Zimmer geteilt hätten, würden die Jungen es nie bemerkt haben. Es war alles völlig unschuldig – bis wir erfuhren, dass so etwas in Schottland eine rechtswirksame Eheschließung darstellt."

Lady Dunnington schürzte die Lippen und stieß einen langen, leisen Pfiff aus. „Und was hast du nun vor? Ist dir in den Sinn gekommen, dass du, wenn er dein, äh, interessantes Angebot angenommen hätte ..."

„Oh ja, viele Male", warf Julia schnell ein. „Wie die Dinge liegen, haben wir jedoch vor, uns mit meinem Anwalt zu treffen, um eine Annullierung zu besprechen, sobald Mr. Pickett aus Leicestershire zurück ist. Bis dahin gibt es nichts, was ich tun könnte."

Und dieser Mangel an Fortschritt war sicher der Grund für ihre schlechte Laune. Es konnte keinen anderen Grund geben, warum sie sonst die Abwesenheit eines einzigen Menschen in einer Stadt von einer Million so stark empfinden sollte.

13

*In dem John Pickett
eine höchst unangenehme Überraschung erlebt*

An seinem letzten Abend in Leicestershire saß Pickett allein in seinem Zimmer in dem Gasthof, von dem aus er am nächsten Morgen die Kutsche Richtung Süden nehmen wollte. Er war sich nicht ganz sicher, was er mit sich anfangen sollte. Seine Taschen waren gepackt, um sich auf die Reise vorzubereiten, aber es war noch zu früh, um ins Bett zu gehen. Der öffentliche Schankraum im Erdgeschoss zog ihn nicht an, und er hatte nicht daran gedacht, etwas zum Lesen mitzubringen. Er beschloss, Lady Fieldhurst einen Brief zu schreiben; sie hatte ihn schließlich gebeten, sie zu informieren, wenn er nach London zurückkehrte. Es machte nichts aus, dass ihr Eifer, das Verfahren zur Annullierung in Gang zu setzen, diese Bitte inspiriert hatte; allein an diesem fremden Ort sehnte er sich nach einer Verbindung zu ihr über die vielen Meilen hinweg, die sie trennten. Nachdem er sich dazu entschlossen hatte, riss er ein Blatt Papier aus seinem Notizbuch und nahm die Feder zur Hand.

Oder versuchte es zumindest. Diese Aufgabe erwies sich als schwieriger, als er angenommen hatte. *Sehr geehrte Mrs. Pickett,* begann er, entschied sich dann aber gegen diese Form der Anrede; Mylady mochte nicht verstehen, dass er das als Scherz gemeint hatte. In der Tat war er sich nicht ganz sicher, *ob* er es als Scherz gemeint hatte. Er knüllte das Papier zusammen, warf es ins Feuer und begann erneut. *Liebe Lady Fieldhurst,* schrieb er, zögerte dann aber. Klang „liebe" nicht anmaßend? Sicher, es war die übliche Anrede in der Korrespondenz, doch er wollte nicht übermäßig vertraulich wirken. Dieser Versuch der Briefschreibkunst landete ebenso im Feuer wie sein Vorgänger. *Mylady Fieldhurst,* war sein dritter Versuch, und diesen betrachtete er mit Befriedigung. Er hatte die perfekte Form und wenn ihm das Possessivpronomen ein wenig zu gut gefiel, würde das außer ihm nie jemand erfahren müssen.

Wenn diese Nachricht Euch erreicht, ging der Brief weiter, *werde ich bereits nach London zurückgekehrt sein. Ich erwarte Eure Anweisungen bezüglich eines Treffens mit Eurem Anwalt, damit wir eine Lösung für die ...* Hier hielt er inne. Er brachte es nicht fertig, das Wort „Ehe" zu benutzen. Dies in diesem Zusammenhang zu tun, würde zu endgültig, zu unwiderruflich wirken. *... für die unangenehme Lage zu* *suchen, in der wir uns befinden"*, schrieb er schließlich. Nachdem er diese Hürde überwunden hatte, stellte er fest, dass er einfach genug über solch harmlose Themen wie das Wetter in Leicestershire und die Schönheit der nördlichen Landschaft im Vergleich zur Hauptstadt plaudern konnte. Es hatte eine Zeit gegeben, wo er sie über die Fortschritte (oder den Mangel daran) bei seinen Ermittlungen aufs Laufende gebracht hätte, aber das ging nicht mehr. Nicht, nachdem er erfahren hatte, dass sie ihm wissentlich Informationen vorenthielt. Es war vermutlich auch besser so, dachte er; der Zustand, in dem er Miss Braunton gefunden hatte, war kaum die Art von Angelegenheit, die er mit einer Dame diskutieren konnte, nicht einmal mit einer, die auf dem Papier seine Frau war. Er stieß einen Seufzer aus und machte sich an die Aufgabe, seinen Brief zu beenden.

Die Grußformel jedoch gab ihm Anlass zu weiterer Seelenerforschung. *In Liebe, John Pickett, kam* eindeutig nicht in Frage. *Hochachtungsvoll, John Pickett,* schien bei Weitem zu kalt und förmlich. Am Ende entschied er sich für *Ihr John Pickett* außer, dass es ihm ermöglichte, auf dem Papier (wenn auch verklausuliert) die Erklärung niederzulegen, die er nie laut aussprechen könnte, hatte das den zusätzlichen Vorteil, dass es die Wahrheit war: Er war tatsächlich laut Gesetz der ihre, zumindest vorläufig, ob sie das wollte oder nicht.

*****

Vier Tage später las Lady Fieldhurst im Salon, als ihr Diener Thomas mit einem Brief auf einem silbernen Tablett eintrat.

„Die Morgenpost, Mylady", sagte er, verbeugte sich und stellte gleichzeitig das Tablett in ihre Reichweite.

„Danke, Thomas!"

Sie legte ihr Buch beiseite, nahm den Brief und schaute auf ihren Namen, der auf die Vorderseite geschrieben stand. Sie erkannte die Handschrift nicht, sah aber, dass das Wachssiegel erbrochen worden war.

Thomas bemerkte die Richtung ihres Blicks und erklärte es schnell. „Unter das Siegel war ein Zwei–Penny–Stück gelegt worden, um das Porto abzudecken, Mylady. Ich habe mir die Freiheit erlaubt, es herauszunehmen, um den Postboten zu bezahlen."

Ein wohlhabender Absender, also, der ihr die Kosten für das Porto hatte ersparen wollen, aber kein Adliger, denn der Adel hatte das Privileg, Briefe freimachen und daher Briefe kostenlos verschicken zu können. „Sehr gut, Thomas. Du kannst gehen."

Thomas verneigte sich und verließ den Raum. Wieder allein geblieben, entfaltete Lady Fieldhurst das Blatt und begann zu lesen. Der erste Satz reichte aus, um den Absender zu erkennen, und sie lächelte ein wenig bei der Vorstellung, wie Mr. Pickett im fernen Leicestershire seinem Schreiben zwei Pennys hinzufügte, damit ihr die Unannehmlichkeit erspart bliebe, einen unbedeutenden Betrag zu zahlen, den sie zweifellos viel leichter entbehren könnte als er selbst. Sie las den Brief ein zweites und dann ein drittes Mal, als ob sie eine zwischen den Zeilen versteckte geheime Mitteilung suchte, und war vage enttäuscht, dass sie nichts fand; sie konnte nicht ahnen, was es ihn gekostet hatte, eine so sorgfältig neutral gehaltene Nachricht zu verfassen. Schließlich gab sie diese erfolglose Bemühung auf, stand auf und ging zu ihrem Schreibtisch auf der anderen Seite des Zimmers hinüber, wo sie die nächsten zehn Minuten damit verbrachte, eine Mitteilung an ihren Anwalt zu verfassen. Nachdem sie Thomas zum Überbringen dieses Schreibens fortgeschickt hatte, las sie Mr. Picketts Brief noch einmal, faltete ihn dann wieder zusammen und legte ihn in ihre Schreibtischschublade, obwohl sie nicht genau hätte sagen können, was er enthielt, das es wert war, aufbewahrt zu werden.

*****

Ihr zweiter Versuch, ein Treffen zu arrangieren, erwies sich als erfolgreicher als der erste, und so kam Pickett in Lady Fieldhursts Haus in der Curzon Street an und wurde von Rogers, ihrem Butler, eingelassen und die Treppe zu dem kleinen Raum hinaufgeführt, den sie als Bibliothek eingerichtet hatte.

„Wenn Ihr hier warten wollt, Mr. Pickett, werde ich Mylady über Eure Ankunft informieren."

Pickett wurde sich selbst überlassen und wanderte zu den Bücherregalen hinüber, wo er die Titel las, als die Tür sich öffnete, um Lady Fieldhurst einzulassen, die in ein ihrer Halbtrauer angemessenes nüchternes graues Kleid mit schwarzen Bändern trug.

„Mr. Pickett, wie nett, dass Ihr gekommen seid." Sie streckte ihm die Hände entgegen, als sie sich näherte; anscheinend hatte sie ihm seine Plauderei bei Lord Rupert verziehen. „Es tut mir leid, Euch von Eurer Arbeit in der Bow Street abzuhalten."

Er nahm ihre Hände und drückte sie leicht, bevor er sie unwillig wieder losließ. „Das ist schon in Ordnung, Mylady."

„Ich gehe davon aus, dass Eure Reise gut verlaufen ist?"

Er zuckte mit den Schultern. „Sie war informativ, aber ich bin nicht sicher, dass ich der Lösung des Falls näher gekommen bin. Ich finde offenbar mehr Verdächtige, als ich ausschließen kann."

„Es war sehr freundlich von Euch, mir zu schreiben, aber Ihr hättet das Porto nicht bezahlen müssen. Das hätte ich gerne selbst übernommen."

Pickett konnte kaum zugeben, dass sein Stolz es nicht zugelassen hätte, und so tat es ihm nicht sehr leid, als die Tür erneut geöffnet wurde, um Rogers mit dem Anwalt im Schlepptau einzulassen.

„Mr. Crumpton, Mylady", meldete der Butler.

„Kommt doch herein, Mr. Crumpton", sagte Lady

Fieldhurst.

„Lady Fieldhurst." Mr. Crumpton verbeugte sich aus der Taille heraus, richtete sich dann auf und musterte Pickett mit beruflichem Interesse. „Ich nehme an, das ist der, äh, Bräutigam?"

„Das ist Mr. John Pickett von der Bow Street", sagte Lady Fieldhurst. „Ich glaube, Ihr habt ihn während der Ermittlungen wegen des Todes meines Mannes kurz kennengelernt."

„Natürlich, natürlich", sagte der Anwalt mit einem Nicken. Er gab Pickett die Hand, stellte sich dann hinter den großen Schreibtisch vor dem Fenster und zog einen Stapel Papiere aus einer Ledertasche. „Ihr erlaubt doch, Mylady?"

Nachdem diese Erlaubnis ihm gewährt worden war, begann er, die Papiere auszubreiten.

„Bitte nehmt Platz, beide, und wir werden sehen, was wir tun können, um Euch aus Eurer derzeitigen misslichen Lage herauszuholen."

Lady Fieldhurst nahm an einem Ende eines grün gestreiften Sofas Platz, das dem Schreibtisch zugewandt stand, und nickte Pickett zu, um ihm zu verstehen zu geben, dass er sich gerne neben sie setzen dürfte. Das tat er, da er nicht die Absicht hatte, eine solche Einladung zu verschwenden.

Er dachte, sie sähe aus, als fühlte sie sich sehr unbehaglich und mehr als nur ein wenig ängstlich. Er konnte ihre Gefühle von ganzem Herzen nachvollziehen, obwohl er den Verdacht hegte, dass sie vor allem fürchtete, die Ehe könne nicht annulliert werden, während er ebenso sehr fürchtete, dass sie doch aufgelöst werden könnte.

„Ach ja, die Nichtigerklärung einer irregulären schottischen Ehe", sagte Mr. Crumpton und nahm Zuflucht zu seinen Papieren. „Während Ihr nicht in der Stadt wart, Mr. Pickett, hat mir Lady Fieldhurst erklärt, wie es dazu kam, dass Ihr in eine solch missliche Situation geraten seid, daher müssen wir das nicht noch einmal durchgehen. Um ehrlich zu sein, habt Ihr beide mich hiermit zu meinen Rechtsbüchern geschickt. Es scheint, dass die meisten Fälle, die solche Ehen betreffen, sich darum drehen, ihre Rechtswirksamkeit zu beweisen, nicht anders herum."

Lady Fieldhurst beugte sich eifrig vor. „Dann besteht doch die Möglichkeit, dass wir nicht wirklich verheiratet sind?"

„Ich fürchte, es ist nicht so einfach, Mylady. Irreguläre schottische Ehen sind in England völlig legal, aber wegen ihrer, äh, Irregularität, werden sie viel eher angefochten und wenn sie angefochten werden, eher für nichtig erklärt. Wie Ihr erraten könnt, werden solche Ehen gewöhnlich von der Familie der Braut, oder seltener, des Bräutigams angegriffen, gewöhnlich, wenn es sich um ein Vermögen oder im letzteren Fall um einen Titel handelt. Solche Anfechtungen sind mit größerer Wahrscheinlichkeit dann erfolgreich, wenn es andere

Unstimmigkeiten gibt: wenn zum Beispiel eine Partei minderjährig ist oder wenn andere wesentliche Informationen gefälscht wurden – wie enge Blutsverwandtschaft oder eine bestehende, gültige Ehe mit einer dritten Partei. Ich gehe davon aus, dass in diesem Fall nichts davon zutrifft?"

Pickett und Lady Fieldhurst wechselten einen Blick, wandten sich dann wieder dem Anwalt zu und schüttelten den Kopf.

„Schade, das hätte uns eine Menge Probleme erspart, bemerkte Mr. Crumpton und konsultierte noch einmal seine Unterlagen. „Nun, wie Ihr Euch vielleicht nicht bewusst seid, ist es keine leichte Sache, eine Ehe aufzulösen, selbst, wenn sie irregulär ist. Ehen sind dazu gedacht zu halten, ,bis der Tod uns scheidet'. Es muss Gründe geben – zwingende Gründe, heißt das – warum die Ehe annulliert werden könnte und sollte."

„Aber – aber wir haben nichts getan!", beharrte Lady Fieldhurst errötend. „Ich meine – das heißt – wir haben nicht ..."

Mr. Crumpton gestattete sich ein Lächeln. „Es ist ein weitverbreiteter Irrglaube, Mylady, dass der Nichtvollzug einer Ehe einen Grund für Annullierung oder Scheidung darstelle, aber ich fürchte, es ist komplizierter."

„Was wären dann mögliche Gründe?", fragte sie.

Der Anwalt zählte sie an seinen Fingern auf. „Der erste wäre Betrug, was wir ausgeschlossen haben. Der zweite wäre

Mangel an rechtlicher Handlungsfähigkeit, wozu auch Minderjährigkeit gehört." Er schaute Pickett an. „Ich glaube, wir haben festgestellt, dass Ihr über einundzwanzig Jahre alt seid, Mr. Pickett?"

„Seit mehr als drei Jahren", sagte Pickett, vielleicht verständlicherweise verärgert, dass seine Mangel an Lebensjahren wieder hervorgestellt wurde.

„So ist es", sagte Mr. Crumpton nickend. „Mangel an rechtlicher Handlungsfähigkeit wäre auch Irrsinn, den wir, wie ich zu unterstellen wage, auch ausschließen können", fügte er mit einem nachsichtigen Lächeln hinzu.

„Da bin ich mir nicht so sicher", murmelte Lady Fieldhurst. „Ich muss von vornherein irrsinnig gewesen sein, dass ich dachte, ich könnte unter einem falschen Namen an die schottische Küste fliehen."

Mr. Crumpton drohte ihr spielerisch mit einem Finger. „Ich fürchte, Ihr habt die Fieldhursts mit dieser Eskapade einen ziemlichen Schock versetzt, Mylady, aber das allein und für sich lässt noch nicht auf einen gestörten Verstand schließen. Nein, ich denke, wir können Irrsinn als möglichen Grund für eine Annullierung ausschließen."

„Was bleibt dann noch?", fragte Pickett in der wilden Hoffnung, dass sie gezwungen sein würden, die Ehe aufrecht zu erhalten, trotz der bitteren Gewissheit, dass seine Frau ihn für immer hassen würde, wenn das der Fall wäre.

Zum ersten Mal während der Besprechung geriet Mr.

Crumptons professionelles Auftreten ins Wanken. „Die einzige noch verbleibende Möglichkeit ist, äh, das heißt, betrifft den Vollzug der Ehe."

„Aber Ihr sagtet doch, es wäre kein Grund, wenn die Ehe nicht vollzogen wurde", widersprach Lady Fieldhurst.

„Nein, aber wenn eine Seite sich als unfähig erweisen sollte, äh, das heißt, nicht in der Lage wäre ..." Er holte tief Luft und begann erneut. „Mylady, ich muss Euch daran erinnern, dass Ihr und der verstorbene Lord Fieldhurst sechs Jahre lang verheiratet waren. Wenn es sich in dieser Zeit herausgestellt hätte, dass Ihr – dass Ihr nicht fähig wäret, an dem Akt mitzuwirken, der Eurem Ehegatten den Erben hätte verschaffen können, den er so verzweifelt begehrte, würde er sicher vor Jahren eine solche Annullierung angestrebt haben." Er wandte sich mit hochgezogenen Augenbrauen an Pickett. „Da dies aber nie der Fall war, bleibt nur ..."

Als es Pickett dämmerte, was der Anwalt andeuten wollte, wurde er tiefrot.

Lady Fieldhurst war ebenso verlegen, aber deutlich wortreicher. „Ihr könnt Mr. Pickett doch nicht bitten, zu – zu ..." Ihr fehlten die Worte. Sie unterbrach sich und versuchte es erneut. „Mr. Pickett war vielleicht nicht verheiratet, aber ich wage zu behaupten, dass es irgendwo eine Frau gibt, die eine solche Behauptung Lügen strafen könnte, indem sie sich einfach meldet und – und–"

„In der Tat", sagte Pickett kläglich, „gibt es aber keine."

„Nein?", fragte Lady Fieldhurst.

Pickett schüttelte den Kopf und betete, dass sich der Boden öffnen und ihn verschlingen möge.

„Nein", murmelte sie und betrachtete ihn mit neuen Augen.

„Aber", fügte er hinzu, „das soll nicht heißen, ich könnte nicht – das heißt, ich – ich habe keinen Grund zu der Annahme, dass – dass nicht alle meine Körperteile – völlig in Ordnung wären."

„Oh, meine Güte." Sie schnappte sich eine der juristischen Unterlagen von Mr. Crumpton und fing an, sich damit zu fächeln. „Oh, meine Güte." Wie muss es wohl sein, für jemanden das ein und alles zu sein? Selbst in den frühen Tagen ihrer Ehe, als sie noch von dem reichen und mächtigen Mann überwältigt war, der sie von den Füßen gerissen hatte, hatte sie sich nie geschmeichelt, dass es vor ihr keine anderen gegeben hätte.

Kein Wunder, dass Mr. Pickett ihre Einladung abgelehnt hatte! Er sparte sich für Mrs. Pickett auf – für die Frau, die eines Tages die *wirkliche* Mrs. Pickett sein würde. Sie fragte sich flüchtig, ob er eine bestimmte Frau für diese Position im Sinn hatte, und erinnerte sich, ihn im Drury Lane Theatre in Gesellschaft einer ziemlich scharfgesichtigen, aber nicht unattraktiven jungen Frau mit einer schaurigen lila Haube gesehen zu haben. Oh nein, sicher nicht! Dann kam ihr eine andere Erinnerung in den Sinn, diesmal, wie sie beide in ihrem

Salon waren, sich unbehaglich und unbeholfen gegenüber standen, nicht ganz nahe genug, um sich zu berühren. *Ich sehne mich nach dir mit Körper und Seele ...* Nein, es waren nicht die Worte eines Mannes, der sich bereits innerlich an eine andere Frau gebunden hatte. Und aus irgendeinem Grund war sie froh darüber.

„Es wird natürlich eine ärztliche Untersuchung geben", fuhr Mr. Crumpton fort, „aber der Arzt ist den Fieldhursts gut bekannt und wird die Ergebnisse gegen ein bestimmtes Entgegenkommen verfälschen."

„Bestechung also, in anderen Worten", bemerkte Pickett.

Der Anwalt zuckte die Achseln. „Nennt es, wie Ihr wollt, aber diese Bestätigung vor dem Bischof im Kirchengericht ist es, die die Gewährung der Annullierung erlauben wird – oder nicht."

„Nein!", protestierte Lady Fieldhurst. „So etwas könnt Ihr von Mr. Pickett nicht verlangen!"

„Nun, Mr. Pickett", fuhr der Anwalt fort, als hätte sie nicht gesprochen. „Ich habe mir erlaubt, die Angelegenheit mit Lord Fieldhurst zu besprechen–"

„*George*?", schrie Lady Fieldhurst auf. „Herr. Crumpton, Ihr hattet kein Recht, so etwas ohne mein Wissen mit ihm zu besprechen, geschweige denn, dass Ihr mein Einverständnis dazu gehabt hättet! „

„Nun, nun, Mylady, natürlich hat Lord Fieldhurst als Familienoberhaupt das Recht, es zu wissen und ein

Mitspracherecht in dieser Angelegenheit zu beanspruchen. In der Tat war ihm diese Heirat bereits bekannt ..."

„Aber wie kann das möglich sein?", wollte sie wissen.

„Ich fürchte, ich habe es ihm verraten, Mylady", gestand Pickett, der das Gefühl hatte, jedes Mal, wenn er den Mund aufmachte, in der Achtung seiner Frau zu sinken.

„Ihr?" Ihre Stimme hob sich zu einem fast hysterischen Tonfall. „Wie vielen Leuten habt Ihr es noch erzählt, Mr. Pickett?"

„Niemandem sonst", sagte er hastig. „Das heißt, Mr. Colquhoun, mein Richter, weiß es, aber er hat es mir gesagt, nicht umgekehrt."

„Aber ausgerechnet George!"

„Glaubt mir, Mylady, ich hatte keine Wahl. Als ich Euch im Haus am Berkeley Square aufsuchen wollte, bestand er darauf zu erfahren, was ich mit Euch zu tun hätte und weigerte sich, mir zu sagen, wo ich Euch finden könnte, bevor ich ihm nicht alles erklärt hätte. Es tut mir leid, Mylady. Wenn es einen Weg gegeben hätte, das zu vermeiden, ich versichere Euch, ich hätte ihn eingeschlagen."

Sie seufzte. „Ich kann Euch nicht böse sein, Mr. Pickett, denn ich kenne George nur allzu gut! Aber die bloße Vorstellung, dass er erwartet, Ihr solltet Euch ... Euch derart demütigen ..."

„Wie ich schon sagte, Mylady", sagte der Anwalt, „Lord Fieldhurst ist bestrebt, die Angelegenheit so schnell und so lautlos wie möglich zu regeln."

„Das kann ich mir irgendwie vorstellen", murmelte Lady Fieldhurst.

„Jedoch ist seine Lordschaft sich des Opfers, um das Mr. Pickett gebeten wird, wohl bewusst. In der Tat, Mr. Pickett, Ihr werdet erfreut sein, dass ich von Seiner Lordschaft ermächtigt bin, Euch eine Bankanweisung auf die Summe von zweihundert Pfund Sterling zu überreichen als Entschädigung für alle Kränkungen, die Ihr erleiden könntet."

„Ihr könnt Lord Fieldhurst sagen", erklärte Pickett hart, „dass ich sein Geld weder brauche noch es haben möchte."

Der Anwalt hatte diese Reaktion auf die Großzügigkeit seiner Lordschaft offensichtlich nicht erwartet. „Aber Mr. Pickett, überlegt doch, ob Ihr …"

„Da ist jedoch ein Punkt", sagte Pickett. „Wenn ich es richtig verstehe, möchtet Ihr, dass ich einen Meineid leiste."

„Aber nicht doch, keineswegs", versicherte der Anwalt ihm hastig. „Ihr würdet nie aussagen müssen, nicht einmal bei Gericht erscheinen, wenn Ihr das nicht wünscht."

„Aber – aber das ist einfach *widerlich*!", rief Lady Fieldhurst entsetzt aus. „Ich habe uns in diese Klemme gebracht, also sollte ich es sein, die uns da wieder heraushol."

Der Anwalt schüttelte den Kopf. „Wie ich bereits sagte, Mylady, hätte Lord Fieldhurst längst eine Annullierung beantragt gehabt, wenn ein solches Problem bestanden hätte."

„Es muss einen Weg geben", beharrte Lady Fieldhurst.

„Vielleicht könnten wir behaupten, dass das Problem neueren Datums ist."

„Ihr denkt dabei nicht an Euren Ruf, Mylady", tadelte der Anwalt sie. „Wenn sich ein solches Gerücht über Euch verbreiten würde, hättet Ihr nie wieder eine Aussicht darauf zu heiraten.

Tatsächlich war dies der beste Grund, den Pickett sich vorstellen konnte, um Lady Fieldhurst die Beweislast zu tragen zu lassen. Aber seine Ritterlichkeit überwog und er sagte hölzern: „Ich werde tun, was sein muss, um Lady Fieldhurst aus einer Ehe zu befreien, die sie nicht wünscht. Schließlich", fügte er mit einem Zucken seiner Lippen hinzu, das sicher ein Lächeln sein sollte, „kümmert mein Ruf niemanden außer mir selbst."

Sie legte ihre Hand über seine. „*Mich* kümmert er, Mr. Pickett", sagte sie leise.

„Ausgezeichnet!", erklärte der Anwalt und rieb sich vor Freude die Hände, weil sich eine so heikle Angelegenheit so leicht lösen ließ. „Sehr großherzig von Euch, Mr. Pickett, wenn ich das sagen darf. Und wenn Euer, äh, kleines Problem nach einer anständigen Zeitspanne verschwindet, nachdem die Annullierung gewährt worden ist, bin ich sicher, dass niemand zu viele Fragen stellen wird."

Mit dieser Versicherung (wenn man sie so nennen konnte), sammelte der Anwalt seine Dokumente ein und verabschiedete sich mit dem Versprechen, Lady Fieldhurst mitzuteilen, wenn ein Termin für ihr Erscheinen vor dem Kirchlichen Gericht festgelegt worden wäre.

Pickett und Lady Fieldhurst saßen für einen langen Moment in fassungslosem Schweigen, nachdem er gegangen war. Zumindest hatte Pickett das Gefühl, einen Schlag in die Magengrube erhalten zu haben.

Lady Fieldhurst fand zuerst ihre Stimme wieder. „Mr. Pickett, ich – ich weiß nicht, was ich Euch sagen soll. Als ich Euren Namen annahm, hätte ich mir nie träumen lassen, dass es so enden könnte!"

„Ich bin ebenso zu tadeln, Mylady", erklärte er ihr. „Ich habe nichts getan, um das Missverständnis zu korrigieren, als ich die Gelegenheit dazu hatte." *Mir gefiel die Vorstellung viel zu gut, als dass ich es abstreiten mochte*, hätte er vielleicht hinzufügen können, tat es aber nicht.

„Bitte glauben Sie, ich hätte niemals – ich würde niemals absichtlich etwas tun, um Sie leiden zu lassen", beharrte sie. „Nach allem, was Ihr für mich getan habt, ist es beschämend, dass Eure Güte so schäbig belohnt wird!"

Er schenkte ihr ein ausgesprochen düsteres Lächeln und stand auf, um zu gehen. „Bitte regt Euch nicht darüber auf, Mylady."

Sie rief nicht nach Rogers, um ihn hinausbegleiten zu lassen, sondern ging selbst mit ihm die Treppe hinab bis zur Vordertür. Als sie das Foyer erreichten, legte sie ihre Hand auf seinen Ärmel. „Was Ihr Euch zu tun bereit erklärt habt,

Mr. Pickett ..."

Er seufzte. „Ja, was ist damit?"

„Ich denke – ich denke, vielleicht solltet Ihr Georgs Angebot doch annehmen. Ja, ich weiß, was Ihr Mr. Crumpton gesagt habt", fügte sie hastig hinzu, seinen Einwand vorwegnehmend, „aber Gott weiß, dass Ihr wenigstens *etwas* als Gegenleistung verdient, für das, was man von Euch verlangt."

Er schüttelte nachdrücklich den Kopf. „Ihr habt meine Antwort gehört. Ich habe es gesagt und auch so gemeint. Das Ganze ist demütigend genug, ohne für meine Dienste bezahlt zu werden wie ein Sargräuber (cuffin-crack?)." Er gab ein bitteres Lachen von sich. „Aber nein, das passt nicht, nicht wahr? Ich bin ja angeblich zu so etwas nicht in der Lage."

Sie schaute ihn aus großen, verstörten Augen an. „Wenn Ihr keine andere Entschädigung akzeptieren wollt, Mr. Pickett, dann lasst mich Euch wenigstens sagen, dass es das – das *Selbstloseste* ist, von dem ich je gehört habe, und wenn nur ... wenn nur die Dinge anders lägen ... wenn nicht ..." Sie brach ab und schluckte den Kloß hinunter, der sich in ihrer Kehle gebildet hatte. „Was ich versuche zu sagen, Mr. Pickett, ist, dass ich – ich könnte die Frau beneiden, die eines Tages Mrs. Pickett sein wird."

„Es wird nie eine andere Mrs. Pickett geben", sagte er mit ausdrucksloser Stimme.

„Ich weiß, dass es sich jetzt so für Euch anfühlen muss,

Mr. Pickett, aber Ihr seid sehr jung und eines Tages …"

Er riss seinen Arm aus ihrem Griff, so heftig, dass sie zusammenschrak. „Es macht mich krank, ständig zu hören, wie jung ich bin! Ich bin alt genug, um zu wissen, was ich will, und alt genug, um zu wissen, dass ich es nicht haben kann, also behandelt mich nicht so herablassend, als wäre ich ein Schuljunge in jugendlicher Verliebtheit, aus der ich herauswachsen werde!" Er packte sie hart an den Schultern und küsste sie fest und schnell auf den Mund, und verließ dann, die Tür hinter sich zuknallend, das Haus.

Lady Fieldhurst hatte ihn noch nie gesehen, wie er die Beherrschung verlor, und der Anblick war schrecklich – nicht weil sie sich durch seine Wut in Gefahr fühlte, sondern weil sie wusste, dass sie völlig gerechtfertigt war – und weil sie wusste, dass sie selbst dafür verantwortlich war. Sie stand längere Zeit, nachdem er gegangen war, noch im Foyer, den Handrücken auf ihre geschwollenen Lippen gedrückt.

*****

Einige Minuten später stand sie immer noch da, als Lady Dunnington an die Tür klopfte und sich mit der Leichtigkeit einer langen Bekanntschaft selbst in das Haus einließ.

„Julia! Was ist gerade hier passiert?", wollte sie wissen. „Zuerst sehe ich deinen Mr. Pickett die Curzon Street entlangschreiten, als ob der Teufel ihm auf den Fersen wäre und direkt an mir vorbeigehen, ohne auch nur zu grüßen, und dann finde ich dich hier stehen, als ob du dich in Stein verwandelt hättest." Ihre Augen weiteten sich, als ihr eine neue und schreckliche Möglichkeit in den Sinn kam. „Sag mir nicht, dass du ihm von Dunnington erzählt hast!"

„Was?" Lady Fieldhurst blinzelte. „Natürlich nicht! Du hast mich doch dazu gedrängt, ihm diesen Punkt zu verschweigen, nicht wahr? Obwohl, warum du überhaupt darauf bestanden hast, Mr. Pickett zu rufen, wenn du dich doch weigerst, ihm die Informationen zu geben, die es ihm ermöglichen würden, seine einzigartigen Gaben zu nutzen ...?"

Dieser Angriff führte nicht zufällig zu Gedanken, welche anderen ungenutzten Fähigkeiten er sonst noch besitzen könnte und sie drückte ihre Hände auf ihre brennenden Wangen.

„Wenn es nicht um Dunnington ging, worum denn?", fragte die Countess. „Was hat er hier gemacht?"

„Ach, Emily, wir stecken in einer verteufelten Klemme!"

„Tun wir das?" Ihre Stimme hob sich zu einem Quietschen. „Will er Dunnington verhaften?"

„Um Himmels willen, Emily, bitte erspare dir doch die Vorstellung, dass Dunnington in unmittelbarer Gefahr wäre, am Galgen zu landen!", sagte Lady Fieldhurst ziemlich gereizt. „Als ich ‚wir' sagte, meinte ich Mr. Pickett und mich. Es – es ist wohl komplizierter, als wir erwartet hatten. Heute Morgen haben wir uns mit einem Anwalt getroffen, um zu sehen, wie das Ganze annulliert werden könnte."

„Mit welcher Begründung?", unterbrach Lady Dunnington sie.

„Begründung?", wiederholte Lady Fieldhurst ziemlich entrüstet. „Weiß denn jeder außer mir über diese Gründe Bescheid?"

„Meine liebe Julia, ich bezweifle, dass es ein verheiratetes Paar gibt, das die Möglichkeit einer Annullierung nicht irgendwann in Betracht gezogen hat – Annullierung Scheidung oder Mord." Sie verzog bei ihren eigenen Worten das Gesicht. „Bitte vergiss, dass ich das gesagt habe!"

„Die gute Nachricht ist, laut Mr. Crumpton, dass eine Annullierung gewährt werden könnte, sofern nachgewiesen werden kann, dass solche Gründe vorliegen", sagte Julia langsam und wählte ihre Worte vorsichtig.

„Welche Gründe?", fragte Lady Dunnington erneut.

Lady Fieldhurst erklärte es ihr.

„Oh, der arme Junge!", keuchte die Countess. „Kein Wunder, dass er dich abgewiesen hat!"

Lady Fieldhurst fühlte sich gezwungen, zu Picketts Verteidigung zu kommen. „Es ist natürlich nicht wahr!"

Lady Dunningtons linke Augenbraue hob sich anzüglich. „Wie willst du das wissen?"

„*Nicht* aus persönlicher Erfahrung", versicherte Julia ihr hastig. „Ich ... weiß es einfach. Aber er lässt es zu, der allgemeinen Lächerlichkeit preisgegeben zu werden, um mir die Freiheit zu schenken. Und doch frage ich mich ..." Sie brach ab, als ihr ein neuer und völlig unerwarteter Gedanke kam.

„Ja? Was fragst du dich?"

„Ich frage mich, ob es wirklich ein so schreckliches Schicksal wäre, Mrs. John Pickett zu sein."

„Julia!", rief Lady Dunnington mit einer Stimme, die zwischen Erheiterung und Entsetzen schwankte, aus. „Das kann nicht dein Ernst sein! Er würde niemals irgendwo empfangen werden, und du würdest von jeder guten Gesellschaft ausgeschlossen werden."

„Ich weiß", gestand Lady Fieldhurst. „Aber ich hasse es, was diese Annullierung ihm antun wird, zumal ich es war, die die ganze schreckliche Angelegenheit in Gang gesetzt hat. Ach, wie ich wünsche, nie einen Fuß auf schottischen Boden gesetzt zu haben!", stöhnte sie.

„Es ist natürlich bedauerlich, dass so etwas passiert musste", räumte Lady Dunnington ein, „aber wenn das der einzige Weg für dich ist, deine Freiheit wiederzuerlangen ..." Sie sah ihre Freundin scharf an. „Du *möchtest* doch wieder frei sein, oder?"

„Natürlich will ich das, aber doch nicht um den Preis, jemand anderen ans Kreuz zu schlagen, den ich ..."

Sie brach abrupt ab und Lady Dunnington musterte sie aus misstrauisch zusammengekniffenen Augen. „Jemanden, den du – *was*, Julia?"

„Jemanden, den ich hoch achte und dem ich sehr viel schulde", beharrte Lady Fieldhurst.

Doch die Worte klangen selbst in ihren Ohren schwach.

*****

Bis er in der Nähe der Bow Street ankam, war Picketts Zorn verraucht und es blieb nur klägliches Elend zurück. Er war so in seine Verzweiflung vertieft, dass er die Stimme, die seinen Namen rief, nicht hörte, bis eine kleine Hand in einem fingerlosen Netzhandschuh unter seinen Arm schob und seinen Ärmel umklammerte. Als er nach unten schaute, sah er das Oberteil einer lila Haube von überragender Scheußlichkeit. Er musste das Gesicht darunter nicht sehen, um Lucy Higgins wiederzuerkennen, das Flittchen aus Covent Garden, das seit der Nacht, als er als neunzehnjähriges neu ernanntes Mitglied der Fußpatrouille wegen Prostitution verhaftet hatte, Absichten auf seine Tugend hatte.

„Warum das lange Gesicht, John Pickett?" Sie blickte unter dem Rand ihrer Haube hervor, eine junge Frau mit blitzenden dunklen Augen und dunklen Locken. „Du siehst aus, als hättest du gerade deinen letzten Freund verloren."

Er nickte zum Gruß halbherzig. „Es ist nicht so, Lucy, es ist nur …" Er brach abrupt ab. „Lucy! Du bist genau die Person, die ich brauche!"

„Endlich!", rief Lucy aus und er musste sie nicht drängen, als er ihre Hand ergriff und sie halb in die nächste Teestube führte, halb zog.

„Zwei", sagte er zu dem Besitzer, als er Lucy an einen freien Tisch in der Nähe des Fensters drückte.

„Könnte ich stattdessen einen Tropfen Gin haben?", fragte Lucy hoffnungsvoll.

Pickett verzog das Gesicht. „Das Zeug frisst dich von innen her auf. Tee", wiederholte er in einem Tonfall, der keinen Widerspruch zuließ.

„Wird das lange dauern?", fragte Lucy, während Pickett schweigend wartete, bis der Besitzer zwei dampfende Tassen vor ihnen abgestellt hatte. „Ich will dich ja nicht drängen, Süßer, nicht, wenn ich schon so lange gewartet habe, aber ich lebe von meiner Arbeit, wie du weißt, und ...“

„Lucy, ich bin mit Lady Fieldhurst verheiratet." Und zu seinem Entsetzen und seiner Beschämung ertappte er sich, wie er mit der ganzen Geschichte seiner irregulären Ehe mit Lady Fieldhurst herausplatzte und was von ihm verlangt wurde, um sie wieder aufzulösen.

„Ach, du armer Junge!", hauchte Lucy mit aufgerissenen Augen. „Kein Wunder, dass du mich all diese Jahre hindurch abgewiesen hast. Wenn ich die geringste Ahnung gehabt hätte, würde ich nie versucht ...“

„Es ist nicht *wahr*!", beharrte Pickett entrüstet.

„Aber das könnte es ebenso gut sein, bei allem, was mir das nützt", murrte Lucy.

Pickett stützte den Ellbogen auf den Tisch und ließ das Kinn in die Hand sinken. „Das ist nicht lustig, Lucy.“

„Allerdings ist es das nicht! Jetzt werde ich nie – *warte mal*!" Sie beugte sich über den Tisch, als ihr ein neuer Gedanke kam. „Du möchtest eigentlich gerne mit der Lady verheiratet bleiben, nicht wahr?"

Pickett seufzte. „Was ich möchte, hat nichts zu sagen."

„Du müsstest überhaupt nichts *sagen*."

„Was meinst du damit?", fragte er und fürchtete sehr, dass er es bereits wusste.

„Eine halbe Stunde mit mir, Süßer, und dann hat sich der Auflösungsgrund für Mylady erledigt. Ich könnte vor Gericht darüber jammern, wie so ein Schurke – das wärest du – mich verführt und dann verlassen hat, und es gäbe nichts, was die verdammte Lady oder ihr schmuddeliger Anwalt dagegen tun könnten." Sie breitete zufrieden ihre Arme aus. „Ich bekomme, was ich will, du bekommst, was du willst, und alle sind glücklich."

Pickett hatte fünf Jahre damit verbracht, Lucys Avancen abzulehnen, aber in diesem Moment war er ernsthaft versucht, nachzugeben. Wenn er auf ewig an eine Frau gebunden bleiben konnte, indem er mit einer anderen schlief … Sicher, Lucy war nicht die Frau, die er wollte, aber er mochte sie und sie war attraktiv genug. Er war ziemlich sicher, sie würde dafür sorgen, dass er das Erlebnis genösse, und vielleicht noch wichtiger, er würde eine ungefähre Ahnung haben, was er tun sollte, wenn er zu seiner Frau käme. Doch hatte Lucys Argumentation einen Fehler, einen, der zu groß war, um ihn zu ignorieren. „Und was ist mit Lady Fieldhurst?", fragte er. „Was ist mit dem, was *sie* will?"

Lucy ging mit einer Bewegung ihrer behandschuhten Hand über die Viscountess hinweg. „Es ging doch lange genug nach ihren Wünschen, nicht wahr?"

„Du wärest überrascht ..."

Sicher, dachte Pickett, für Lucy musste es so aussehen, als führte Lady Fieldhurst ein märchenhaftes Leben, mit Geld, Dienern und all dem Luxus, den Lucy sich nie würde leisten können, auch nicht, wenn sie den Rest ihres Lebens auf dem Rücken liegend verbrachte. Doch er wusste, dass es für Lady Fieldhurst nicht angenehm gewesen sein musste, zuerst an einen untreuen Ehemann gebunden zu sein und dann verdächtigt zu werden, ihn ermordet zu haben. Lord Fieldhursts Tod hatte sie unerwartet aus einer unglücklichen Ehe erlöst, aber nicht ohne dafür einen beträchtlichen Preis zu fordern; er würde sie nicht in einer anderen festhalten, ganz gleich, wie groß die Versuchung war.

Schnell, bevor er in seinem Entschluss wankend werden konnte, schob er seinen Stuhl zurück, stand auf und warf ein paar Münzen auf den Tisch, um den Preis für den Tee zu zahlen. „Bleib, solange du willst, Lucy, aber ich muss wieder in die Bow Street zurück. Mr. Colquhoun wird sich fragen, was aus mir geworden ist."

Und dort, dachte er, wartete noch eine andere Befragung, die er sich gerne erspart hätte.

*****

Mr. Colquhoun, der in ein Gespräch mit Mr. Foote vertieft war, als Pickett die Wache in der Bow Street betrat, warf einen Blick auf das Gesicht dieses jungen Mannes und entließ sofort den älteren Läufer.

„Was ist passiert, John?", fragte er ohne Umschweife.

Wenigstens fühlte Pickett, nachdem er sich bei Lucy ausgesprochen hatte, keinen Drang, dasselbe bei seinem Mentor zu tun. Er setzte ein schwaches Lächeln auf. „Gute Nachrichten, Sir. Laut dem Anwalt von Lady Fieldhurst sollten wir in der Lage sein, eine Aufhebung zu erwirken."

„Gute Nachrichten, he?", wiederholte der Richter skeptisch, und musterte Pickett mit bedrohlich zusammengezogenen Brauen. „Und aus welchen Gründen soll diese Aufhebung gewährt werden?"

„G–Gründen, Sir?", stotterte Pickett und versuchte damit, Zeit zu gewinnen, womit er, was ihm nicht klar war, die schlimmsten Befürchtungen des Richters bestätigte.

„Ich habe ein wenig über Eherecht nachgelesen, während Ihr in Leicestershire wart", teilte Mr. Colquhoun ihm mit. „Ich weiß, dass eine Annullierung nur aus drei Gründen gewährt werden kann – Betrug, mangelnde Geschäftsfähigkeit und Impotenz. Nun, soweit ich es sagen kann, trifft hier keiner davon zu, es sei denn, natürlich, dass Ihr Probleme persönlicher Natur habt, von denen mir nichts bekannt ist …"

„Das – das ist nichts, worüber ein Mann gerne spricht,

231

Sir", sagte Pickett kläglich.

„Nein, das glaube ich, insbesondere wenn ihm dieses Problem bis vor sehr kurzer Zeit selbst nicht bewusst war – sagen wir, bis vor ein oder zwei Stunden."

„Mr. Colquhoun, Sir–"

„Lasst mich Euch daran erinnern, Mr. Pickett, dass Ihr die Pflicht habt, das Gesetz einzuhalten. Sollte ich je erfahren, dass Ihr die Absicht hättet, einen Meineid zu leisten ..."

„Keineswegs, Sir", versicherte Pickett ihm hastig. „Man sagte mir, ich würde nicht – ich würde nicht aussagen oder überhaupt vor Gericht erscheinen müssen."

Mr. Colquhoun machte ein Geräusch in seiner Kehle, das vage an ein Knurren erinnerte.

„Und Lord Fieldhurst ..." Irgendwie schien der Vorschlag, dass er bereit sein sollte, Geld als Gegenleistung für seine Mitwirkung anzunehmen, noch beleidigender als der ganze Rest. „... Lord Fieldhurst war so freundlich, mir die Summe von zweihundert Pfund anzubieten, um mich für etwaige Kränkungen zu entschädigen, die mir zugefügt werden könnten."

Mr. Colquhouns buschige weiße Brauen zogen sich zu einem gewaltigen Stirnrunzeln zusammen. „Es muss schön sein, sich von allen Schwierigkeiten freikaufen zu können. Was habt Ihr auf das großzügige Angebot Seiner Lordschaft erwidert?"

„Ich habe es ihm ins Gesicht geworfen", gestand Pickett.

„Hmph. Muss sagen, dass mich das besser über Euch denken lässt."

„Wenn Ihr mich entschuldigen wollt, Sir, möchte ich wieder an meine Arbeit gehen. Ich muss Lady Dunnington ihr Eigentum zurückbringen." Er deutete auf die Porzellanschäferin, die immer noch die Richterbank schmückte. Es schien sehr lange her zu sein, seit er sie in Mr. Kenneys Besitz entdeckt hatte. Ihm wurde klar, dass er sich darum vor seiner hastigen Abreise nach Leicestershire hätte kümmern müssen, nicht so sehr um Lady Dunnington willen, sondern wegen Dulcies Seelenfrieden, die in Verdacht geraten war, sie gestohlen zu haben. Leider hatte er in seinem Eifer, Lady Fieldhurst vor seiner Abreise zu sehen, beide Frauen vergessen. Er streckte seine Hand über das hölzerne Geländer und hob die Porzellanfigur auf.

„Wie schade, dass Ihr sie zurückbringen müsst", bemerkte Mr. Colquhoun. „Ich habe sie ziemlich lieb gewonnen – sie verleiht dem Ort hier einen Hauch von Eleganz."

Pickett lächelte eher halbherzig. Er dachte, es wäre nichts Witziges daran, eine Frau aufgeben zu müssen, die einem niemals wirklich gehört hatte.

14

In der John Pickett auf Freiersfüßen geht

Nachdem er die Porzellanfigur zur Sicherheit in braunes Papier gewickelt und dieses mit einer Schnur festgebunden hatte, begab sich Pickett wieder von der Wache in der Bow Street in den eleganteren Vorort von Mayfair, wo er in Lady Dunningtons Haus in der Audley Street vorstellig wurde. Die Tür wurde ihm von dem Hausmädchen Dulcie geöffnet, das recht erfreut schien, ihn zu sehen.

„Oh, das ist ja Mr. Pickett von der Bow Street!", rief sie aus und öffnete die Tür weit, um ihn einzulassen. „Kommt herein, Sir, wenn Ihr jedoch Mylady sprechen wollt, muss ich Euch sagen, dass Lady Dunnington nicht zu Hause ist."

„Um die Wahrheit zu sagen, Miss Monroe …"

„Dulcie", erinnerte sie ihn.

„Dulcie, der Grund meines Hierseins betrifft Euch ebenso wie Mylady", sagte Pickett.

„Mich? Aber wie …?"

Er überreichte ihr das in Papier eingewickelte Paket. „Öffnet es."

„Für mich?" Sie wurde vor Freude hellrot und begann, das Papier aufzureißen, um die Porzellanschäferin auszupacken.

„Oh, Mr. Pickett, Ihr habt sie gefunden! Und ich dachte schon, sie wäre für immer verschwunden. Wie unglaublich klug von Euch!"

Es war vielleicht unvermeidlich, dass ein junger Mann mit verletzter Eitelkeit besonders anfällig für die Bewunderung einer attraktiven jungen Frau war, und Picketts Eitelkeit (die selbst zu den besten Zeiten niemals stark war) war in der Tat sehr, sehr verletzt. Er erblühte unter ihrer Aufmerksamkeit wie eine Blume, die nach Sonne suchte.

„Ich habe eigentlich gar nichts getan", widersprach er bescheiden. „In der Tat könnte man sagen, sie hat mich gefunden."

„Ich bin sicher, dass Ihr zu bescheiden seid", beharrte Dulcie. „Bitte, wo habt Ihr sie gefunden?"

„Mr. Kenney hat sie in der Tasche seines Überziehers gefunden", sagte er. „Ich hätte sie vor einer Woche bereits zurückbringen sollen, aber ich war gezwungen, eine Reise nach Leicestershire zu machen, und bin gerade erst zurückgekehrt."

„Ich hatte mich schon gewundert, was Euch fernhalten

könnte", gestand sie. „Aber wollt Ihr damit sagen, dass Mr. Kenney sie genommen hat?"

„Nicht absichtlich. Es scheint, dass er die Gewohnheit hat, zur Selbstverteidigung eine Pistole bei sich zu tragen, und als er nach Lady Dunningtons Dinergesellschaft in seine Unterkunft zurückkehrte, entdeckte er, dass jemand seine Waffe gestohlen und stattdessen dieses Ding an ihren Platz getan hatte."

„Wie überaus seltsam! Wer könnte so etwas getan haben?"

„Vermutlich die gleiche Person, die Sir Reginald erschossen hat."

„Und – und wisst Ihr, wer diese Person ist?"

„Nein, aber es ist noch früh, und diese Dinge brauchen Zeit. Habt Ihr immer noch Angst?"

Sie schenkte ihm ein schüchternes Lächeln. „Nicht so sehr, da ich weiß, dass Ihr mit dem Fall betraut seid."

Ganz unerwartet tauchten die Worte des wilden Iren wieder an der Oberfläche von Picketts Erinnerung auf. *Seht zu, dass Ihr die Belohnung einfordert, die einem Helden zusteht ...* Dulcie war in der Tat ein hübsches Mädchen und ungefähr so groß wie Lady Fieldhurst, die Oberseite ihres Kopfes ging ihm gerade bis an seine Schulter. Aber ihre Augen waren braun, nicht blau, und ihre Haare waren, obwohl blond, eher weizenfarben als golden. Er erinnerte sich, dass er ähnliche Gedanken über Sir Reginalds Tochter gehegt hatte, und fragte sich flüchtig, ob es sein Schicksal sein würde, durch das Leben zu gehen und jede Frau, die er traf, mit Lady Fieldhurst zu vergleichen – und festzustellen, dass keine ihr gleich kam.

„Ich bin jedenfalls froh, dass niemand länger glauben kann, dass Ihr sie gestohlen hat", sagte er.

„Oh, das!" Dulcie schüttelte den Kopf und wehrte diese Idee ab, aber das brachte auch gleichzeitig ihre Locken zum Tanzen. Pickett bemerkte zum ersten Mal, dass sie nicht die rüschenverzierte Haube und die Schürze trug, die ihre übliche Uniform darstellten.

„Ich glaube, Mylady fühlte sich ziemlich schlecht, weil sie so etwas zu mir gesagt hatte", fuhr das Mädchen fort, „denn sie hat mir heute einen halben Tag frei gegeben, ohne dass ich auch nur hätte darum bitten müssen. Tatsächlich war ich auf dem Weg nach draußen, als ich Euer Klopfen hörte."

„In diesem Fall hoffe ich, dass Ihr mir erlaubt, Euch zu begleiten", antwortete Pickett prompt.

„Oh, aber darum könnte ich Euch nie bitten, Sir!"

„Ihr habt nicht gebeten, ich habe es angeboten."

„Ich bin sicher, Ihr müsst noch hundert dringendere Dinge zu tun haben", protestierte sie.

„Dringender vielleicht, aber mit Sicherheit nicht angenehmer."

Dulcie kämpfte ein paar Sekunden heftig mit sich selbst, bevor sich auf ihren Wangen Grübchen bildeten und sie mit einem Lächeln nachgab. „Nun gut, Mr. Pickett, wenn Ihr darauf besteht."

Nachdem die Angelegenheit zu beider Zufriedenheit geklärt war, bot er ihr seinen Arm. „Wenn ich Euch Dulcie nennen soll, solltet Ihr mich am besten John nennen."

„Ich könnte Euch unmöglich John nennen!", widersprach sie und nahm trotzdem seinen angebotenen Arm.

„Doch, Ihr könntet es, Ihr habt es ja gerade getan", erklärte er ihr.

„Oh, ja, tatsächlich!", rief sie aus, als sie auf den Portikus hinaustraten. „Soll ich Euch sagen, was ich denke, Mr. Pick– ich meine, John? Ich glaube, Ihr flirtet ganz empörend!"

Er lachte darüber, stritt es aber nicht ab. Es war jedenfalls besser, wenn sie ihn für einen flirtenden Galan hielt als … aber darüber wollte er jetzt nicht nachdenken, nicht jetzt, wo die Sonne schien, das Wetter für November ungewöhnlich mild war und ein hübsches Mädchen an seinem Arm hing und zu ihm aufschaute, als wäre er ihr Weg zum Paradies.

„Wohin sollen wir gehen, Dulcie?"

Nach einigem Hin und Her einigten sie sich darauf, in den Hyde Park zu gehen, wo sie die eleganten Leute beim Spazierenfahren beobachten und den Enten, die immer auf der Serpentine schwammen, Brotkrumen zuwerfen konnten. Es stellte sich bald heraus, dass Dulcie eine begeisterte Leserin der Gesellschaftsnachrichten in der Zeitung war und es machte ihr große Freude, Pickett all die führenden Köpfe der *beau monde* zu zeigen, von denen sie viele bereits bedient hatte, da sie bei der ein oder anderen Gelegenheit bei Lady Dunnington zu Gast gewesen waren.

Sie waren seit einer halben Stunde mit diesem angenehmen Zeitvertreib beschäftigt, als der Anblick eines elegant gekleideten jungen Paares in einem Phaeton mit besonders hohem Sitz Dulcies Aufmerksamkeit erregte.

„Oh, seht nur! Das sind Miss Granger–Hix und ihr Verlobter, Sir Anthony Caldwell. Ist das nicht ein schönes Paar? Es stand in der *Morning Post*, dass sie im Frühjahr heiraten sollen." Ein Schatten huschte über Dulcies hübsches Gesicht. „Ich frage mich, was mit Sir Reginald Montagues Tochter geschehen wird, jetzt, wo sie in Trauer ist. Ich fürchte, sie werden die Hochzeit absagen müssen."

Dem mochte Pickett nicht zustimmen. „Ich denke eher, zu heiraten, auch wenn es eine stille Hochzeit sein muss, wäre wichtiger, als eine elegante Hochzeitsfeier zu haben. Ich habe Miss Montague und ihren Verlobten in der Nacht gesehen, als Sir Reginald erschossen wurde – ich hatte die Pflicht, seiner Familie die Nachricht zu überbringen – und sie schienen sich ziemlich gern zu haben."

„Vielleicht schon, aber der Schein kann täuschen. Der Verlobte von Miss Montague ist ein Marquess und der Erbe eines Herzogtums. Er möchte vielleicht nicht mit einer Familie in Verbindung gebracht werden, der der Skandal eines Mordes anhaftet."

Pickett war keineswegs schockiert über einen solchen Zynismus, sondern wusste nur zu gut, wie schnell sich die Mitglieder der Gesellschaft gegen einen der Ihren wenden konnten, nachdem Lady Fieldhurst in den Tagen nach dem Mord an ihrem Ehemann diesem Phänomen zum Opfer gefallen war. „Würdet Ihr es für ein Zeichen mangelhafter Erziehung halten, wenn ich sage, dass ich hoffe, Ihr irrt Euch? Ich möchte lieber glauben, dass Miss Montagues Verlobter, wenn er sie liebt, in der Lage sein möchte, sie in einer so schweren Zeit zu unterstützen."

„Liebe!", wiederholte Dulcie mit ungewohnter Bitterkeit. Sie warf ihr letztes Stückchen Brot auf den Boden, wo sich sofort ein Trio gieriger Enten darauf stürzte. „Leute wie sie verlieben sich nicht, John, sie benutzen einander nur für den Aufstieg in der Gesellschaft. Seht Euch doch nur Lady Dunnington und ihren Mann an, die einander nie sehen, außer um zu streiten. Und dann ist da noch ihre Freundin Lady Fieldhurst, die einen Viscount geheiratet und ihn dann erstochen hat!"

Pickett konnte nicht zulassen, dass diese Verleumdung seiner Lady unwidersprochen blieb. „Ich kann Euch versichern, Lady Fieldhurst hat ihren Ehemann nicht getötet!", sagte er entrüstet.

Dulcie korrigierte sich hastig. „Nein, natürlich hat sie es nicht getan, denn Ihr habt ja ihre Unschuld bewiesen, oder?", sagte sie und klopfte ihm beschwichtigend auf den Arm.

„Aber es schien sicher für einige Zeit so, dass sie es getan hätte und dafür würde hängen müssen."

„Niemand könnte in der Gegenwart Lady Fieldhursts für fünf Minuten sein und sie noch immer einer solchen Tat für fähig halten", beharrte Pickett und lehnte es ab, sich beschwichtigen zu lassen.

„Verzeiht mir, John. Ich wollte es Mylady gegenüber nicht an Respekt fehlen lassen." Sie warf ihm einen schrägen Blick zu. „Ich glaube, Lady Fieldhursts Interessen liegen Euch sehr am Herzen."

Pickett bestritt es nicht. „Ich hatte die Ehre, ihr mehr als einmal behilflich sein zu dürfen."

„Und doch vermute ich, dass mehr dahinter steckt, oder?"

„Ich kenne meinen Platz, Dulcie, und der ist nicht in Myladys Nähe", sagte er ausdruckslos.

Ihre großen braunen Augen füllten sich mit Tränen des Mitgefühls. „Es tut mir leid für Euch, John, wirklich. Aber es gibt noch andere Frauen, Frauen, die die Liebe eines guten Mannes zu schätzen wissen."

Mit diesen Worten stellte sie sich auf Zehenspitzen und küsste ihn auf die Wange.

Er erwiderte ihren Kuss nicht, drückte aber leicht die Hand, die in der Beuge seines Ellbogens lag. In unausgesprochener Einmütigkeit sprachen sie dann von anderen Dingen und als sie ihre Runde um den Park beendet hatten, waren sie wieder völlig vertraut miteinander.

*****

In den nächsten Tagen pflegte Pickett Dulcie aufzusuchen, wann immer seine Ermittlungen ihn in das feine Stadtviertel Mayfair führten. Er fand ihre Gesellschaft sowohl tröstlich als auch nicht bedrohlich: Im Gegensatz zu Lady Fieldhurst war sie nicht außer seiner Reichweite und im Gegensatz zu Lucy hatte sie keine Absichten auf seine Person. Ihm kam der Gedanke, dass es Dulcie gegenüber vielleicht nicht ganz fair war, da er befürchtete, er würde ihr niemals sein ganzes Herz schenken können. Aber für jemanden, dessen Männlichkeit infrage gestellt wurde, wirkte ihre offensichtliche Bewunderung wie ein Balsam für seine verwundete Seele, und so wandten sich seine Schritte mit zunehmender Häufigkeit in Richtung Audley Street. Wenn er bei diesem eleganten Haus ankam, wandte er sich nicht zur Vordertür, sondern nahm die Treppe zum Dienstboteneingang unterhalb der Straßenebene und fragte nach Dulcie. Sie war immer gespannt auf den Fortgang seiner Ermittlungen und freute sich über seine Klugheit auch bei den banalsten Fortschritten.

Bei einem solchen Besuch fühlte sich Pickett ermutigt, noch einen Schritt weiter zu gehen.

„Dulcie", begann er und drehte den Rand seines Hutes in seinen Händen, „ich frage mich, ob ich könnte – das heißt, ich frage mich, ob Ihr – zustimmen würdet – zu–"

Als Dulcie ihn hilflos zappeln sah, kam sie zu seiner Rettung. „Ob ich womit einverstanden wäre, John?"

Er holte tief Luft und die Worte kamen schnell heraus. „Ich frage mich, ob ich Euch an Eurem freien Tag besuchen könnte."

Dulcie lächelte. „Das würde mir sehr gefallen."

„Mögt Ihr das Theater?", fragte Pickett sehr ermutigt. „Mrs. Church gibt an diesem Mittwoch auf der Bühne des Drury Lane ihre Abschiedsvorstellung. Ich wäre – ich würde mich sehr geehrt fühlen, wenn Ihr mich begleiten wolltet."

„Mein freier Tag ist erst am nächsten Donnerstag", gestand Dulcie. „Trotzdem, ich würde Mrs. Church gerne auf der Bühne sehen. Ich werde Lady Dunnington fragen, ob ich mit Polly tauschen darf. Darf ich es Euch morgen sagen?"

Pickett stimmte zu, der der nächste Tag sich ausgezeichnet für eine solche Mitteilung eignen würde und, nach einem verlegenen Zögern, beugte sich vor, um sie leicht auf die Wange zu küssen.

Er fühlte sich im Allgemeinen besser, was die Welt insgesamt und seinen Platz in ihr anging, als er die Dienstbotentreppe zur Straße hinaufstieg – und fast mit Lady Fieldhurst zusammengestoßen wäre, die sich Lady Dunningtons Vordertür näherte.

„Mylady!" Er fühlte sich seltsam schuldig, als ob er beinahe bei einem Betrug ertappt worden wäre. Doch ihre Ehe war keine echte und würde es niemals sein, also gab es keinen

Grund für ihn – überhaupt keinen Grund – das Gefühl zu haben, dass er durch den Kuss für Dulcie irgendwie der Lady, die auf dem Papier seine Frau war, untreu gewesen wäre.

„Kommt Ihr mit herein, Mr. Pickett?", fragte Lady Fieldhurst und deutete auf die Haustür.

„Nein, ich … ich wollte gerade gehen."

„Oh", sagte sie eher entmutigt. „Nun, dann will ich Euch nicht aufhalten."

„Mylady", sagte er rasch, als sie sich abwandte, „ich – ich schulde Euch eine Entschuldigung. Ich habe meine Beherrschung verloren – ich habe ein paar Dinge gesagt …"

„Ihr hattet jedes Recht, zornig zu sein, Mr. Pickett. Das habt Ihr im Übrigen immer noch. Es ist unerhört, was Mr. Crumpton – nein, was *ich* von Euch verlange. Ich kann es Euch nicht übel nehmen, dass ihr auf mich losgegangen seid."

„Aber ich hätte nicht …"

Sie holte tief Luft. „Mr. Picket, da ist etwas, das ich Euch sagen muss. Lady Dunnington verließ an jenem Abend den Esstisch, weil ihr Mann gekommen war und darauf bestand, mit ihr zu sprechen. Sie haben sich ziemlich hörbar gestritten, und anscheinend befürchtet Emily, er könnte etwas mit – Sir Reginalds Tod zu tun haben."

Pickett dachte einen langen Moment über dieses Geständnis nach, weniger überrascht von der Enthüllung als von der Tatsache, dass sie es überhaupt gemacht hatte, angesichts ihrer früheren Entschlossenheit, zu diesem Thema zu schweigen. „Und was denkt Ihr, Mylady?", fragte er schließlich. „Haltet Ihr Lord Dunnington eines Mordes für fähig?"

Ihre Stirn legte sich in Falten, als sie über die Frage nachdachte. „Ich weiß es wirklich nicht. Ich bin mit Lord Dunnington nicht gut bekannt. Ich fürchte, sie waren einander schon entfremdet, lange bevor ich mit Emily bekannt wurde, daher habe ich nur das, was sie über ihn sagt, um mir eine Meinung über ihn zu bilden. Und das, was sie über ihn sagt, sollte ich hinzufügen, ist gewöhnlich alles andere als freundlich. In der Tat frage ich mich, warum sie sich so … aber Ihr werdet ihn doch nicht verhaften, oder?"

„Ich werde ihn mit Sicherheit befragen, aber ich werde niemanden verhaften, weder Lord Dunnington noch jemand anderen, ohne ausreichende Beweise zu haben – und das dürft Ihr auch Lady Dunnington mitteilen. Aber – verzeiht, Mylady, aber warum erzählt Ihr mir dies jetzt, nachdem Ihr Euch standhaft geweigert habt, das zu tun, als ich Euch früher fragte?"

Sie machte eine hilflose, kleine Handbewegung. „Weil ich … nachdem was … nach dem Treffen mit Mr. Crumpton … wurde ich daran erinnert, dass niemand auf der Welt mein Vertrauen mehr verdient als Ihr, Mr. Pickett."

„Vielen Dank, Mylady. Ich fühle mich von Eurem Vertrauen in mich … geehrt. Und doch gibt es eine Gelegenheit, bei der ich es versäumt habe, mein Euch gegebenes Wort zu halten und wegen der ich Euch um Verzeihung bitten muss."

„Was soll das sein?", fragte sie verwirrt. „Ich fürchte, ich kann mich nicht erinnern …"

„Als ich Euch in Schottland geküsst habe, habe ich Euch versprochen, dass es nicht noch einmal vorkommen würde", erinnerte er sie. „Ich kann Euch kaum einen Mangel an Ehrlichkeit mir gegenüber vorwerfen, wenn es so aussieht, als hätte ich Euch angelogen."

„Bitte nehmt es damit nicht allzu genau, Mr. Pickett. Von Euch geküsst zu werden ist kein so schreckliches Ereignis, versichere ich Euch."

Und mit einem unsicheren kleinen Lächeln wandte sie sich ab und klopfte an Lady Dunningtons Vordertür.

*****

„Ich sah Mr. Pickett gehen, als ich mich deiner Tür näherte", sagte Lady Fieldhurst zu Emily Dunnington ein paar Minuten später, als sie sich im Salon niedergelassen und nach Tee geklingelt hatten.

„Dein Mr. Pickett war hier?", fragte Lady Dunnington, überrascht von dieser Enthüllung. „Gerade eben?"

„Er ist nicht ‚mein' Mr. Pickett", sagte Julia, nicht zum ersten Mal. „Ja, gerade eben. Er kam die Dienstbotentreppe herauf, eigentlich."

„Wenn er die Diener befragen wollte, hätte er mich zuerst fragen können", murrte die Countess. „Was wäre, wenn

Dulcie die Wahrheit über Dunnington ausplaudern würde?"

„Emily, ich muss dir ein Geständnis machen", sagte Lady Fieldhurst und schlang die Kordel ihres Reticules um ihre Finger. „*Ich* habe gerade die Wahrheit über Dunnington ausgeplaudert."

„Julia!", schrie Lady Dunnington, betroffen. „Wie *konntest* du?"

„Er hätte es früher oder später ohnehin herausgefunden", bemerkte Lady Fieldhurst. „Sicher wird es einen weit besseren Eindruck machen, wenn es so aussieht, dass wir nichts zu verbergen haben."

„Unsinn! Es gab keinen Grund, warum er je überhaupt davon hätte erfahren müssen – wenn du es ihm nicht gesagt hättest!", fügte sie mit einer seltsamen Mischung aus Angst und Trotz hinzu.

„Aber Emily, es gab ein halbes Dutzend Zeugen! Du kannst nicht erwarten, dass sie alle schweigen, besonders, wenn gegen sie selbst ermittelt wird. Die Versuchung, den Verdacht von sich abzulenken, wäre sicher zu groß, um ihr zu widerstehen."

„Zeugen?" Die Countess stürzte sich auf das Wort. „Aber niemand außer mir und Dulcie hat Dunnington gesehen!"

„Vielleicht nicht *gesehen*, aber ich kann dir versichern, dass jeder am Tisch ihn *gehört* hat." Als sie Emilys entsetztes Gesicht sah, erklärte sie: „Ihr wart direkt im Nachbarzimmer, weißt du, und keiner von euch gab sich Mühe, seine Stimme zu senken."

„Dann – dann habt ihr alle gehört, was er sagte? Darüber, dass er ‚dem ein Ende machen würde‘, ‚ganz gleich, mit welchen Mitteln‘?" Oben nachschauen

„Ja, aber diese Worte könnten etwas ganz anderes bedeuten als Mord. Oder auch überhaupt nichts. Ich kann dir versichern, dass Mr. Pickett sich mit männlicher Prahlerei auskennt; schließlich habe ich seinen Richter kennengelernt. Verlass dich darauf, er wird keine übereilten Schlüsse ziehen, wenn es um Lord Dunnington geht."

Lady Dunnington drehte ihren Ehering an ihrem Finger herum. „Ich wünschte, ich könnte so viel Vertrauen in ihn haben, wie du es hast. Oder in Dunnington, was das angeht. Du magst es für männliche Prahlerei halten, aber Dunnington ist niemand, der müßige Drohungen ausstößt."

„Du *glaubst*, er hätte Sir Reginald getötet?"

„Ich – ich weiß es nicht! Ich fürchte nur, dass ich ihn diesmal zu sehr provoziert habe. Ich wusste, was er über Sir Reginald dachte. Eigentlich war das der einzige Grund, warum ich mich für den Mann interessierte – um Dunnington eifersüchtig zu machen."

„Er schien nie von Eifersucht geplagt zu sein, wenn es um einen deiner anderen Liebhaber ging", stellte Lady Fieldhurst fest.

„Ich weiß", sagte Lady Dunnington traurig. „Ich war am Ende meiner Weisheit! Ich wusste nicht, was anders ich tun sollte, als einen Mann zu finden, der so absolut widerlich war, dass Dunnington reagieren *musste*! Und jetzt ist Sir Reginald tot, und wenn Dunnington wegen Mordes aufgehängt wird, werde ich – ich werde ihn *umbringen*!"

Lady Fieldhurst hätte auf die mangelnde Logik dieser Aussage hingewiesen, aber eine andere, weitaus wichtigere Erkenntnis verdrängte sie aus ihren Gedanken. „Emily", wollte sie mit dämmerndem Verständnis wissen, „*liebst* du Lord Dunnington?"

Der Mund der Countess bewegte sich und sie schaute sich hektisch im Raum um. „Ich – ich …"

Lady Dunnington blieb die Notwendigkeit einer Antwort erspart, da Dulcie mit dem Teewagen hereinkam. Selbst nachdem die Tassen gefüllt und verteilt und ein Kuchenteller angeboten worden war, blieb das Mädchen unbeholfen neben ihrer Herrin stehen.

„Ja, Dulcie?", fragte Lady Dunnington. „Was gibt es?"

„Bitte um Verzeihung, Mylady, aber – ich frage mich, ob ich eine Bitte aussprechen dürfte."

„Na gut, los dann, raus damit."

„Die Schauspielerin Mrs. Church wird am Mittwoch ihren letzten Auftritt im Drury Lane haben, und mein junger Mann hat mich gebeten, ihn an diesem Abend zum Theater zu begleiten. Ich weiß, dass das nicht mein normaler freier Tag ist, aber ich wollte fragen, ob ich mit Polly tauschen darf, nur dieses eine Mal."

„Dein junger Mann?", wiederholte Lady Dunnington spöttisch. „Wie, Dulcie, ich wusste nicht, dass du mit jemandem ausgehst. Du bist noch kaum ein halbes Jahr bei mir angestellt. Soll ich dich so bald verlieren?"

„Es ist viel zu früh, um darüber nachzudenken, Mylady", protestierte Dulcie, aber ihr schüchternes Erröten sprach für sich.

„Unsinn! Für Frauen ist es nie zu früh, an eine Ehe zu denken", bemerkte die Countess. „Na gut, wenn Polly nichts dagegen hat, ihren freien Tag mit dir zu tauschen, denke ich, kann es mir gleich sein. Aber bleibe nicht zu spät aus – und *keine* unangenehmen Überraschungen in zwei oder drei Monaten, bitte!"

Dulcie gab nicht vor, sie falsch zu verstehen. „Wie, nein, Ma'am!", rief sie aus, von der bloßen Vorstellung schockiert. „Danke, Ma'am." Sie machte einen Knicks und verließ den Raum.

„Na!", rief Lady Dunnington aus, als die beiden Damen wieder allein waren. „Es ist doch nett zu wissen, dass bei *jemandem* das Liebesleben schnelle Fortschritte macht. Vielleicht wären unsere Probleme leichter zu lösen, Julia, meine Liebe, wenn wir einem geringeren Stand angehörten."

„Vielleicht wäre das so", murmelte Lady Fieldhurst.

Ein schwacher Schatten der Unruhe huschte durch ihre Gedanken. Mr. Pickett war tatsächlich gerade hier unten im Dienstbotenquartier gewesen, und er kannte Mrs. Church von ihrem unglückseligen Abenteuer in Schottland recht gut ... Unsinn, sagte sie sich und verdrängte den Gedanken. Es gab zweifellos viele Leute, die begierig waren, Mrs. Churchs letzte Aufführung zu sehen, und Dulcie war hübsch genug, dass sie eine beliebige Anzahl junger Männer haben könnte, die sie gerne umwerben würden. Mr. Pickett würde so etwas niemals tun – nicht jetzt, nicht, nachdem er wusste, wie viel von seiner andauernden Keuschheit abhing, bis die Annullierung gewährt sein würde.

Und dennoch, als der beunruhigende Gedanke erst aufgekommen war, konnte sie ihn so leicht nicht wieder loswerden.

15

*In dem John Pickett eine alte Bekanntschaft erneuert
und beunruhigende Ergebnissen erzielt*

Pickett hatte vorgehabt, in die Bow Street zurückzukehren, aber im Licht von Lady Fieldhursts Enthüllung stattete er als Nächstes Lord Dunnington in seinem Stadthaus in der Park Lane einen Besuch ab. An diesem Tag hatte Pickett das Glück offensichtlich auf seiner Seite, denn nach seinem Erfolg bei der weiblichen Hälfte der Bevölkerung erwischte er Lord Dunnington, kurz bevor dieser das Haus verlassen wollte.

„John Pickett von der Bow Street", informierte er den Butler, während er über die Schulter dieser Person einen gut gekleideten Mann Ende dessen, was noch als mittleres Alter gelten konnte, erblickte, der Handschuhe und einen hohen Kastorhut anzog.

Als der Earl die Worte des Besuchers hörte, seufzte er,

legte seinen Hut wieder ab und begann, seine Handschuhe abzustreifen. „Ich habe mich schon gefragt, wann ich die Ehre eines Besuches aus der Bow Street erwarten könnte", bemerkte Lord Dunnington trocken. „Schon gut, Figgins, ich kann immer noch später in meinem Club hineinschauen. Ich schätze, Ihr – Mr. Pickett, nicht wahr? – kommt am besten herein und wir bringen es hinter uns."

Trotz dieses wenig vielversprechenden Beginns führte Lord Dunnington Pickett in einen Salon, der mit dunkler Holzvertäfelung und knopfverzierten Ledersesseln eher nach männlichem Geschmack eingerichtet war. Der Earl, ein Mann, dessen Äußeres so nüchtern war wie das seiner Countess auffallend, setzte sich in einen davon und bedeutete Pickett, in dem daneben stehenden Platz zu nehmen.

„Um ehrlich zu sein, Mr. Pickett, ich hatte erwartet, Euch schon viel früher zu sehen", gestand Lord Dunnington. „Ich brauche natürlich nicht zu fragen, wie Ihr die Information, dass ich, wenn auch nur kurz – in der Nacht von Sir Reginalds Ableben anwesend war, erhalten habt. Ich schätze, sie hat es genossen, Euch meinen Kopf sozusagen auf einem Silbertablett zu servieren."

„Ich glaube, Ihr tut Mylady unrecht, Mylord", widersprach Pickett. „Ich versichere Euch, sie hat diese Information nicht mit Freuden herausgegeben. Tatsächlich hat sie es mir erst heute erzählt und nur, weil sie das Gefühl hatte, es mir aus persönlichen Gründen, die nichts mit dem Fall zu tun haben, zu schulden."

„Ich verstehe." Lord Dunnington runzelte die Stirn. „Ich hätte gedacht, Ihr wäret ein bisschen zu jung für sie."

Pickett setzte sich auf. „Ich verstehe nicht, was mein Alter damit zu tun hat, Sir."

„Ihr habt vermutlich recht. Schließlich seid Ihr ein Mann, und soweit es Mylady angeht, scheint das genug zu sein."

Pickett sprang auf. „Das ist eine Beleidigung, Mylord! Ich empfinde größte Bewunderung und Respekt für Lady Fieldhurst und werde nicht hier sitzen und zuhören, wie Ihr oder sonst jemand sie auf solche Weise verleumdet!"

„Lady Fieldhurst?", wiederholte Lord Dunnington ungläubig. „Wer zum Teufel hat etwas über Lady Fieldhurst gesagt? Oh, setzt Euch, Mann! Soll ich das so verstehen, dass es *nicht* meine Frau war, die Euch von meinem Besuch in der Audley Street erzählt hat?"

Ernüchtert setzte Pickett sich wieder. „Nein, Mylord, das war Lady Fieldhurst, und das, wie ich sagte, auch nur, weil sie das Gefühl hatte, aus Gründen, die mit diesem Fall nichts zu tun haben, in meiner Schuld zu stehen. In der Tat hat Eure Gattin gelogen wie ein Landstreicher im Bemühen, mich davon abzuhalten, von Eurer Anwesenheit an jenem Abend zu erfahren."

„Hat sie das?" Lord Dunnington trommelte mit den Fingern auf die Armlehne seines Sessels, sein Gesicht wirkte verschlossen. „Hat sie das tatsächlich?"

„Natürlich werdet Ihr verstehen, dass ich fragen muss, warum Ihr an jenem Abend einen Besuch in der Audley Street gemacht habt."

„Oh, natürlich", sagte seine Lordschaft. „Ich kam an jenem Abend in die Audley Street aus dem gleichen Grund, aus dem ich immer in die Audley Street komme: um mit meiner Countess zu streiten."

Pickett blinzelte angesichts solch offener Worte. „Und der Grund für den Streit?"

„Mein guter Mann, ich brauche selten einen Grund. Gewöhnlich findet meine Frau die bloße Tatsache meiner Anwesenheit provozierend genug, um, sagen wir, Höflichkeiten auszutauschen. Bei dieser speziellen Gelegenheit jedoch hatte ich mehr als guten Grund. Meine Frau hatte, wie Ihr vielleicht bereits wisst, die feste Absicht, eine intime Beziehung mit Sir Reginald anzufangen. Ich kam in die Audley Street, um ihr mitzuteilen, dass ich das nicht dulden würde. Ich glaube, meine genauen Worte könnten gewesen sein: ‚Ich werde dem ein Ende setzen, was immer es braucht.' Er verzog das Gesicht. „Glaubt mir, ich bin mir absolut bewusst, wie belastend diese Worte sind im Lichte dessen, was danach geschah."

„Was genau wolltet Ihr denn damit sagen, wenn Ihr nicht die Absicht hattet, Sir Reginald zu töten?"

„Um ehrlich zu sein, Mr. Pickett, ich weiß es selbst kaum. Ich würde sagen, ich hatte vor, Ihr die Apanage zu streichen oder etwas Derartiges. Aber selbst das wäre eine leere Drohung gewesen. Schließlich möchte man seine Frau ja kaum dazu bringen, um ihr Brot zu betteln, oder sie in die Arme – und dann auch das Bett – eines Wohltäters treiben."

„Aber ich glaube, das war nicht – verzeiht mir! – das erste Mal, dass Eure Frau sich einen Liebhaber nahm, und Ihr hattet anscheinend zuvor keinen Grund gesehen, einzugreifen. Bittet berichtigt mich, wenn ich falsch liege."

„Nein, nein, Ihr habt durchaus recht."

„Bitte um Verzeihung, Mylord, aber wie könnt Ihr so lange eine solche Situation akzeptiert haben?"

„Das ist in unserer Welt so, junger Mann, und das weiß sie ebenso gut wie ich. Wären unsere Kinder Mädchen gewesen, wäre es natürlich etwas ganz anderes gewesen, aber wenn eine Frau ihrem Mann einen Erben geschenkt hat – oder vielleicht zwei, für den Fall einer Krankheit oder eines tragischen Unfalls, darf sie normalerweise ihren eigenen Neigungen nachgehen."

Pickett, erstaunt über diese lässige Haltung gegenüber Ehebruch, dachte an Lady Fieldhurst und fragte sich, ob sie, wenn sie in der Lage gewesen wäre, ihrem Ehemann Kinder zu gebären, am Ende auch von einem Bett zum nächsten gewandert wäre. Der Gedanke bereitete ihm mehr als nur geringe Übelkeit und er war sich seiner absolut egoistischen Erleichterung darüber bewusst, dass sie kinderlos geblieben war.

„Und doch habt Ihr beschlossen einzugreifen, als Sir Reginald der fragliche Liebhaber war", bemerkte Pickett. „Warum bei ihm und nicht bei anderen?"

Lord Dunningtons Augenbrauen hoben sich. „Mein guter Mann, wenn Ihr Euch nur im Geringsten nach Sir Reginalds Charakter erkundigt habt, wundert es mich, dass Ihr überhaupt fragen müsst! Mir ist klar, dass die Damen ihn attraktiv fanden, aber schließlich hatten sie keine Ahnung von den Verderbtheiten, die oft in den Gentlemen's Clubs Gesprächsthema – und gelegentlich Anlass für Duelle – waren. Nein, aus einer solchen Affäre hätte nichts Gutes entstehen können, doch sie hätte eine Menge Schaden verursachen und vieles davon meine Frau in Misskredit bringen können. Könnt Ihr Euch da fragen, warum ich sie daran hindern wollte, mit einem solchen Mann intim zu werden?"

Pickett blinzelte, als ihm die Bedeutung dieser Worte zu dämmern begann. „Soll ich dem entnehmen, dass Ihr – dass Euch an Mylady gelegen ist?"

„An ihr gelegen? Mr. Pickett, ich werde sie lieben, bis ich sterbe – was, wie mir bewusst ist, vielleicht früher als erwartet passieren wird, wenn ich meine Anwesenheit in der Audley Street in der Nacht, in der Sir Reginald ermordet wurde, in Betracht ziehe."

Pickett hörte den letzten Teil dieser Rede kaum, so verblüfft war er über den ersten. „Ihr sagt, Ihr liebt sie, und dennoch steht Ihr daneben, ohne ein Wort zu sagen, während sie von einem Bett ins nächste hüpft wie eine …"

„Ich würde mein nächstes Wort mit Bedacht wählen, wenn ich Ihr wäre, Mr. Pickett." Lord Dunnington hob nie seine Stimme, jedoch wurde die Atmosphäre im Zimmer trotz des im Kamin brennenden Feuers ausgesprochen winterlich.

„Aber – aber – verdammt, Mann, sie ist Eure *Frau*! Wollt Ihr nicht – nicht um sie kämpfen?" Pickett wusste, dass er seine Grenzen ziemlich deutlich überschritt, aber etwas an Lord Dunningtons Situation traf bei ihm einen Nerv.

Der Earl betrachtete ihn mit milder Neugier. „Und wie würdet Ihr mir vorschlagen, dass ich das tun soll, Mr. Pickett? Indem ich ihrem Liebhaber eine Kugel in die Brust schieße, vielleicht?"

Pickett war der Wind aus den Segeln genommen, daher errötete er. „Ich bitte um Verzeihung, Mylord. Ich – ich hätte nicht so sprechen dürfen."

„Entschuldigung angenommen", sagte der Earl und neigte den Kopf. „Wie ich sagte, in unserer Welt ist das so. Ich kann nicht erwarten, dass Ihr das versteht."

Es war das beste Argument, das Pickett sich vorstellen konnte, um die Annullierung durchzustehen, ganz gleich, wie demütigend das Verfahren sein würde. Würden er und Lady Fieldhurst unter solchen Bedingungen verheiratet bleiben, würde es ihn in eine Million Stücke reißen, wenn sie sich zum ersten Mal einen Liebhaber nähme.

„Nach diesem Streit", sagte Pickett und lenkte seine Aufmerksamkeit zurück auf seinen Fall, „was habt Ihr getan?"

„Ich wusste natürlich nicht, dass jemand anderes das Problem für mich lösen würde. Ich stürmte aus dem Haus – ich fürchte, ich kann für meinen Abgang keine Zeugen anbieten, da ich nicht darauf gewartet habe, dass meine Frau einen Diener herbeiruft, um mich hinauszubegleiten – und ging dann in meinen Club, um mich bis zur Bewusstlosigkeit zu betrinken. Der Portier bei White's sollte meine Ankunft dort bestätigen können."

Pickett notierte es sich. „Ich werde dem natürlich nachgehen müssen, aber ich bin geneigt, Euch zu glauben." Er starrte einen langen Moment auf seine Notizen und sprach dann sehr vorsichtig. „Ich werde Euch eine Frage stellen, die Ihr nicht mögen werdet, aber ich hoffe, Ihr werdet mir eine ehrliche Antwort geben. Haltet Ihr es für möglich, dass Lady Dunnington Sir Reginald selbst erschossen hat?"

Lord Dunnington fuhr hoch. „Emily soll einen Mann kaltblütig erschossen haben? Mumpitz! Wenn sie zu so etwas fähig wäre, wäre ich schon seit Jahren tot. Außerdem, warum zum Teufel sollte sie?"

„Ich fürchte, da fragt Ihr den Falschen, Mylord. Ich maße mir nicht an, Frauen zu verstehen", sagte Pickett achselzuckend und stand auf, um sich zu verabschieden.

*****

Am Mittwochabend zog Pickett seinen besten schwarzen

Wollrock an und machte sich auf den Weg zu Lady Dunningtons Haus in der Audley Street. Er hatte gerade seinen Lohn für die Woche erhalten und er gönnte sich den ungewohnten Luxus, eine Droschke zu nehmen, um ihn nach Mayfair zu bringen, und von dort mit Dulcie zurück zum Theatre Royal in der Drury Lane. Es war jedoch nicht Dulcie, sondern eine andere Dame, die seine Gedanken beschäftigte, als das geschäftige Viertel Covent Garden den gepflegten Wohnstraßen von Mayfair Platz machte. *Von Euch geküsst zu werden, ist kein so schreckliches Ereignis, versichere ich Euch ...* " Er konnte das ziemlich dümmliche Lächeln nicht unterdrücken, das sich bei der Erinnerung an Lady Fieldhursts Worte auf sein Gesicht stahl. Dennoch, küssen war das Eine, eine Ehe etwas ganz anderes, und er würde gut daran tun, sich daran zu erinnern.

Mit einem Ruck kam die Droschke vor Lady Dunningtons Haus zum Stehen. Pickett forderte den Fahrer auf zu warten, stieg dann die Dienertreppe zum Eingang unterhalb der Straße hinunter und klopfte an die Tür. Diese öffnete sich einen Moment später, um Dulcie herauszulassen, die nicht in Schürze und Rüschenhäubchen gekleidet war, wie er sie zu sehen gewohnt war, sondern in ein bedrucktes Kleid mit hoher Taille und einem durch ihre hellblonden Locken geflochtenen blauen Satinband. Sie hatte offensichtlich große Mühe auf ihre Erscheinung verwendet und er war froh, dass er seinen besten Rock trug.

„Werden wir denn in einer Kutsche fahren?", fragte sie, als sie oben an der Treppe ankamen und sie das wartende Fahrzeug erblickte. „Solche Extravaganz, John!"

„Es ist ein besonderer Anlass", erinnerte er sie, als er ihr in die Droschke half. „Mrs. Churchs Abschiedsvorstellung. Habe ich Euch erzählt, dass ich kürzlich die Ehre hatte, ihr behilflich zu sein?"

„Ich sehe, ich muss ein wachsames Auge auf Euch haben", tadelte sie ihn mit gespieltem Ernst. „Zuerst Lady Fieldhurst und jetzt Mrs. Church. Mir scheint, Ihr habt die Ehre, entschieden zu vielen schönen Frauen behilflich zu sein!"

„Ich hoffe, Ihr werdet Euch als eine von ihnen bezeichnen", sagte er und setzte sich neben sie.

Ihre dunklen Augen glänzten im Licht der Laternen, die durch die Fenster der Kutsche fielen. Sie schob ihre Hand in seine Armbeuge und drückte den Arm ein wenig. „Ich finde, Ihr seid sehr lieb, John."

Es stellte sich bald heraus, dass sie auf jeden Fall zu Fuß gehen mussten, denn als sie die Drury Lane erreichten, fanden sie die Straße vor dem Theater so verstopft, dass Pickett gezwungen war, sein gemietetes Fahrzeug zu entlohnen und seine schöne Begleiterin zu Fuß weiter zu führen. Als sie im Theater ankamen, fanden sie Plätze im Parkett, die einen erträglich guten Blick auf die Bühne boten (ein guter Blick hieß in diesem Fall, ohne große Hauben oder hochgewachsene

Männer vor ihnen, die die Aussicht versperrt hätten) und setzten sich. Da Pickett Mrs. Churchs Ophelia bereits einmal gesehen hatte, neigte seine Aufmerksamkeit dazu, zeitweise abgelenkt zu sein, und nur zu oft wurde sein Blick von den oberen Logen angezogen, wo die, die wohlhabend genug waren, fünf Schilling pro Sitz zu bezahlen, sich versammelten, um die Vorstellung und einander zu betrachten.

„Was ist los?", fragte Dulcie bei einer dieser Gelegenheiten. „Wonach haltet Ihr Ausschau?"

Pickett schüttelte den Kopf, irgendwie gleichzeitig enttäuscht wie auch erleichtert, die Fieldhurst–Loge unbesetzt vorzufinden. „Nichts."

Vielleicht fühlte Pickett sich wegen dieser Geistesabwesenheit ein wenig schuldig, und wandte sich daher, nachdem der letzte Vorhang gefallen war, an Dulcie. „Möchtet Ihr Mrs. Church kennenlernen?"

„Könnt Ihr *das* einrichten?", fragte Dulcie mit ehrfürchtig weit aufgerissenen Augen.

„Ich kann es versuchen. Ich sagte Euch ja, ich hatte kürzlich …"

„… die Ehre, ihr behilflich sein zu können", beendete sie den Satz für ihn. „Ja, ich erinnere mich. Aber wird sie Euch empfangen wollen?"

„Ich weiß es nicht. Es gibt nur einen Weg, es herauszufinden."

Er ergriff Dulcies Hand, um sie nicht im Gedränge zu verlieren, und drängte sich bis hinter die Bühne durch, wo ein Dutzend oder mehr Gentlemen mit großen Blumensträußen sich vor dem Umkleideraum der Schauspielerin versammelt hatten.

„Ja, Euer Gnaden", versicherte ein gehetzter Assistent von Mr. Sheridan, dem Theatermanager, einem elegant gekleideten Mann, der zwei Dutzend Herbstrosen in seinem Arm hielt. „Mrs. Church wurde von Eurem Eintreffen informiert. Wenn Ihr Euch gedulden wollt ..."

„Verzeihung", sagte Pickett und tippte dem vielgeplagten Angestellten auf die Schulter. „Würdet Ihr bitte Mrs. Church bestellen, dass John Pickett um die Ehre bittet, empfangen zu werden?"

Der Herzog warf Pickett einen verächtlichen Blick zu, und ein schneidiger Offizier in scharlachroter Uniform stieß ein abfälliges Schnauben aus, aber der Theaterassistent stimmte seufzend zu, wenn auch ohne Begeisterung. „Ja, junger Mann, aber ich kann nichts versprechen."

Pickett nickte. „Ich verstehe."

Der Untergebene klopfte an die Tür, schlüpfte dann hinein und schloss sie schnell hinter sich, bevor die aggressiveren Herrenbesucher sich hineindrängen konnten. Einen Moment später öffnete sich die Tür wieder. Statt des geplagten Assistenten erschien eine schöne Frau mit dicker Theaterschminke und rabenschwarzem Haar in der Öffnung.

„Mr Pickett! Wie schön, Euch wiederzusehen! Kommt doch herein! Oh, guten Abend, Major Richardson. Ja, Euer Gnaden, ich sehe, Ihr habt mir Blumen gebracht. Das ist äußerst freundlich von Euch und werde Euch gleich noch direkt danken, aber zuerst muss ich ein Wort mit meinen guten Freund, Mr. Pickett, wechseln. Verzeiht mir, Gentlemen. Kommt herein, Mr. Pickett!" Sie streckte die Hand aus, um seinen Arm zu packen und ihn durch die Menge in ihren Umkleideraum zu ziehen.

Pickett konnte es sich nicht verkneifen, den Versammelten ein eher selbstgefälliges Lächeln zuzuwerfen, als er Dulcie mit einem Arm auf ihrer Taille vor sich her an ihnen allen vorbei in Mrs. Churchs *sanctum sanctorum* schob.

„Bitte macht die Tür zu, Mr. Pickett, und schließt ab, wenn Ihr so freundlich sein wollt", drängte Mrs. Church, als sie sicher drinnen angekommen waren.

Das tat er und der Lärm von außen wurde zu einem dumpfen Grollen gedämpft. „Es ist schön, Euch wiederzusehen, bevor Ihr London verlasst", sagte er der Schauspielerin. „Mrs. Church, darf ich Euch meine Freundin, Miss Dulcie Monroe, vorstellen?"

„Ich hoffe, Ihr habt die Vorstellung genossen, Miss Monroe." Mrs. Church nickte der jungen Frau zu, betrachtete Pickett jedoch mit einem fragenden Lächeln.

„Oh ja, sehr sogar! Dies war mein erster Theaterbesuch", gestand Dulcie errötend.

„Aber nicht Euer letzter, hoffe ich. Sagt mir, möchtet Ihr vielleicht unseren Hamlet kennenlernen? Mr. Bracegirdle", wandte sie sich an den gehetzten Assistenten, „bitte nehmt Miss Monroe mit, um Mr. Brereton kennenzulernen. Sagt ihm, ich wäre ihm sehr verpflichtet, wenn er sie empfangen würde. Vielen Dank! Ihr seid ein Engel!"

Nachdem sie die Tür hinter Dulcie und dem viel belästigten Engel geschlossen hatte, richtete sie die ganze Kraft ihres beträchtlichen Charmes auf Pickett. „Jetzt können wir uns in Ruhe unterhalten", erklärte sie, reichte ihm ihre Hände und küsste die Luft auf beiden Seiten seines Gesichts. „Es ist wirklich schön, Euch wiederzusehen, Mr. Pickett, aber ich muss Euch fragen: Wer ist diese Miss Monroe? Was bitte ist mit Mrs. Pickett geschehen?"

Pickett wurde rot und dachte, dass sein Plan, Dulcie mit seinen großartigen Beziehungen zu beeindrucken, doch keine so gute Idee gewesen war. „Ich denke, Ihr wisst, dass diese ‚Ehe' zwischen mir und Lady Fieldhurst nur vorgetäuscht war."

Sie hob wissend eine Augenbraue. „In Schottland wohl nicht."

Er seufzte. „Ja, das finden wir gerade heraus."

„Und?"

„Und der Anwalt Myladys ist schon dabei, Vorkehrungen zu treffen, um die Ehe annullieren zu lassen."

„Und Ihr lasst das *zu*? Verzeiht mir, wenn ich das sage,

ohne ein Recht dazu zu haben, aber es war für den Allerdümmsten offensichtlich, was Ihr für die Dame empfindet! Sicher könnt Ihr doch nicht vorhaben, die Annullierung durchführen zu lassen, ohne einen Finger zu rühren, um das zu verhindern!"

„Das ist nicht alles, was sich bei mir nicht rühren soll", murmelte Pickett und wurde dann knallrot, als sie in lautes Lachen ausbrach. „Ich bitte um Verzeihung – ich hätte nicht so zu einer Dame sprechen dürfen."

„Ah, aber Ihr wisst, dass ich keine große Dame bin – und Ihr habt, glaube ich, einen größeren Anspruch auf die Bezeichnung Gentleman, als viele, die damit geboren sind. Und wenn ich das sehen kann, wage ich zu behaupten, dass auch eine gewisse Dame unserer Bekanntschaft das ebenfalls erkannt hat."

„Ich kann über Lady Fieldhursts Gefühle in dieser Angelegenheit nichts sagen, aber ich kann nicht glauben, dass sie an einen Diebfänger mit nichts als fünfundzwanzig Schilling pro Woche würde gefesselt bleiben wollen!"

„Habt Ihr sie gefragt?"

Pickett fuhr hoch. „Ich würde sie nicht so beleidigen!"

„Wenn sie ein Vermögen braucht, um glücklich zu sein, hätte sie mit ihrem Viscount überglücklich sein müssen", bemerkte die Schauspielerin. Als sie sah, dass er nicht überzeugt war, fügte sie hinzu: „Vertraut mir, Mr. Pickett: Das Leben ist zu kurz und Liebe ist zu kostbar, um sie wegen

Unwichtigem zu verschwenden – nicht, wenn das zukünftige Glück auf dem Spiel steht. Ihr kennt meine eigene Geschichte gut genug, um zu erkennen, dass ich weiß, worüber ich rede. Wenn Ihr sie liebt, gebt sie nicht kampflos auf."

Seine eigenen Worte an Lord Dunnington kamen ihm in den Sinn. *Sie ist Eure Frau! Wollt Ihr nicht um sie kämpfen?* Aber die beiden Fälle waren völlig verschieden. Lady Dunnington hatte versprochen, zu lieben, zu ehren und zu gehorchen, und so leicht sie es auch in den folgenden Jahren mit ihren Gelübden genommen haben mochte, sie hatte sie wissentlich und freiwillig abgelegt. Lady Fieldhurst hatte beides nicht getan. Es wäre falsch von ihm zu versuchen, sie an eine Verpflichtung zu binden, die sie weder absichtlich noch wissentlich eingegangen war.

„Ich freue mich für Euch und hoffe, dass Ihr und Euer Gatte zusammen sehr glücklich sein werdet", sagte Pickett. „Aber zwischen Lady Fieldhurst und mir liegen die Dinge anders. Selbst wenn der Standesunterschied zwischen uns unwichtig wäre – und das ist er nicht, auf keinen Fall! – könnte sie jeden Mann haben, den sie möchte. Warum um alles in der Welt sollte sie *mich* wollen?"

Sie warf ihm einen langen, abschätzenden Blick zu. „Wisst Ihr, ich glaube nicht, dass ich Euch das sagen sollte. Mir scheint, dass ein großer Teil Eures Charmes in der Tatsache liegt, dass Ihr Euch Eurer eigenen Anziehungskraft gar nicht bewusst seid. Ich würde es hassen, das zu zerstören.

Nein, Mr. Pickett, wenn Ihr eine Antwort auf diese Frage wünscht, müsst Ihr die Lady selbst fragen."

„Mrs. Church", sagte er leicht verzweifelt, „ich sage Euch, ich ..."

„Oh, bitte nennt mich Miss Kirkbride", unterbrach sie ihn.

„Miss Kirkbride, dann, ich kann unmöglich ... sie würde nie ..."

Er kam nicht weiter, denn in diesem Moment öffnete sich die Tür und Dulcie kam wieder in den Raum. Pickett wusste kaum, ob er die Unterbrechung bedauern oder froh darüber sein sollte.

„Vielen Dank, Mrs. Church, das war einfach wunderbar! Mr. Brereton hat mir sogar die Hand geküsst." Dulcie hielt ihre rechte Hand hoch, als ob sie sie bewundern wollte. „Ich werde sie sicher nie wieder waschen!"

Pickett war durch sein abgebrochenes Gespräch mit Mrs. Church so aus dem Gleichgewicht geraten, dass seine Abschiedsrede an die Schauspielerin fast zusammenhangslos wurde. Als er dann das Theater mit Dulcie verlassen hatte, war er gezwungen, all seine Aufmerksamkeit auf das Problem, wie er eine Droschke finden sollte, wenn halb London genau das gleiche zu versuchen schien, zu richten, mit dem erfreulichen Resultat, dass er, bis sie wieder in der Audley Street ankamen, beinahe wieder er selbst war. Er begleitete seine schöne Begleiterin die Treppe hinunter zum

Dienstboteneingang, wo sie an der Tür stehen blieb und sich umdrehte, um ihn anzuschauen.

„Möchtet Ihr nicht hereinkommen auf eine Tasse Tee, oder Kaffee?", fragte sie und schaute mit ihren großen Rehaugen zu ihm auf.

Er schüttelte den Kopf. „Danke, aber ich sollte besser nach Hause gehen. Ich muss früh am Morgen wieder in der Amtsstube der Bow Street sein."

„Ich verstehe", sagte sie offensichtlich enttäuscht. „Nun, danke für einen schönen Abend, John. Ich hoffe, mit Euren Ermittlungen läuft alles gut."

„Ich weiß nicht", sagte Pickett und dachte sorgfältig über die Angelegenheit nach. „Wenn es *zu* gut läuft, nun, dann hätte ich keinen Grund mehr, in der Audley Street vorzusprechen."

„Ihr braucht keinen Grund, John." Sie senkte leicht den Kopf und schaute ihn unter ihren Wimpern heraus an. „Was auch immer oben geschehen mag, Ihr könnt Euch immer sicher sein, von mir willkommen geheißen zu werden."

„Danke, Dulcie."

Er nahm ihre Hand und hätte sie an seine Lippen gezogen, doch sie entzog sie seinem Griff.

„Nicht da!" Das ist die Hand, die Mr. Brereton geküsst hat." Sie hob ihr Gesicht ganz leicht zu seinem. „Ich schätze, Ihr werdet etwas anderes zum Küssen finden müssen."

Pickett ließ sich nicht bitten, zog sie in die Arme und

senkte seinen Mund auf ihren.

Doch als er die Augen schloss, war nicht Dulcie in seinen Armen.

16

In dem John Pickett sich als Ehestifter versucht

Pickett traf am nächsten Morgen in der Wache der Bow Street ein und stellte fest, dass Mr. Crumpton seine Arbeit aufgenommen hatte. Dort war ihm eine Nachricht zugestellt worden, und als er sie öffnete, wurde ihm mitgeteilt, dass Doktor Edmund Humphrey zugestimmt hatte, ihn um Punkt elf Uhr in seiner Praxis in der Harley Street zu sehen. Pickett warf einen Blick auf die Uhr über der Richterbank und stellte fest, dass er etwas Zeit haben würde, Befragungen durchzuführen, bevor er sich in die Harley Street begeben musste. In der Tat war er mehr als nur ein wenig von dieser Vorladung überrascht; als Mr. Crumpton ihm versichert hatte, dass die Ergebnisse der ärztlichen Untersuchung gefälscht werden würden (gegen eine gewisse Summe, natürlich), hatte er angenommen, dass es keine Notwendigkeit zu einem persönlichen Besuch bei dem Arzt gäbe. Nachdem er jetzt auf seinen Irrtum aufmerksam gemacht worden war, näherte er sich dem Richter mit einigem Unbehagen.

„Mr. Colquhoun, Sir", begann er, „ich fürchte, ich werde das Amt für den größten Teil des Morgens verlassen müssen, mit Eurer Erlaubnis."

Mr. Colquhoun musterte ihn unter zusammengezogenen Brauen. „Betrifft dies die Untersuchung oder die Annullierung?"

Pickett seufzte. „Beides, fürchte ich. Ich habe einige Nachforschungen in Bezug auf die Untersuchung anzustellen, aber was die Annullierung betrifft, scheint es sich um eine – eine ärztliche Untersuchung – zu handeln."

„Lieber Gott, was soll das Nächste sein?", knurrte der Richter. „Ich habe nachgedacht, Mr. Pickett, und es scheint mir, dass ich Euch am besten ganz von dem Fall Sir Reginald Montague abziehen sollte."

„Mich von diesem Fall abziehen, Sir?", wiederholte Pickett, überrascht und alles andere als erfreut. „Aber warum?"

„Ich hätte das von Anfang an tun sollen; die Tatsache, dass Ihr zumindest formell mit einer der Beteiligten verheiratet seid, könnte als Interessenkonflikt ausgelegt werden, um das Mindeste zu sagen. Aber jetzt, angesichts des Wirrwarrs in Eurem derzeitigen Privatleben ..."

„Lady Fieldhurst war vielleicht an diesem Abend beim Abendessen anwesend, aber sie ist kaum ‚beteiligt'! Es besteht kein Zweifel an ihrer Unschuld, da sie in dem Moment, als der Schuss abgefeuert wurde, mit Lady Dunnington zusammen war."

„Und es ist Euch nicht in den Sinn gekommen, dass die Ladys Fieldhurst und Dunnington sich gegenseitig ein Alibi geben? Es scheint, dass Ihr nachlasst, Mr. Pickett, oder aber Ihr seid von dem Annullierungsverfahren so abgelenkt, dass Ihr den Ermittlungen nicht länger die Aufmerksamkeit widmen könnt, die sie verdienen."

„In der Tat, Sir, mir war der Gedanke durchaus gekommen. Aber da ich, wie Ihr selbst sagt, mit einer der fraglichen Parteien bekannt bin …"

„Die meisten Leute würden eine Ehe nicht bloß als Bekanntschaft ansehen!"

„… weiß ich, dass Lady Fieldhurst zu einer solchen Tat nicht fähig wäre, und in diesem Falle würde ihre Unschuld auch Lady Dunnington entlasten, da, wenn eine der Ladys in dieser Angelegenheit lügen würde, müsste das die andere auch tun." Natürlich war Lady Fieldhurst bezüglich des Themas von Lady Dunningtons Abwesenheit von zehn Minuten von der Tafel alles andere als aufrichtig gewesen, doch nachdem sie vor Kurzem ein volles Geständnis abgelegt hatte über die Sache (die ohnehin einige Zeit vor dem Mord stattgefunden hatte), sah Pickett keine Veranlassung, Mr. Colquhoun diese Information freiwillig anzubieten.

„Wie dem auch sei, Mr. Foote hat ein Interesse daran

geäußert, zu einigen dieser Fälle, in die der Adel verwickelt ist, nach Mayfair geschickt zu werden …"

„Bitte um Verzeihung, Sir, doch Mr. Foote hasst mich und würde nichts lieber tun, als seine eigene Karriere auf meine Kosten zu fördern!", warf Pickett mit einiger Schärfe ein.

„Wenn Ihr mit diesem Ausbruch sagen wollt, dass er eifersüchtig auf Euch ist, natürlich ist er das, und wer könnte ihn dafür tadeln? Ihr habt in weniger als einem Jahr Euch einen Ruf erworben, den er in mehr als einem halben Jahrzehnt kaum erreicht hat. Aber Mr. Foote ist gründlich, wenn auch keineswegs brillant, und niemand könnte ihn beschuldigen, enge ‚Bekanntschaften' in der Aristokratie zu haben. Wenn Ihr ihm bitte Eure Notizen zu diesem Fall aushändigen wollt, dann wäre er durchaus imstande, die Ermittlungen dort weiterzuführen, wo Ihr aufgehört habt."

„Mr. Colquhoun, Sir, *bitte* zieht mich nicht von diesem Fall ab", sagte Pickett, der sich nicht zu fein war, zu betteln.

„Könnt Ihr mir einen guten Grund nennen, warum ich das nicht tun sollte?"

Pickett seufzte. „Im Moment, Sir, scheint dies der einzige Bereich zu sein, wo meine – meine Fähigkeiten – nicht infrage gestellt werden."

Mr. Colquhoun sah in das gequälte Gesicht seines jüngsten Läufers und fühlte sich schwach werden. Es ginge nicht an, dass er den Eindruck erweckte, er würde einen der

Läufer den anderen vorziehen – schon gar nicht den mit der geringsten Erfahrung in der Truppe – doch John Pickett ging bereits wegen dieser Annullierung durch die Hölle, ohne dass er die Last des Jungen noch vergrößerte.

„Oh, na gut", sagte er widerwillig. „Ich werde Euch noch ein wenig mehr Zeit geben, aber wenn ich keine echten Fortschritte in Richtung einer Verhaftung sehe, werde ich keine andere Wahl haben, als Euch abzuziehen und Foote an Eure Stelle zu setzen. Ist das klar?"

„Völlig klar, Sir. Vielen Dank. Darf – darf ich jetzt bitte gehen, Sir? Da ist ... diese ärztliche Untersuchung heute Morgen und da ist auch noch eine Reihe von Nachforschungen, die ich bis dahin anstellen möchte."

Mr. Colquhoun machte eine wedelnde Handbewegung. „Auf jeden Fall, fort mit Euch."

„Vielen Dank." Er war noch kein halbes Dutzend Schritte fortgegangen, als er sich umdrehte. „Oh, und Sir?"

„Ja, was gibt es jetzt noch?"

„Nachdem der Fall von Sir Reginald Montague geklärt ist, könnt Ihr Mr. Foote alle Fälle in Mayfair übertragen, die er haben möchte. Ich habe keine Lust, noch einmal in diese Gegend zu kommen."

Der Richter sah ihn finster an. „Seid Ihr sicher? Abgesehen von der Tatsache, dass die besten Provisionen aus jenem Teil der Stadt kommen, scheint Ihr für den Umgang mit den höheren Ständen recht begabt zu sein. Nicht, dass Ihr direkt dorthin passen würdet, aber wenigstens bringt Ihr die Leute nicht gegen Euch auf. Ich fürchte, Mr. Foote wird große Mühe haben, Euren Erfolg dort zu wiederholen."

„Euer Vertrauen in mich ist schmeichelhaft, Sir, aber ich bin mir sicher. Ich – ich denke, es wird am besten sein, dass ich nach dem Ende dieses Falles Lady Fieldhurst nicht wiedersehe."

Der Richter zog die Augenbrauen hoch. „Na gut, Mr. Pickett, wenn es das ist, was Ihr wünscht."

„Ja, Sir. Danke", sagte Pickett erneut und verließ die Amtsstube der Bow Street.

Mr. Colquhoun sah ihm nach und murmelte: „Verdammt soll das Weib sein." Dann riss er einem unglücklichen Mitglied der Fußpatrouille den Kopf ab, das das Unglück hatte, diesen Moment zu wählen, um eine vollkommen harmlose Frage zu stellen.

*****

Nachdem Pickett die Erlaubnis, wenn nicht den Segen des Amtsrichters erhalten hatte, machte er sich wieder auf den Weg nach Mayfair, genauer gesagt, in die Unterkunft Lord Rupert Lathams im Albany. Er hätte sich nur wenige Orte vorstellen können, an denen er nicht lieber gewesen wäre (mit Ausnahme von Doktor Humphreys Praxis in der Harley Street) und wenige Menschen, dessen Gesellschaft er weniger gern gesucht hätte. Dennoch war Lord Rupert Latham der einzige, von dem er wusste, dass er über das von ihm jetzt gesuchte Wissen verfügte, ohne ein persönliches Interesse bei der Verbreitung dieser Information zu haben. Und so kam es, dass er in Lord Ruperts Wohnung geführt wurde, als dieser Gentleman, prächtig in einen orientalisch gemusterten Morgenmantel gekleidet, sich zum Frühstück setzte.

„Mein guter Mann", sagte er zu Pickett und zuckte wegen des durch die Tür hereindringenden Sonnenlichts zusammen, „ich bin wie immer hocherfreut, Euer fröhlich lächelndes Gesicht zu sehen, aber um neun Uhr früh am Morgen? Muss das sein?"

Da Pickett weder fröhlich war noch lächelte, kommentierte er Lord Ruperts Begrüßung, wie sie es verdiente – also gar nicht. „Ich bitte um Verzeihung dafür, Euch so früh aufzusuchen, Euer Lordschaft, aber ich habe später am Tag Verpflichtungen und wollte zuvor mit Euch sprechen."

„Steht denn die Stunde meiner Verhaftung bevor? Sagt mir, welchen Grund habt Ihr entdeckt, der mich hätte dazu bringen können, Sir Reginald zu töten? Ich hätte gedacht, dass Ihr jedes Interesse daran, mich an den Galgen zu schicken, verloren hättet, angesichts der Tatsache, dass Ihr es wider alle Umstände geschafft habt, Lady Fieldhurst zu heiraten. Oder habt Ihr Zweifel daran, ihre Aufmerksamkeit erhalten zu können und empfindet daher die Notwendigkeit, die Konkurrenz auszuschalten?"

„Was meine Ehe mit Mylady angeht, werdet Ihr

zweifellos erfreut sein zu erfahren, dass Pläne für eine Annullierung bereits in Gang gesetzt wurden", sagte Pickett tonlos und wünschte, er wäre weniger empfindlich gegenüber Lord Ruperts Sticheleien.

„Mein lieber Mr. Pickett, ich bin weder erfreut noch das Gegenteil, da ich nie wirklich ein anderes Ende für möglich gehalten hätte", versicherte Lord Rupert ihm in gelangweiltem Ton. „Doch wenn ich nicht verhaftet werden soll, welchem Umstand verdanke ich dann das Vergnügen Eurer Gesellschaft?"

„Da Ihr kein Motiv dafür habt, Sir Reginald töten zu wollen, dachte ich, ich könnte darauf vertrauen, dass Ihr mir eine ehrliche Meinung gebt, wenn Ihr so zuvorkommend sein möchtet."

Lord Ruperts Gesicht nahm einen Ausdruck übertriebener Überraschung an. „Kann es sein, dass das Wunderkind von der Bow Street zu mir gekommen ist und um Hilfe bittet? Sag mir, Mr. Pickett, warum zum Teufel sollte ich Euch helfen wollen?"

Glücklicherweise hatte Pickett diese Reaktion vorherbedacht und sich entsprechend darauf vorbereitet. „Berücksichtigt, Euer Lordschaft, dass, wenn die Frage von Lord Ruperts Tod geklärt ist, ich keinen Grund mehr haben werde, Lady Fieldhurst wiederzusehen, zumindest nicht, bis unsere Annullierung vor das Kirchengericht kommt."

„Das ist freilich wahr", räumte Lord Rupert ein.

„Dennoch würde das unterstellen, dass ich Euch als Bedrohung meiner eigenen Interessen bezüglich der Lady betrachte. Nichts könnte der Wahrheit ferner liegen, versichere ich Euch."

„Wenn ich keine Bedrohung für Euch darstelle, kann es Euch sicherlich nicht schaden, mir mit Eurer Ansicht zu einem Thema zu helfen", betonte Pickett.

„Sehr wahr. Das muss ich zugeben. Und ich könnte sogar der Hoffnung frönen, dass Ihr, wenn ich Euch erst die Perlen meiner Weisheit habe zukommen lassen, fortgehen und mich in Ruhe lassen würdet. Ja, ich weiß, das ist schockierend unhöflich von mir, aber ich war bis zu später Stunde bei White's und mein Kopf dröhnt." Als ob er diese letzte Aussage beweisen wollte, griff er nach der Kaffeekanne, füllte seine Tasse auf und stürzte den Kaffee schwarz hinunter. „Also gut, Mr. Pickett. Was wollt Ihr wissen?"

„Ich möchte gerne wissen, wie wichtig eine Mitgliedschaft bei White's für jemanden Eures Ranges ist."

Lord Rupert zog die Augenbrauen hoch. „Denkt Ihr daran, jemanden zu überreden, Euren Namen vorzuschlagen? Ich fürchte, da verschwendet Ihr Eure Zeit. Ihr seid nicht mehr zu einem Mitglied von White's geeignet als zum Ehemann Lady Fieldhursts."

„Ich denke an Mr. Martin Kenney", sagte Pickett ungeduldig. „Ich glaube, er war einmal Mitglied dort?"

„Ihr seid gut informiert. Er war in der Tat bis vor kurzem

Mitglied."

„Soweit mir bekannt ist, hat er es Sir Reginald zu verdanken, dass er aus dem Club ausgeschlossen wurde."

Lord Rupert nickte. „Wieder richtig."

„Wisst Ihr, welcher Vorfall dazu geführt hat, dass Mr. Kenney ausballotiert wurde?"

„Ob ich das weiß? Mein guter Mann, ich war selbst dort."

„Könnt Ihr mir sagen, was geschehen ist?"

Lord Rupert lehnte sich in seinem Stuhl zurück, verdrehte die Augen zur Decke, als er sich auf den fraglichen Abend besann. „Soweit ich mich erinnere, hatte Mr. Kenney eine unglaubliche Glückssträhne, größtenteils auf Sir Reginalds Kosten. Schließlich bemerkte Sir Reginald, dass Mr. Kenney mit den Rückseiten der Karten genauso vertraut zu sein schiene wie mit deren Vorderseiten – was natürlich die Andeutung enthielt, dass Mr. Kenney durch ein gezinktes Kartenspiel betrügen würde."

„Und war es so?", fragte Pickett.

Lord Rupert zuckte die Achseln. „Ich habe keine Beweise dafür gesehen. Er hatte sicher viel Glück, aber nicht mehr, als ich nicht bei einem Dutzend anderer Männer an anderen Abenden gesehen hätte."

„Doch habt Ihr nichts zu seiner Verteidigung gesagt", stellte Pickett fest.

„Mein lieber Mr. Pickett, warum hätte ich das tun sollen? Wer hätte auf mich gehört? Ich wage zu behaupten, dass keiner der Männer, die dafür stimmten, Mr. Kenneys Mitgliedschaft zu widerrufen, es glaubte, aber Sir Reginald ist – war – ein gefährlicher Mann, wenn man sich mit ihm anlegte, und was war Mr. Kenney – nur ein verarmter Ire, dessen Mitgliedschaft dem Club ohnehin keine große Ehre machte? Nein, ich fürchte, der arme Trottel hatte nie eine Chance."

„Und könnte es Eurer Meinung nach ein Mordmotiv darstellen, wenn man bei White's hinausgeworfen wird?"

„Nur für ein äußerst nervösen Typen, und ich muss gestehen, ich hatte nie den Eindruck, dass Mr. Kenney so empfindsam wäre. Jedoch, nachdem Ihr mich um meine ehrliche Meinung gebeten habt, muss ich Euch mitteilen, dass noch mehr dahinter stand."

„Die junge Dame, die Mr. Kenney zu heiraten gehofft hatte?", riet Pickett.

„Oh, darüber wisst Ihr auch Bescheid?"

Pickett nickte. „Mr. Kenney hat es mir selbst erzählt."

„Mr. Kenney war schon vorher kein Haupttreffer auf dem Heiratsmarkt, obwohl er von recht anständiger Geburt ist. Trotzdem neigte der Vater der Dame dazu, seine Bewerbung freundlich zu betrachten, ganz einfach, weil er seine Tochter sehr liebte und sie in den Kerl völlig vernarrt war. Doch der liebende Papa war an jenem Abend anwesend und, na ja, einen solchen Skandal kann man nicht in der Familie haben, wisst Ihr. Mr. Kenney mag vielleicht vierhundert Pfund beim Piquet gewonnen haben, aber die treffend benannte Miss Price und ihre vierzigtausend waren auf immer für ihn verloren."

„Hmm." Pickett runzelte äußerst nachdenklich die Stirn. Lord Ruperts Bericht stimmte in allen wichtigen Punkten mit dem von Mr. Kenney überein, und dennoch konnte Pickett, so katastrophal es aus finanzieller Sicht auch für den Iren war, das nicht als ausreichendes Mordmotiv ansehen. Er war sich natürlich bewusst, dass adlige Männer dazu neigten, sich gegen Kränkungen ihrer Ehre zu verteidigen, ob real oder eingebildet, indem sie sich gegenseitig zu Duellen auf Hampstead Heath oder einem anderen abgelegenen Ort forderten; trotzdem verstand er nicht, wie man seine Ehre rächen könnte, indem man einen unbewaffneten Mann aus nächster Nähe in die Brust schoss. „Sagt mir, Lord Rupert, was für eine Art von Mensch ist Mr. Kenney? Was für einen Ehemann würde er abgeben?"

Lord Rupert wollte gerade einen weiteren Schluck Kaffee zu sich nehmen und hielt, die Tasse auf halben Wege an seine Lippen, inne. „Denkt Ihr daran, mich auszuschalten, indem Ihr Euren eigenen Nachfolger aussucht? Ich hasse es, Euch zu enttäuschen, Mr. Pickett, aber beim Abendessen zeigte Eure Frau nicht das geringste Interesse an Mr. Kenney."

„In der Tat hatte ich eine andere potenzielle Braut im Sinn", gestand Pickett, ohne sich ködern zu lassen. „Eine, die dringend einen Ehemann braucht, dank Sir Reginald Montague."

„Ich hoffe, dass Ihr diesmal eine Frau Euren eigenen Standes gefunden habt. Oh, ich verstehe. Ihr meint eine andere mögliche Braut für Mr. Kenney. Ihr müsst an Lord Edwins Tochter, Miss Braunton, denken."

Pickett starrte ihn an, überrascht von dieser Enthüllung. „Ihr wisst von Miss Brauntons, äh, Umständen?"

„Mein guter Mann, wenn man Miss Brauntons plötzlichen Abschied von London mitten in einer Saison berücksichtigt, in der sie als Diamant des ersten Wassers angepriesen wurde, gefolgt von dem Angebot ihres Vaters an fast jeden ungebundenen Gentleman in der Stadt, einen ziemlich verschwenderischen finanzielle Anreiz für eine Ehe mit ihr zu bieten, muss man kein Bow Street Läufer sein – verzeiht mir! –, um zwei und zwei zusammenzusetzen und die richtige Summe zu erhalten."

„Was wäre dann also Eure Meinung über Mr. Kenney?"

Lord Rupert lehnte sich in seinem Stuhl zurück, als er über die Frage nachdachte. „Ich halte Mr. Kenney eigentlich für einen guten Kerl. Kein Geld, natürlich, aber das wusstet Ihr ja schon."

„Und das Spielen?"

„Der größte Teil des Adels tut das auch, jedenfalls in gewissem Maße", sagte Lord Rupert achselzuckend. „Trotzdem habe ich noch nie von Mr. Kenney gehört, dass er höher gespielt hätte, als gut für ihn war; es ist die Grundregel des Glücksspiels, niemals mehr zu setzen, als man sich zu verlieren leisten kann. Doch wenn man den Gerüchten glauben darf, hat Mr. Kenneys Vater bei seinem Tod den Besitz schwer belastet hinterlassen und ich wage zu behaupten, sein einziger Ausweg, um über die Runden zu kommen, ist es, solange von seinem Glück zu leben, zumindest, bis er eine Erbin dazu überreden kann, ihn zu heiraten. Ja, ich glaube, eine solche Ehe könnte für beide Beteiligten sehr gut funktionieren. Ich muss zugeben, Mr. Pickett, bevor ich Eure Bekanntschaft machte, hatte ich keine Ahnung, dass ein Organ der Rechtspflege eine so romantische Ader haben könnte."

Pickett, der den Verdacht hegte, dass diese Beobachtung einen weiteren Seitenhieb auf sein eigenes Interesse an Lady Fieldhurst enthielt, würdigte sie keiner Antwort, sondern erhob sich. „Ich danke Euch für Eure Offenheit, Mylord. Ich werde jetzt gehen, um Euch Euer Frühstück in Ruhe genießen zu lassen."

Lord Rupert stand auf und folgte ihm in das kleine Foyer der Wohnung, wo der Diener seiner Lordschaft mit Picketts Hut und Handschuhen wartete. Pickett hatte sie bereits an sich genommen und wollte sie gerade anziehen, als Lord Rupert erneut das Wort ergriff.

„Im Übrigen, was diese Annullierung betrifft …"

„Ja?", fragte Pickett, ziemlich sicher, dass er das

Folgende nicht genießen würde.

„Mit welcher Begründung sucht Ihr darum an?"

„V–Verzeihung?", stotterte Pickett, der erkannte, dass seine schlimmsten Befürchtungen sich bewahrheiten wollten.

„Kommt schon, Mann, mit ist durchaus bewusst, dass man nicht einfach bei einem Kirchengericht vorstellig werden kann und eine halbe Stunde später mit der Erlaubnis zur Annullierung herauskommen! Es mag Euch überraschen zu erfahren, dass ich nicht immer diese Zierde der Gesellschaft war, die jetzt vor Euch steht. Einmal in meiner verrückten Jugendzeit kam mir der Einfall, von meinem älteren Bruder unabhängig zu sein, und ich habe zu diesem Zweck angefangen, Recht zu studieren. Das hätte natürlich nie funktioniert; abgesehen davon, dass es mich zu viel meiner wertvollen Zeit gekostet hätte, würde ich in einer Anwaltsperücke absolut lächerlich ausgesehen haben. Trotzdem, auch wenn ich keineswegs brillant war, blieb doch genug hängen, dass ich mich daran erinnern kann, dass es nur bestimmte Gründe gibt, aus denen eine Annullierung gewährt werden kann. Ich glaube, Ihr seid weder minderjährig noch geistig beschränkt …"

„Aus Eurem Munde werde ich das als Kompliment ansehen", warf Pickett ein.

Lord Rupert zog die Augenbrauen hoch. „Tatsächlich? Es war nicht so gemeint, das kann ich Euch versichern, sondern nur die Feststellung unbestreitbarer Tatsachen. Es gibt noch eine andere Option, die man jedoch nur zögernd erwähnt ..."

Picketts rechter Arm bewegte sich von allein ganz leicht, dass die Krone seines Hutes die Hosenklappe seiner Kniehosen verdeckte.

Lord Rupert bemerkte diese unbewusste Geste und murmelte: „Genau so." Er fuhr mit etwas lauterer Stimme fort: „Bevor mein Vater starb, gab es ein bestimmtes Zitat von Henri Estienne, das er besonders liebte. Ich kann ihn immer noch seufzend sagen hören: ‚Wenn die Jugend es nur verstünde; wenn Alter es nur könnte.' Wäre mein Vater heute am Leben, Mr. Pickett, würde ich ihm versichern, dass der französische Philosoph zu optimistisch gewesen war, zumindest was die Fähigkeiten der Jugend angeht."

Pickett errötete zutiefst, hütete aber mühsam seine Zunge. Es würde Lady Fieldhurst überhaupt nichts helfen, wenn er jedes Mal, wenn er in dieser Angelegenheit herausgefordert wurde, mit der Wahrheit herausplatzte. „Wenn Ihr im Falle Sir Reginalds nichts Weiteres beizutragen habt, Mylord, wünsche ich Euch einen guten Tag", sagte er, setzte den Hut auf und machte auf dem Absatz kehrt.

„Oh, ich bin sicher, ich werde in der Tat einen sehr guten Tag haben", erwiderte seine Lordschaft leise lachend.

*****

Nach seinem Wortwechsel mit Lord Rupert war es für Pickett eine Erleichterung, Lord Edwin Braunton aufzusuchen, bei dem er sich sicherer fühlte. Als er in Lord Edwins Arbeitszimmer geführt wurde, verlor er keine Zeit, um zur Sache zu kommen.

„Es scheint, Mylord, Ihr habt mir einiges vorenthalten", begann er.

„Eh? Was soll das sein?"

„Vor einer Woche habe ich in diesem Raum gesessen und zugehört, während Ihr Gründe aufgezählt habt, warum verschiedene Männer den Wunsch hätten haben können, Sir Reginald Montague zu ermorden."

„Ja, was ist damit?"

„Ihr habt versäumt zu erwähnen, dass Ihr selbst einen Grund gehabt hättet, ihm etwas anzutun. Ich bin vor Kurzem aus Leicestershire zurückgekehrt", erklärte Pickett, „wo ich das Vergnügen hatte, Eure schöne Tochter kennenzulernen."

Lord Edwins Gesicht wurde erst blass, dann purpurrot. „Schaut her, Ihr werdet meine Tochter nicht hier hineinziehen!"

„Ich habe nicht die Absicht, Miss Braunton zu schaden, Mylord", versicherte Pickett ihm. „In der Tat habe ich Mitgefühl mit ihrer misslichen Lage und hoffe, vielleicht helfen zu können. Aber zuerst möchte ich, dass Ihr mir die Rechenschaft ablegt, die Ihr mir bei unserem letzten Gespräch nicht geben wolltet."

Lord Edwin sackte auf seinem Stuhl zusammen und sah plötzlich älter aus als seine ungefähr vierzig Jahre aus. „Zum

Teil gebe ich mir selbst die Schuld, Mr. Pickett. Wenn sie nur die Lenkung durch eine Frau gehabt hätte, wenn ihre Mutter noch gelebt hätte, um sie zu warnen, dann wären die Dinge vielleicht anders gelaufen."

Pickett schüttelte den Kopf. „Nach allem, was ich gehört habe, könnte Sir Reginald sehr betörend sein, wenn er sich die Mühe machte. Ich glaube, dass Frauen, die älter und erfahrener sind als Miss Braunton, bekanntlich seinem Charme erlegen sind", fügte er hinzu und dachte dabei an Lady Dunnington.

„Als ich herausfand – als Catherine mir sagte, sie wäre – sie wäre in einem heiklen Zustand, wusste ich nicht, was ich tun sollte." Lord Edwin grub sein Taschentuch aus der Tasche und wischte sich die glänzende Stirn ab. „Ich nehme an, Ihr werdet sagen, ich hätte sie verstoßen sollen, aber wie kann ein Mann das mit einem Kind tun, das er liebt?"

„Das würde ich nie sagen!", rief Pickett entsetzt aus. „Eure Lordschaft, ich habe gesehen, was mit diesen Frauen passiert, die von ihren Eltern verstoßen werden, gerade wenn sie sie am dringendsten brauchen. Es ist kein schöner Anblick. Diejenigen, die die Geburt überleben, sind häufig gezwungen, ihren Lebensunterhalt auf dem Rücken liegend zu verdienen. Normalerweise halten sie nicht lange durch, bevor sie an Syphilis oder Tripper sterben. Ich kann Euch versichern, dass Eure Tochter nichts getan hat, um ein solches Schicksal zu verdienen."

Lord Edwin nickte geistesabwesend. „Würde es doch mehr Menschen geben, die so denken."

„Also", fragte Pickett zögernd, „was habt Ihr getan?"

„Ich habe Sir Reginald nicht getötet, wenn es das ist, was Ihr denkt! Mein erster Gedanke war zu versuchen, so schnell wie mögliche einen Ehemann für meine Catherine zu finden. Ihre Mitgift ist respektabel, aber nicht so sehr, dass sie einen Mann verleiten könnte, den Bastard eines anderen als sein eigenes Kind aufzuziehen. Ich ging sofort zu meinem älteren Bruder – dem Herzog von Wexham, wisst Ihr – und erzählte ihm im strengsten Vertrauen, wie die Dinge standen. Er hatte schon immer eine Vorliebe für meine Catherine – er hat keine eigenen Töchter, nur die beiden Jungen – und er fügte der Mitgift eine beträchtliche Summe hinzu, in der Hoffnung, sie für einen potenziellen Bräutigam attraktiver zu machen. In der Zwischenzeit habe ich mein Verdammtestes getan, um Sir Reginald zu zwingen, etwas Verantwortung für sein Handeln zu übernehmen. Offensichtlich konnte er sie nicht heiraten – und um ganz ehrlich zu sein, ich bin mir nicht sicher, ob ich sie nicht lieber ruiniert als mit einem Mann wie ihm verheiratet gesehen hätte! –, aber er hätte etwas für den Unterhalt des Kindes bezahlen sollen, zum Allermindesten."

„Und um zu einer solchen Einigung zu kommen, brauchten Sie ihn offensichtlich lebend", schloss Pickett. Das ergab absolut einen Sinn und trotz allen Gepolters Lord Edwins konnte Pickett sich nicht vorstellen, wie er eine solch vorschnelle Tat beginge. Nein, Lord Edwin hätte Sir Reginald vielleicht töten können, und er hatte sicherlich Grund genug gehabt, dies zu wollen, aber er hätte die Tat nicht begangen, bevor er nicht sicher war, dass die Zukunft seiner Tochter geregelt wäre.

„Aber Ihr sagtet, Ihr könntet uns vielleicht ein wenig behilflich sein? In welcher Weise?"

„Sag mir, Lord Edwin, wie gut kennt Ihr Mr. Kenney?"

„Nicht gut. Oh, ich weiß, was alle anderen wissen – ein belastetes Anwesen in Irland ohne Geld, um die Hypotheken zu bezahlen, und natürlich diese Sache bei White's, aber ansonsten …" Lord Edwin schüttelte den Kopf.

„Nachdem, was Eure Tochter sagte, hat sie Mr. Kenney früher in der Saison kennengelernt und ein oder zwei Mal mit ihm getanzt. Sie scheinen sich recht gut verstanden zu haben."

„Ich verstehe", sagte Lord Edwin langsam. „Ihr denkt, er könnte bereit sein, meine Catherine zu heiraten?"

„Ich denke nicht nur, dass er bereit sein könnte, sie zu heiraten; ich denke, sie könnten am Ende sehr glücklich miteinander sein."

Lord Edwin seufzte schwer. „Er ist nicht das, was ich mir für ihn gewünscht hatte, Mr. Pickett, das kann ich nicht leugnen."

„Sehr wahrscheinlich nicht, aber keiner von ihnen ist in der Lage, besonders anspruchsvoll zu sein. Wie Ihr wisst, Sir, ist die Zeit von entscheidender Bedeutung, vor allem im Falle

Eurer Tochter. Die Tatsache, dass sie beide vom selben Mann geschädigt wurden, könnte sie dazu bringen, einander mit Verständnis und Mitgefühl zu begegnen. Ehen sind schon auf schlechterem Fundament begründet worden." Manchmal auf sehr viel weniger, dachte Pickett. Ihm kam eine in den Sinn, die aus nichts anderem entstanden war als einer zufälligen List in einem Land, das zufällig Gesetze über solche Dinge hatte.

„Ich danke Euch für den Vorschlag, Mr. Pickett", sagte Lord Edwin mit einem hoffnungsvolleren Ausdruck auf seinem Gesicht, als er gezeigt hatte, seit Pickett ihn mit der Notlage seiner Tochter konfrontiert hatte. „Ich werde ihn im Auge behalten."

*****

Nachdem er mit Lord Edwin fertig war, entschied Pickett, dass er gerade noch genug Zeit hatte, um Mr. Kenney zu besuchen, bevor er sich in der Harley Street vorzustellen hatte. Er erwartete nicht, dass dieser Besuch in der Angelegenheit von Sir Reginald zu großen Fortschritten führen würde; tatsächlich ging es ihm nicht darum, Informationen zu sammeln, sondern sie preiszugeben, indem er den Iren aufsuchte. Trotzdem fand Pickett, dass es sich lohnen würde, diesen Besuch zu machen.

Auf sein Klopfen hin öffnete niemand die Tür, doch eine sehr deutlich irisch gefärbte Stimme von drinnen bat ihn einzutreten. Das tat er und fand Mr. Kenney dabei, wie er seine Wäsche in einer Schüssel wusch und vor dem Feuer zum

Trocknen aufhing. Pickett war mehr als ein bisschen überrascht; selbst in seinen ärmsten Tagen war seine Vermieterin immer bereit gewesen, diese Aufgabe für ihn zu übernehmen, obwohl es einige Male gegeben hatte, meistens in seiner Anfangszeit bei der Fußpatrouille, als er sie nicht in der Lage gewesen war, diese Leistung so schnell zu bezahlen, wie er ihm recht gewesen wäre.

„Kommt herein, Mr. Pickett", drängte Mr. Kenney, dessen Stimme überraschend fröhlich klang angesichts der Trostlosigkeit seiner Umstände. „Ich habe Waschtag, wie Ihr seht. Es ist erfreulich zu wissen, dass ich, wenn mein Glück im Spiel mich einmal verlassen sollte, ich mich immer noch ernähren könnte, indem ich Wäsche zum Waschen annehme."

„Das könntet Ihr", stimmte Pickett zu, „oder Ihr könntet einer jungen Dame in verzweifelter Not helfen und den Rest Eures Lebens recht bequem leben."

Die feuchte Krawatte in Mr. Kenneys Hand glitt ihm durch die Finger und landete mit einem Klatschen in der Schüssel. „Welche junge Dame? Wovon redet Ihr?"

„Seid Ihr mit Miss Catherine Braunton bekannt? Ich glaube, Ihr habt ein paar Mal zu Beginn der Saison mit ihr getanzt."

„Miss Braunton? Natürlich erinnere ich mich an sie! Ein charmantes Mädchen und ein Diamant reinsten Wassers, aber leider weit über meinen Möglichkeiten. Sie ist die Enkelin des früheren Herzogs von Wexham und die Nichte des jetzigen

Herzogs. Und ich …" Er machte eine ausgreifende Geste mit tropfenden Händen. „Ich bin nur ein Glücksjäger, vor dem man jede junge Dame mit einer beträchtlichen Mitgift warnt, sobald ich das leiseste Interesse an ihr zeige."

„Mr. Kenney, was würdet Ihr sagen, wenn ich Euch verriete, dass Sir Reginald Montague Miss Braunton nicht weniger Unrecht zugefügt hat als Euch selbst?"

„Unrecht zugefügt?" Mr. Kenney wrang die durchnässte Krawatte energisch aus, wodurch ein Wasserstrahl in die Schüssel troff. „Auf welche Weise?"

„Auf die schlimmste Art und Weise, wie es einem Mann möglich ist, einer Frau etwas anzutun."

„Ich – verstehe", sagte Mr. Kenney langsam. „Und jetzt?"

„Jetzt sieht sich Miss Braunton in der verzweifelten Lage, unbedingt einen Ehemann finden zu müssen, und ihr Onkel, der Herzog, hat ihre Mitgift wesentlich erhöht, um ihr dabei zu helfen."

„Ihr bittet mich, Miss Braunton zu heiraten und Sir Reginald Montagues Bastard als mein eigenes Kind aufzuziehen."

„Ich bitte Euch um überhaupt nichts", widersprach Pickett. „Ich weise nur darauf hin, dass es eine einfache Lösung für sowohl Euer Problem als auch Miss Brauntons geben könnte. Wenn Ihr die Idee interessant findet, könnte es sich lohnen, die Angelegenheit mit Lord Edwin zu besprechen."

„Miss Braunton hat mein Mitgefühl, wirklich. Aber dennoch – Sir Reginalds Bastard ..." Der Ire schüttelte den Kopf. „Was für ein Vater würde ich diesem Kind sein, wenn ich es nicht anschauen könnte, ohne seinen Erzeuger zu sehen?"

„Das Baby könnte genauso gut ein Mädchen sein, das aussieht wie seine Mama – die jeden Tag für den Rest des Lebens auf der anderen Seite des Frühstückstisches zu sehen, kein hartes Schicksal wäre, nur unter uns gesagt", stellte Pickett fest und erntete zur Antwort ein Grinsen von Mr. Kenney. „Auf jeden Fall könnte es eine gewisse Art von Befriedigung sein – eine Art Rache, wenn Ihr so wollt – Sir Reginalds Kind zu einem besseren Menschen zu erziehen, als sein Vater es war – und ihm zu Trotz mit Miss Braunton glücklich zu werden."

„Da habt Ihr irgendwie recht", räumte Mr. Kenney ein. „Und es wäre hassenswert, ein unschuldiges Kind für die Sünden seines Vaters leiden zu sehen; schließlich hat das arme kleine Wesen nie darum gebeten, gezeugt zu werden. Sagt mir, kennt Ihr zufällig Miss Brauntons Ansicht über dieses Thema?"

„Ich muss gestehen, dass ich mir die Freiheit genommen habe, die Angelegenheit ihr gegenüber zu erwähnen und es scheint, dass sie Euch in guter Erinnerung hat. Ich glaube, ich wage mich nicht zu weit vor, wenn ich behaupte, dass Ihr, wenn Ihr ihr in einer solchen Zeit zu Hilfe kämt, ebenso ihre Bewunderung wie ihre Dankbarkeit erwerben würdet."

„Und mächtige Eichen wachsen aus solch kleinen Eicheln", schloss Mr. Kenney und trocknete sich seine Hände an einem Tuch. „Danke, dass Ihr vorbeigekommen seid, Mr. Pickett. Jetzt, nun, ich möchte nicht unhöflich erscheinen, aber wenn Ihr mich entschuldigen wollt, glaube ich, ich würde gerne Lord Edwin Braunton einen Besuch abstatten."

„Gar nicht, Sir, und ich wünsche Euch viel Erfolg, sowohl bei Lord Edwin wie bei seiner Tochter", sagte Mr. Pickett und verabschiedete sich.

17

Die Verführung von John Pickett

Während Pickett die unerfreuliche Gegend von St. Giles verließ, machte Lady Fieldhurst selbst einen Besuch zur Versöhnung. Sie befürchtete, Lady Dunnington hätte ihr noch nicht vergeben, dass sie sich Mr. Pickett in Bezug auf Lord Dunningtons Anwesenheit in der Audley Street in der Nacht von Sir Reginalds Tod anvertraut hatte. Und doch, wie hätte sie anders handeln können, wenn Mr. Pickett so viel für sie tat?

Als sie im Stadthaus der Countess ankam, wurde sie nicht von dem Mädchen Dulcie eingelassen, sondern von Jack, dem Diener. Sie beglückwünschte ihn zu seiner Genesung und wurde bald in den Salon geführt.

„Julia, meine Liebe, komm doch rein", drängte Lady Dunnington, die wie Julia erleichtert feststellte, recht glücklich schien, sie zu sehen. „Ich läute nach Tee, ja?", bot die Countess an und griff nach der Klingelschnur.

„Tee klingt wunderbar", versicherte Lady Fieldhurst ihr und setzte sich auf ihren üblichen Platz am Feuer. „Aber sag mir, Emily, hast du etwas von Lord Dunnington gehört?"

„Nein, und um ehrlich zu sein, ich weiß kaum, ob mir das leid tun oder mich freuen soll", vertraute Emily ihr an. „Einerseits bin ich gespannt zu erfahren, was vor sich geht. Und dennoch, wenn Dunnington verhaftet worden wäre, würde er mir eine Nachricht gesandt haben – glaube ich", fügte sie zweifelnd hinzu.

„Es tut mir aufrichtig leid, dass du durch meine Schuld solche Sorgen hast", sagte Lady Fieldhurst, während sie sich die ganze Zeit bewusst war, dass sie, hätte sie die Entscheidung erneut zu treffen gehabt, sie genau dasselbe hätte tun müssen. Es war absolut furchtbar, zwischen zwei lieben Freunden mit völlig entgegengesetzten Interessen hin und hergerissen zu werden. „In der Tat hatte ich keine Ahnung, dass du dir um Lord Dunnington solche Sorgen machen würdest. Verzeih mir die Frage, Emily, wie – wie kam es, dass die Dinge zwischen euch in eine solche Sackgasse gerieten?"

Lady Dunnington zuckte die Achseln. „Wie passiert so etwas? Kurz nach Kits Geburt entdeckte ich ganz zufällig, dass Dunnington sich eine Geliebte genommen hatte. Zuerst war ich am Boden zerstört, aber als ich mich meiner Mutter anvertraute, sagte sie mir, ich würde viel Lärm um nichts machen. Sie sagte, ich hätte meine Verpflichtung gegenüber Dunnington erfüllt, indem ich ihm zwei Söhne geschenkt hätte, und jetzt könnten wir beide unseren eigenen Neigungen folgen, so wie sie und mein Vater es in den letzten zwei Jahrzehnten getan hätten – das war mir neu, das versichere ich dir! Also habe ich meinen eigenen Liebhaber genommen, obwohl ich zugeben muss, dass es weniger eine Frage der Neigung als ein Versuch war, es Dunnington mit gleicher Münze heimzuzahlen." Von ruheloser Energie überwältigt sprang sie von ihrem Stuhl auf und schnappte sich den Schürhaken vom Kamin und begann dann, in den Kohlen zu stochern. „Ich hätte mir die Mühe sparen können. Falls er es überhaupt mitbekommen hat, ließ es sich nie anmerken."

„Emily, wie alt ist Kit jetzt?"

„Er ist zwölf, und Robin – ich nehme an, ich sollte ihn Viscount Brey nennen, aber für mich wird er immer Robin sein – Robin ist fünfzehn." Emily lächelte, als sie an ihre Söhne dachte, die beide in Eton in der Schule waren. Was auch immer ihre Schwächen als Ehefrau waren, sie war eine hingebungsvolle Mutter, und das war von dem Moment an so gewesen, als ihr der winzige Erbe ihres Mannes in die Arme gelegt worden war.

Zwölf Jahre, dachte Lady Fieldhurst. Ein Dutzend Jahre des Versuchs, die Apathie eines Mannes zu durchbrechen, den sie noch immer liebte. Es schien alles eine solche Verschwendung zu sein. Wäre das ihre eigene Zukunft gewesen, wenn ihr Mann am Leben geblieben wäre und sie in der Lage gewesen, ihm den Erben zu schenken, den er sich so verzweifelt gewünscht hatte?

Sie suchte immer noch mühsam nach etwas, dass sie zu Lady Dunningtons Trost hätte sagen können, als ein leises Klopfen an der Tür ihre Unterhaltung unterbrach.

„Lord Dunnington, Mylady", verkündete Jack, der Diener und trat zurück, um Emilys Herrn und Meister den Raum betreten zu lassen.

„Dunnington!", rief Emily aus und ließ den Schürhaken fallen. „Sag nicht, dass du verhaftet worden bist!"

Er blinzelte angesichts ihrer Heftigkeit. „Wenn ich verhaftet worden wäre, meine Liebe, bezweifle ich, dass ich dich hätte besuchen dürfen, um dich persönlich darüber zu informieren."

Sie legte eine Hand auf ihre Stirn. „Nein, natürlich nicht. Was habe ich mir nur dabei gedacht? Komm doch herein, Dunnington. Ich glaube, du kennst Lady Fieldhurst bereits?"

Der Earl verbeugte sich in Julias Richtung, sprach aber zu seiner Frau. „Ich habe einen Besuch von diesem Kerl von der Bow Street ertragen. Er hatte den Nerv, mich zu fragen, ob ich glaubte, dass du in der Lage wärest, kaltblütig einen Mann zu ermorden."

„Das hat er gefragt? Und was hast du gesagt?"

Lord Dunnington wartete nicht, bis er aufgefordert wurde, sondern setzte sich auf das Sofa. „Was denn wohl? Ich habe ihm gesagt, wenn du dazu imstande wärest, würde ich seit mindestens zehn Jahren oder länger tot sein."

„Wirklich, Dunnington!", tadelte Emily und unterdrückte ein unfreiwilliges Lachen. „Du wirst bei ihm den merkwürdigsten Eindruck von mir erwecken!"

„Er scheint bereits ein paar seltsame Vorstellungen zu haben", bemerkte der Earl und runzelte bei der Erinnerung an diese Befragung die Stirn. „Aber er sagte etwas, das mir seltsam vorkam. Er erzählte mir, du hättest versucht, die Information, dass ich an jenem Abend deine Dinergesellschaft unterbrochen hätte, zurückzuhalten versucht. Ich würde gerne wissen, aus welchem Grund."

Lady Dunnington, die sich wie ein Fuchs bei der Jagd in die Enge getrieben fühlte, wedelte aufgeregt mit einer Hand. „Der Skandal, weißt du – wir müssen an die Jungen denken."

„Die Jungen. Natürlich", näselte der Earl.

„Mylord, ich fürchte, ich war es, der Mr. Pickett von Eurer Anwesenheit an jenem Abend erzählt hat", gestand Lady Fieldhurst. „Ich hätte es nicht getan, wenn ich nicht das größte Vertrauen in Mr. Picketts Urteilsvermögen hätte."

„Nein, nein, Ihr habt ganz richtig gehandelt, Mylady", versicherte Lord Dunnington ihr und wandte sich dann wieder seiner Frau zu. „Emily, so sehr ich deinen Versuch schätze – die Jungen zu schützen, glaube ich doch, dass es bei solchen Angelegenheiten gewöhnlich das Beste ist, bei der Wahrheit zu bleiben, soweit einem das möglich ist. Trotzdem ..." Er brach ab und schaute stirnrunzelnd ins Feuer.

„Trotzdem – was?", bohrte Lady Dunnington nach.

„Wenn der Kerl wiederkommt und dich belästigt und meint, du hättest etwas mit Sir Reginalds Tod zu tun, musst du nur nach mir schicken, dann werde ich mich bei seinem Richter über ihn beschweren."

Emily nickte. „Ich danke dir, Dunnington."

„Das wird mit Sicherheit nicht nötig sein", protestierte Lady Fieldhurst.

Er warf ihr einen, wie Julia fand, äußerst finsteren Blick zu. „Ich bin nicht überrascht, dass Ihr zu seiner Verteidigung kommt, Mylady. Ihr scheint einen ziemlich leidenschaftlichen Fürsprecher in Eurem jungen Mr. Pickett zu haben."

Sie hätte viel gegeben, um zu wissen, was Mr. Pickett gesagt hatte, um eine solche Bemerkung auszulösen, aber sie konnte kaum fragen. Stattdessen nickte sie nur. „Er – er ist mir ein sehr guter Freund gewesen."

Tatsächlich war er viel mehr als das gewesen – und wurde für seine vielen Freundschaftsdienste an ihr sehr schäbig belohnt. Vielleicht hätte sie härter für ihn kämpfen sollen, hätte verlangen sollen, dass Mr. Crumpton eine Lösung für ihr Dilemma fände, die nicht die Demütigung eines unschuldigen und ehrenwerten Mannes erfordern würde. Wie diese Lösung aussehen könnte, wusste sie nicht, aber der Anwalt hätte sich sicherlich etwas einfallen lassen können, wenn man bedachte, welch verschwenderisches

Honorar ihm aus dem Nachlass von Fieldhurst bezahlt wurde. Sie hätte darauf bestehen sollen.

In diesem Moment öffnete sich die Tür, um Dulcie mit dem Teetablett hereinzulassen. „Oh, Mylady, ich habe nur zwei Tassen mitgebracht!", rief sie bestürzt aus, als sie Lord Dunnington sah. „Ich werde nach unten laufen und noch eine holen, oder?"

„Nein, nein, das wird nicht nötig sein", widersprach der Earl und stand auf. „Ich will deinen Tee nicht stören, Emily, aber du wirst mir Nachricht schicken, wenn du mich brauchst, ja?"

„Ja, Dunnington, das werde ich tun. Ich danke dir." Nachdem er fort war, starrte sie die Tür an, durch die er hinausgegangen war. „Nun ja", murmelte sie und ihre Stimme klang fast wie ein Schnurren. „Was soll man davon halten?"

*****

Als er Mr. Kenneys billige Unterkunft verließ, konnte Pickett nicht anders, als mit dem Besuch zufrieden zu sein, so wenig er auch dabei geholfen haben mochte, die Identität von Sir Reginalds Mörder zu entdecken. Obwohl sein Richter vielleicht anderer Meinung gewesen wäre, hielt Pickett den Morgen doch für sinnvoll genutzt. Aber jetzt war der Morgen weit fortgeschritten, und er musste eine Verabredung einhalten.

Da Pickett nicht damit gerechnet hatte, dass er sich tatsächlich einer Untersuchung unterziehen musste, hatte er sich kaum Gedanken darüber gemacht, was eine solche bedeuten könnte. Aber als er zu Fuß in Richtung Harley Street ging, begann er nachzudenken. Wie könnte man so etwas beweisen (oder widerlegen, wie der Fall lag), wie es Mr. Crumpton vorgeschlagen hatte?

Das sollte er leider bald herausfinden. Als er das hohe Backsteingebäude erreichte, in der Doktor Humphrey lebte und praktizierte, wurde er an der Tür von dem Arzt selbst empfangen, der ihn breit anlächelte. Das, so dachte Pickett später, hätte seine erste Warnung sein müssen.

„Ah, Mr. Pickett, nicht wahr?", begrüßte ihn der Arzt jovial. „Ja, ich habe Euch bereits erwartet. Kommt doch herein!"

Sobald sie drinnen waren, führte er Pickett zu einem kleinen Hinterzimmer, das wie ein bescheidenes Wohnzimmer eingerichtet war, mit einem Sofa an einer Wand und einem Schreibtisch und einem Stuhl in einer Ecke.

Er deutete auf das Sofa. „Nehmt doch Platz, Mr. Pickett, dann können wir anfangen. Mädchen", rief er jemandem, der sich anscheinend in einem anderen Raum befand, zu, „Mr. Pickett ist hier."

Pickett saß auf dem Sofa und sah mit wachsendem Misstrauen, wie sich eine Seitentür öffnete, um zwei Frauen einzulassen, eine dunkle und eine blonde. Keine war in ihrer ersten Jugendblüte – Pickett schätzte, dass sie mindestens Anfang dreißig waren – doch sie waren beide noch bemerkenswert attraktiv. Als die Frauen den Raum betraten, drang Sonnenlicht aus den Fenstern durch ihre dünnen, tief ausgeschnittenen Gewänder und enthüllte die Tatsache, dass sie, wenn überhaupt, sehr wenig darunter trugen. Er befürchtete sehr, dass er es bald genauer herausfinden würde.

„Diese schönen Damen sind Electra und Persephone", erklärte der Arzt. „Sie werden bei der Untersuchung assistieren."

Pickett schaute von einer Frau zur anderen und bemühte sich, seinen Blick nicht tiefer fallen zu lassen als bis zum Kinn der Damen. Er fragte sich flüchtig, ob auch jede von ihnen etwas gezahlt werden würde. „Wer – wer ist Electra und wer ist Persephone?"

„Ich", sagten beide gemeinsam.

Der Arzt setzte sich an den Schreibtisch und war bereit, den Vorgang mit klinischer Distanz zu beobachten. Die beiden Frauen nahmen auf dem Sofa Platz, eine zu jeder Seiten Picketts, und schoben eine Hand durch seinen Arm, während die andere sich frei bewegte.

Pickett wimmerte.

*****

Die folgende halbe Stunde war das demütigendste Erlebnis in einem Leben, das sich ohnehin nie durch einen besonders hohen Grad an Würde ausgezeichnet hatte. Pickett schaffte es, der Tortur mit intakter Unschuld zu entkommen, aber er war sehr wenig zufrieden mit der Schlussfolgerung des

Arztes, dass die Untersuchungsergebnisse tatsächlich würden gefälscht werden müssen. Hochrot vor Scham, äußerst verlegen und zutiefst gedemütigt verließ er den medizinischen Bezirk der Harley Street, brachte es aber nicht über sich, zur Bow Street zurückzukehren; er konnte sich den zu scharfsinnigen Fragen oder dem zu klarsichtigen Blick seines Richters nicht aussetzen. Stattdessen wandte er sich in Richtung Audley Street und hämmerte bald mit einer aus Verzweiflung geborenen Kraft an die Souterrain-Tür zum Dienstbotentrakt.

„Ja, ja, ich komme ja schon!", rief Dulcie ungeduldig, als sie die Tür öffnete. „Was ist denn – *John!*"

Sie hatte keine Ahnung, warum er kam oder was mit ihm passiert war, aber der Ausdruck völliger Verwüstung in seinem Gesicht sprach für sich. Sie öffnete ihm ihre Arme und er fiel in ihre Umarmung.

Er war zu ihr gekommen, um sich trösten zu lassen, doch der Trost wurde bald zu Verlangen und das Verlangen zu Leidenschaft. Innerhalb weniger Minuten hatte er sie an die Wand gedrückt und küsste sie mit all dem frustrierten Verlangen, das er nach einer anderen verspürte. Sie erwiderte seinen Kuss mit der gleichen Intensität (wenn auch aus einem ganz anderen Grund), und es dauerte einige Minuten, bis ein leichtes Geräusch von oben in sein Bewusstsein eindrang. Er brach den Kuss ab und schaute auf.

Lady Fieldhurst stand auf dem Bürgersteig und starrte

durch die schwarzen schmiedeeisernen Geländer auf ihn herab.

*****

Lady Fieldhurst, die Lady Dunningtons Haus etwa zehn Minuten nach dem Abschied des Earls verließ, war nicht so schockiert wie vielmehr amüsiert, als sie ein Hausmädchen der Countess in einer leidenschaftlichen Umarmung mit ihrem jungen Burschen erblickte. Aber im nächsten Moment erkannte sie sowohl das Mädchen als auch seinen Verehrer und jede Spur der Belustigung verflog. Ihr erstickter Schrei genügte, um das Paar darauf aufmerksam zu machen, dass sie nicht mehr allein waren. Die männliche Hälfte des Paares blickte auf und ihre Welt begann, sich um die eigene Achse zu drehen.

Sie hatte nie erwartet, dass er völlig ohne weibliche Gesellschaft auskäme; immerhin war er jung und sympathisch, und wenn sie das sehen konnte, waren sich die Frauen seines eigenen Standes dessen sicherlich ebenso bewusst. Tatsächlich hatte sie ihn schon einmal in Begleitung einer jungen Frau gesehen, eines dunkelhaarigen Mädchens mit scharfgeschnittenem Gesicht und einer grauenhaften lila Haube. Sie war damals durch seine Wahl bestürzt gewesen, da sie wusste, dass er etwas Besseres verdiente als eine Frau, die offensichtlich vom Haymarket war. Aber Dulcie! Dulcie war hübsch und nett und anständig. Und in diesem Moment hasste sie das Mädchen mit einer Intensität, die sie nie für die dreisteste von Fredericks Geliebten empfunden hatte.

Sie wandte ihre Augen von Pickett ab, wandte sich schnellstens von dem sich umarmenden Paar ab und platzte ohne zu klopfen durch die Vordertür, zur schockierten Missbilligung von Jack, dem Diener, der erst an diesem Morgen auf seinen Posten zurückgekehrt war, nur, um festzustellen, dass die Welt, wie er sie kannte, untergegangen war, während er auf dem Krankenbett gelegen hatte. Zuerst der Mord im Foyer und jetzt Besucher, die in das Haus und herausstürmten, ohne auch nur um Erlaubnis zu bitten!

„Übel!", keuchte Lady Fieldhurst und schlug beide Hände vor ihren Mund. „Übel!"

Jack interpretierte diese kryptische Bemerkung und die sie begleitende Geste richtig, riss einen Strauß Herbstrosen aus einer Kristallschale, die einen Beistelltisch schmückte, und hielt die Schale unter Myladys Nase. Er kam gerade noch rechtzeitig, bevor ihr furchtbar schlecht wurde.

„Julia, bist du das?" Lady Dunnington, die den Lärm vom Salon aus gehört hatte, kam ins Foyer, um nachzuschauen. „Liebe Güte! Was ist denn hier los? Hier, Jack, gib mir die Schüssel. Ich werde mich um Lady Fieldhurst kümmern, während du ihr ein Glas Wasser holst."

Nachdem sie den Diener mit diesem Auftrag weggeschickt hatte, lenkte sie die zitternde Viscountess in den Salon, drückte sie in einen Sessel und stellte die Schüssel in ihren Schoß.

„So, meine Liebe, jetzt erhole dich erst einmal. Vielleicht lag es nur an etwas, das du gegessen hast und es wird dir gleich wieder besser gehen, nachdem es aus deinem Magen heraus ist. Es sei denn …" Ihre Augen wurden groß, als ihr ein neuer Gedanke kam, und sie rechnete rasch an ihren Finger nach. „Es ist erst sechs Monate her, seit Frederick gestorben ist. Julia, meine Liebe, ist es möglich, dass du endlich …?"

„Natürlich nicht!", sagte Lady Fieldhurst ungeduldig. „Sehe ich so *aus*, als wäre ich im sechsten Monat schwanger?"

„Nein, aber es kommt oft vor, dass es erst recht spät zu sehen ist beim ersten Kind, wenn man sich vorsichtig schnürt – aber wenn nicht, was ist dann passiert, um dich so krank zu machen? Sag mir nicht, dass noch eine Leiche herumliegt!"

„Nein!" Lady Fieldhurst schüttelte heftig den Kopf. „Schlimmer!"

„Schlimmer als eine Leiche?" Lady Dunnington zermarterte sich das Gehirn. „*Zwei* Leichen?"

„Es waren sicherlich zwei, aber sie waren sehr lebendig."

„Was denn, Julia? Meine Liebe, du machst mir Angst!"

„Mein Mr. Pickett hat deine Dulcie geküsst!", rief sie und brach in Tränen aus.

„*Dein* Mr. Pickett? Nachdem du mir seit einer Ewigkeit predigst, dass er *nicht* dein Mr. Pickett wäre!"

„Ist er nicht", schluchzte Lady Fieldhurst. „Er ist *ihrer*!"

„Willst du sagen, *Mr. Pickett* wäre der junge Mann, mit

dem sie ausgeht? Wie, ich könnte wetten, dass sie ihn erst seit der Nacht kennt, in der Sir Reginald getötet wurde. Das schamlose Luder! Sie hat offensichtlich keine Zeit verloren, wie? Soll ich sie rauswerfen?"

Lady Fieldhurst tastete in ihrem Reticule nach einem Taschentuch. „Nein, das darfst du nicht meinetwegen tun", sagte sie und beherrschte mühsam ihre Tränen. „Ich habe keinen wirklichen Anspruch auf ihn, also steht es ihm frei, sich mit jeder Frau abzugeben, die ihm gefällt. Außerdem, wenn du sie entlässt, weil sie ihn ermutigt, könnte er sich tatsächlich verpflichtet fühlen, sie zu heiraten, denn so edel, selbstlos und ..." Ihre Stimme versagte und sie brach erneut in Tränen aus.

Doch beim Klang eines leisen Klopfens an der Tür kam ihre jahrelange Übung von Selbstbeherrschung zu Hilfe. Sie trocknete ihre Augen und tupfte ihre Nase trocken, und als Pickett in der Tür erschien, war sie imstande, ihn mit anscheinender Gelassenheit zu begrüßen.

„Mylady", sagte Pickett zu Lady Dunnington, „darf ich kurz mit Lady Fieldhurst sprechen? Unter vier Augen, bitte."

Lady Dunningtons Augenbrauen hoben sich bei dieser selbstherrlichen Behandlung. „Wollt Ihr mich aus meinem eigenen Haus hinauswerfen, Mr. Pickett?" Als sie jedoch einen flehenden Blick von Lady Fieldhurst auffing, erhob sie sich und nahm die Schüssel an sich. „Oh, na gut, wenn Ihr darauf besteht. Vielen Dank für deine Hilfe, Julia, ich hatte wohl etwas gegessen, das mir nicht bekommen ist. Ich bin im Zimmer nebenan, wenn du mich also brauchen solltest, musst du nur rufen."

Pickett betrat den Raum und nickte Lady Dunnington zu, als sie ihn durch dieselbe Tür verließ, durch die er gerade hereingekommen war. Er schloss die Tür hinter ihr und damit waren die Viscountess und ihr Ehemann, der Diebfänger, allein. Sie ertappte sich, wie sie auf seinen Mund starrte. Sie hatte lange gedacht, er hätte den Mund eines Dichters, mit einem perfekten Amorbogen oben und einer vollen Unterlippe. War es nur ihre Einbildung, oder war er jetzt leicht voller, geschwollen durch seine gerade beendeten ... Aktivitäten? Sie verspürte den plötzlichen Drang, ein nasses Tuch zu finden und seine Lippen zu reiben, bis sie wund waren.

Sie schob den Gedanken beiseite und wagte ein eher schwaches Lächeln. „Ich muss nur rufen, wenn ich sie brauche", sagte sie. „Wirklich, ich frage mich, was sie denkt, dass Ihr mir antun wollt?"

„Mylady", sagte Pickett und ignorierte diesen zugegeben schwachen Witz, „was Ihr dort draußen gesehen habt, war – Ihr müsst Euch nicht kränken, weil ..."

Sie hob eine zitternde Hand, um ihm zuvorzukommen. „Bitte, sagt nichts weiter, Mr. Pickett. Mir ist klar, dass ich keine Ansprüche auf Euch geltend machen kann, außer, dass wir durch einen unglücklichen Zufall ein rechtliches Band haben. Ihr seid mir keinerlei Erklärung schuldig."

„Ich wollte Euch nur versichern, Mylady, dass ich nichts getan habe – weder mit Dulcie noch mit jemand anderem – das die Annullierung in – in irgendeiner Weise gefährden könnte."

Die Annullierung? Sie konnte ihren Blick nicht vom Mund des Mannes losreißen und er dachte, sie machte sich Sorgen wegen der *Annullierung*? Doch sicher war es besser, ihn weiter in diesem falschen Glauben zu lassen.

„Vielen Dank, Mr. Pickett", sagte sie steif. „Es – es ist nett von Ihnen, mich das wissen zu lassen."

Danach schien es nichts mehr zu sagen zu geben. Sie verharrten einen langen Moment dort und taten so, als starrten sie einander nicht an, er direkt an der Tür, sie auf dem Sessel, in den Lady Dunnington sie gedrückt hatte. Schließlich machte Pickett einen ungeschickten Schritt nach hinten in die Richtung auf die Tür, durch die er gekommen war.

„Ich sollte besser gehen", sagte er und machte eine vage Geste zur Vordertür des Hauses.

Wohin, fragte sie sich. In die Bow Street oder zurück zu Dulcie? Sie wollte es unbedingt wissen, hatte aber kein Recht, danach zu fragen, keinerlei Recht. Sie nickte zum Abschied – sie traute sich nichts zu sagen – und als sie wieder aufschaute, war er fort.

18

*In dem John Pickett siegreich ist,
doch in der Liebe verliert*

Pickett stapfte verzweifelt die Audley Street hinunter. Die Erniedrigung, die er in der Harley Street erlitten hatte, wurde durch ein größeres Unglück aus seinen Gedanken vertrieben. Wenn er zuvor Zweifel an seiner Werbung für Dulcie gehegt hatte, kannte er jetzt seine Antwort. Sie hatte deutlich genug gemacht, dass sie seinen Aufmerksamkeiten nicht abgeneigt war, aber es war falsch, sie zu ermutigen, auf mehr zu hoffen, als er geben konnte. Er würde keine Frau heiraten, der er nicht sein ganzes Herz schenken konnte, und Dulcie könnte er nie sein Herz schenken; dieses Organ gehörte unwiderruflich einer Frau, die er niemals würde haben können. Und wenn er hundert Jahre alt würde, könnte er nie den verstörten Ausdruck auf Lady Fieldhursts Gesicht vergessen, als sie durch das schmiedeeiserne Geländer hindurch auf ihn hinabstarrte ...

Seine gewöhnlich raschen Schritte wurden langsamer, als er über das Bild nachdachte, dass sich ihm für alle Ewigkeit ins Gedächtnis eingebrannt hatte. Er konnte noch immer ihr Gesicht sehen ... *Er konnte ihr Gesicht sehen!* Seine Schritte kamen zum Stillstand, als ihm die Auswirkungen dieser Erinnerung zu dämmern begannen. James, der Diener aus dem Haus drei Türen weiter, hatte niemanden das Haus verlassen sehen. Und auch niemand anders aus den Häusern auf der anderen Straßenseite. Jedoch hatte er Lady Fieldhurst gesehen, wenn auch nur teilweise, bedingt durch die Tatsache, dass sie etwas über dem Straßenniveau gestanden hatte, während er sich mehrere Fuß darunter befand. Dennoch hatte er sie recht deutlich gesehen.

Er drehte sich abrupt um und ging die Straße zurück. Er hielt nicht bei Lady Dunningtons Haus an, sondern ging direkt daran vorbei und zählte eine, zwei, drei Türen weiter. Er schoss hinter das schmiedeeiserne Geländer und ging die Stufen zum Dienstboteneingang hinunter, wo er an die Tür klopfte. Während er darauf wartete, dass jemand von der verbliebenen Dienerschaft ihm öffnete, zog er sein Notizbuch aus der Innentasche seines Rocks und blätterte die Seiten durch. Bis ein Küchenmädchen mit weit aufgerissenen Augen die Tür öffnete, hatte er die Angaben gefunden, die er suchte.

„Ist dies das Haus der Fanshaws?", fragte er hastig.

Ihr Kopf bewegte sich heftig auf und ab. „Ja, das ist es,

ihr Stadthaus, aber der Herr und die Herrin sind für den Winter zurück nach Yorkshire gereist."

„Ist schon gut, ich brauche nicht ..." Pickett bemerkte, dass er zu hastig vorging, hielt inne und versuchte es erneut. „John Pickett von der Bow Street, Miss. Ich glaube, es gibt einen Lakaien namens James, der hier arbeitet. Ich würde gerne mit ihm sprechen, bitte."

„Die Bow Street ist hinter unserem James her?", schrie das Mädchen, ihre Stimme fast kreischend erhoben.

„James ist keineswegs in Schwierigkeiten, das versichere ich Euch", warf Pickett hastig ein. „Ich würde nur gerne mit ihm sprechen, wenn das möglich wäre."

„Ich weiß nicht, ob ich Euch einlassen darf, solange der Herr und die Herrin nicht anwesend sind", gestand das Mädchen. „Trotzdem, wenn Ihr hier warten wollt, schicke ich ihn zu Euch hinaus."

„Das wäre völlig in Ordnung."

Mit einem letzten, misstrauischen Blick auf Pickett schloss das Mädchen die Tür. Nach kurzer Zeit öffnete sie sich wieder, diesmal erschien derselbe Lakai, an den er sich aus der Nacht von Sir Reginalds Tod erinnerte.

„James, nicht wahr?", fragte Pickett, obwohl er die Antwort bereits aus den Notizen kannte, die er sich in der Nacht des Mordes gemacht hatte.

„Ja, Sir. Ihr seid von der Bow Street, nicht wahr? Ich erinnere mich an Euch, aber ich fürchte, nicht an Euren

Namen."

„Pickett, aber das ist nicht wichtig. Ich muss Euch eine Frage zum Mord an Sir Reginald Montague stellen."

„Die will ich Euch gerne beantworten, wenn ich kann, aber ich fürchte, ich habe Euch schon alles gesagt, was ich weiß."

„Wenn ich etwas frage, was Ihr nicht wisst, braucht Ihr das nur so zu sagen. Jetzt möchte ich, dass Ihr Euch bitte an diese Nacht erinnert. Ihr sagtet ..." Pickett schaute in seine Notizen. „Ich hörte den Schuss und einen Moment später kam dieses Ding über das Geländer geflogen. Es rutschte klappernd die Stufen herab und landete fast zu meinen Füßen." Pickett hob den Kopf und schaute den Lakaien an. „Ist das korrekt?"

James nickte. „Ja. Das ist nichts, was man so leicht vergessen würde."

„Denkt bitte sorgfältig nach. Habt Ihr unmittelbar nach dem Schuss jemanden das Haus der Dunningtons verlassen sehen?"

„Ich habe niemanden nicht gesehen", beharrte der Diener. „Ich schwöre bei Gott, niemanden."

„Oh, ich glaube Euch", versicherte ihm Pickett. „Was ich jetzt wissen möchte, ist, *warum* habt Ihr niemanden gesehen? Habt Ihr hochgeschaut, als Ihr den Schuss hörtet? Ich habe es so verstanden, dass Eure Aufmerksamkeit zu diesem Zeitpunkt, äh, anderweitig in Anspruch genommen war."

James grinste. „Ich will ja nicht abstreiten, dass meine Polly einen ganz schön ablenken kann, aber ich kann mir keine Frau vorstellen, die imstande wäre, einen Kerl einen Schuss nicht bemerken zu lassen, der quasi direkt über seinem Kopf abgefeuert wird – vor allem, wenn er einen Moment lang fürchtet, die Waffe hätte auf ihn gerichtet sein können! Nein, Mr. Pickett, es stimmt, dass ich beschäftigt war, aber als ich den Schuss hörte – nun, ich habe Polly nach drinnen gestoßen, aber ich schwöre, dass ich meine Augen nie von dem Geländer abgewandt habe, aus Angst, dass die nächste Kugel ihr Ziel treffen könnte! Doch ich sah niemanden, nur die Pistole, wie ich gesagt habe."

Niemand hatte gesehen, wie jemand das Haus nach dem Schuss verlassen hatte, und dennoch wusste Pickett – würde er es jemals vergessen? –, dass jemand, der das Haus verließ, für James leicht sichtbar gewesen sein musste, der fast an derselben Stelle gestanden hatte, an der er nur Momente zuvor gestanden und Lady Fieldhurst gesehen hatte. Die logische Schlussfolgerung – nein, die *einzige* Schlussfolgerung – war, dass niemand beim Gehen gesehen worden war, weil niemand gegangen war. Die Person, die Sir Reginald erschossen hatte, war noch im Haus gewesen.

„Danke, James, Ihr wart hilfreicher, als Euch bewusst ist."

„Werde ich – werde ich ein Held sein?", fragte James hoffnungsvoll, der anscheinend nicht nur damit zufrieden war, seine Rolle in dem kleinen Drama bekannt werden zu lassen, sondern sich zu diesem Zeitpunkt tatsächlich auf diese Erfahrung freute.

„Ich denke, es besteht eine sehr gute Chance, dass Ihr vor Gericht werdet aussagen müssen", sagte Pickett zu ihm.

Der Diener schien mit dieser Antwort hochzufrieden zu sein, und Pickett vermutete, dass James keine Zeit verlieren würde, Lady Dunningtons Küchenmädchen Polly von dieser erfreulichen Entwicklung in Kenntnis zu setzen. Pickett runzelte bei dem Gedanken die Stirn. Es wäre nicht gut, wenn sich das herumspräche, bevor er dazu bereit wäre. Wenn er bei Lady Dunningtons Haus vorbeikäme, würde er anhalten und – nein, das würde er nicht. Lady Fieldhurst würde immer noch da sein, und er konnte es sich nicht erlauben, sich ablenken zu lassen, nicht in diesem Stadium der Ermittlungen.

Daher schritt er mit gemischten Gefühlen an Lady Dunningtons Tür vorbei und begab sich direkt zur Bow Street.

„John!", rief Mr. Colquhoun aus, der ungeduldiger gewartet hatte, als er zugeben wollte, dass sein jüngster Läufer von seinem Termin in der Harley Street zurückkehren würde. „Wie ist es gelaufen?"

„Sehr gut, danke", sagte Pickett abgelenkt, da seine Aufmerksamkeit darauf gerichtet war, eine Nachricht zu kritzeln, die Lady Dunnington so schnell wie möglich zugestellt werden sollte.

Mr. Colquhoun hob die Augenbrauen. Aus dem, was er

317

über das Annullierungsverfahren gelesen hatte, konnte er sich denken, dass einige junge Männer im Alter von vierundzwanzig Jahren die Erfahrung als angenehm genug empfanden (insbesondere, wenn sie wussten, dass sie in diesem speziellen Bereich keine Schwierigkeiten hatten), aber er hätte nicht angenommen, dass sein eher naiver junger Schützling dazu zählen würde. Tatsächlich hatte er befürchtet, der Junge würde mehr als nur ein wenig traumatisiert von der Tortur in die Bow Street zurückkehren.

„Habt Ihr einen Moment Zeit, Sir?", fragte Pickett. „Ich denke – ich glaube, ich werde Euch brauchen, um einen Haftbefehl auszustellen."

Der Richter sah ihn scharf an. „Ihr habt etwas entdeckt."

„Ich glaube schon, Sir."

„Würdet Ihr mich bitte aufklären?"

Das tat Pickett. Am Ende seines Vortrags wiegte Mr. Colquhoun sein Haupt hin und her. „Ich weiß nicht, John. Ihr könntet recht haben – in der Tat halte ich das für sehr wahrscheinlich – aber der größte Teil Eurer Beweise scheinen Indizien zu sein. Ich bin nicht sicher, dass die Anklage je vor Gericht bestehen könnte."

„Ich bin mir dessen bewusst, Sir, aber ich glaube nicht, dass es konkretere Beweise gibt."

„Ein unbeweisbarer Fall also."

„Vielleicht nicht, Sir. Tatsächlich hoffe ich, ein Geständnis erzwingen zu können."

„So?" Die buschigen weißen Augenbrauen des Richters zogen sich über dem Nasenrücken zusammen und er musterte seinen jüngsten Läufer streng. „Und was, wenn es Euch nicht gelingt?"

Pickett seufzte. „Dann, fürchte ich, werde ich mich ziemlich zum Narren machen und der Fall bleibt ungelöst."

„Das ist nicht am Ende das eigentliche Ziel, oder?"

Pickett erstarrte bei dieser Unterstellung. „Mich zum Narren zu machen? Oh, ich verstehe: einem Mörder zu erlauben, der Gerechtigkeit zu entkommen. Ich denke doch, dass ich meine Pflichten kenne."

„Na gut", räumte Mr. Colquhoun mit offensichtlicher Zurückhaltung ein, „Ihr sollt Euren Haftbefehl haben. Es gefällt mir nicht, ein solches Risiko einzugehen, aber ich fürchte, Ihr habt recht, wenn Ihr sagt, es wäre unsere einzige Hoffnung, einer Verurteilung zu erreichen."

„Vielen Dank, Sir. Und könnt Ihr ein paar Mann von der Fußpatrouille zu meiner Begleitung entbehren?"

„Natürlich, wenn Ihr das wünscht, aber warum? Erwartet Ihr, dass die Situation gefährlich werden könnte?"

„Nein, Sir, nicht gefährlich, aber sie könnte – unangenehm werden."

Der Richter lachte in sich hinein. „Ja, das kann ich mir vorstellen." Er unterschrieb den Haftbefehl schwungvoll, streute dann Sand über das Papier, um die nasse Tinte aufzusaugen, rollte es zusammen und reichte es über das

Geländer weg zu Pickett. „Dann viel Glück. Ich erwarte morgen früh einen vollständigen Bericht."

Pickett nickte zustimmend, nahm dann den Haftbefehl, steckte ihn in seinen hohlen hölzernen Stab und kehrte zu der Notiz zurück, die er geschrieben hatte. Er hatte einen geschäftigen Abend vor sich und sein Erfolg oder Misserfolg könnte von Lady Dunningtons Zusammenarbeit abhängen.

*****

Er kam an diesem Abend in der Audley Street an, begleitet von zwei Mitgliedern der Fußpatrouille, die in die charakteristischen roten Westen gekleidet waren, die ihnen den Spitznamen „Rotkehlchen" eingebracht hatten. Alle, die an der schicksalhaften Dinergesellschaft teilgenommen hatten, waren bereits im Salon versammelt, einschließlich Lord Dunnington, dem ungebetenen Gast; Lady Dunnington hatte ihn nicht enttäuscht, obwohl die Spuren von Anspannung um ihre Augen und ihren Mund darauf hindeuteten, dass sie wenig Freude daran hatte, seine Bitte zu erfüllen. Tatsächlich bemerkte Pickett, als er gemeldet wurde, eine plötzliche Bewegung und stellte fest, dass seine Gastgeberin die Hand ihres Mannes ergriffen hatte und sie nun so fest umklammerte, dass ihre Knöchel weiß wurden. Wie Pickett erfreut bemerkte, tätschelte Lord Dunnington ihre Hand mit seiner freien, während er Pickett anfunkelte, als ob er ihn davor warnen wollte, irgendwelche Anschuldigungen gegen sie zu erheben.

„Nehmt doch Platz, Mr. Pickett", drängte ihn Lady Dunnington. „Ich habe es so verstanden, dass Ihr uns etwas Wichtiges mitzuteilen habt. Ich kann Euch versichern, dass wir alle sehr gespannt vor Neugier sind."

„Gespannt" war nicht das Wort, das er gewählt hätte. Sein Blick wanderte instinktiv zu Lady Fieldhurst, die er steif auf einem Stuhl nahe dem Feuer sitzen sah, von wo aus sie ihn mit einem betroffenen Ausdruck in ihren blauen Augen anschaute. Er fragte sich, ob sie überhaupt an Sir Reginalds Mord oder eher an seinen eigenen scheinbaren Verrat am frühen Nachmittag dachte. Lord Edwin Braunton und Mr. Kenney saßen nebeneinander auf dem Sofa. Pickett fragte sich, ob ihre Nähe anzeigte, dass sie eine Einigung wegen Miss Brauntons erzielt hatten. Hauptmann Sir Charles Ormond wirkte leicht verärgert, aus einem solchen Grund von seinem Regiment fortgerufen worden zu sein, Lord Rupert schien sich wie üblich zu langweilen, und Lord Dernham schien innerlich vor Feindseligkeit zu kochen.

„Verzeihung, Sir", murmelte eine weibliche Stimme an Picketts Schulter. „Möchtet Ihr etwas trinken, Mr. Pickett?"

Er blickte nach unten und sah, dass Dulcie ein silbernes Tablett mit Sherrygläsern anbot. Obwohl sie ihn förmlich und mit bescheiden niedergeschlagenen Augen ansprach, sah sie ihn mit einem verschwiegenen Lächeln durch ihre Wimpern an. Pickett war etwas überrascht zu bemerken, dass sie keine Ahnung hatte, dass alles zwischen ihnen vorbei war.

Er schüttelte den Kopf. „Nein, vielen Dank." Als Dulcie sich in eine versteckte Ecke des Raumes zurückzog, setzte sich Pickett auf den einzig verbliebenen freien Stuhl und überließ es den Männern der Fußpatrouille, an beiden Seiten der Tür Stellung zu beziehen. „Ich danke Euch allen für Euer Erscheinen, und das so kurzfristig. Ich dachte, da die meisten von Euch früher oder später unter Verdacht gestanden haben, wäret Ihr alle gespannt auf die Ergebnisse der Ermittlungen." Es war mehr als das, natürlich viel mehr, aber das war alles, was sie wissen mussten, und es schien genug zu sein.

„Wollt Ihr damit sagen, dass Ihr wisst, wer Sir Reginald getötet hat?", verlangte Lord Dernham zu erfahren und beugte sich auf seinem Platz vor.

„Ich glaube es, ja."

Ein halbes Dutzend Augenpaare huschten durch den Raum und trafen sich kurz, bevor sie zurückscheuten, um keinem weiteren rätselnden Blick zu begegnen. *Wart Ihr es?*, schienen sie einander zu fragen. *Oder Ihr?*

„Von Beginn an war klar, dass fast alle von Euch Grund hatten, Sir Reginald zu hassen, doch mir schien, dass zwei von Euch, Lord Dernham und Hauptmann Sir Charles, zwingendere Gründe hätten als die anderen." Er wandte sich an den Hauptmann. „Ich gestehe, Hauptmann, Ihr habt eine Zeit lang ganz oben auf meiner Liste gestanden. Ihr hättet die Dinge für uns beide wesentlich einfacher machen können, wenn Ihr daran gedacht hättet zu erwähnen, dass Euer Pferd auf dem Rückweg zur Kaserne, nachdem Ihr die Audley Street verlassen hattet, ein Hufeisen verloren hatte."

Der Hauptmann lachte widerwillig auf. „Bitte um Verzeihung, Mr. Pickett. Das habe ich nicht absichtlich unterlassen, kann ich Euch versichern. Ich kann nur Verwirrung als Entschuldigung angeben, da die Inspektion am nächsten Morgen mich das völlig hatte vergessen lassen."

„Schon gut, Sir. Soweit ich feststellen konnte, gab es ein weiteres Problem mit Eurem Motiv, was auch für Lord Dernhams völlig verständlichen Hass auf Sir Reginald zutraf."

„Der Zeitablauf", vermutete Lord Dernham.

Pickett nickte. „Genau. Ich nehme an, beide von Euch haben sehnsüchtig daran gedacht, Sir Reginald Leid zuzufügen, als Eure Verluste noch frisch waren, aber in Eurem Fall war es drei Jahre her, Mylord, und beim Hauptmann fast ein Jahrzehnt. Ich konnte nicht verstehen, warum einer von Euch jetzt hätte Rache nehmen sollen, nachdem Ihr es geschafft hattet, Euch seinerzeit zu beherrschen. Ich fragte mich, was in Sir Reginalds Vergangenheit Eure Kränkungen in einem solchen Maße wieder in Erinnerung gerufen haben könnte – nicht, dass sie je vergessen gewesen wären, natürlich", fügte er rasch hinzu, da er Lord Dernhams Einwand vorausahnte. „Doch das einzig bedeutsame Ereignis, das ich in der letzten Zeit von Sir Reginalds Leben finden konnte, war die bevorstehende Heirat

323

seiner Tochter mit dem Marquess von Deale, dem ältesten Sohn und Erben des Herzogs von Covington."

„Mord als Mittel, um eine Ehe zu verhindern?", fragte Lord Rupert skeptisch. „Ich kann sicherlich sehen, dass das eine Versuchung sein könnte, Mr. Pickett, aber sicherlich wäre der Bräutigam das logischere Ziel in einem solchen Fall?"

Pickett konnte den Doppelsinn nicht überhören, hatte aber im Augenblick Dringenderes zu bedenken. „Ich versichere Euch, Lord Rupert, es ergab für mich ebenso wenig Sinn wie für Euch. Trotzdem reichte es, um mich auf die Suche nach dem Nest der Schlange zu schicken." Er schaute zu Lord Edwin, sah aber keinen Grund, die entehrte Miss Braunton mit hineinzuziehen.

„Also hatte Miss Montagues Heirat doch nichts damit zu tun?", fragte Mr. Kenney.

„Das habe ich nicht gesagt", widersprach Pickett. „Aber ich komme gleich dazu. Es gab noch etwas anderes, das mich verwirrte. James, der Diener im Hause der Fanshaws drei Türen weiter, stand am Dienstboteneingang unterhalb des Straßenniveaus, aber obwohl die Waffe ihn fast traf, sah er nie, dass jemand aus dem Haus floh. Auch die anderen Bediensteten auf der anderen Straßenseite sahen niemanden das Haus verlassen. Erst etwas früher am heutigen Tag ..." Er warf Lady Fieldhurst einen um Verzeihung bittenden Blick zu, „... als ich Gelegenheit hatte, selbst am gleichen Platz zu stehen, wurde mir klar, dass jeder, der das Haus verließ, von dieser Stelle aus hätte gut zu sehen sein müssen. Die offensichtlichste Folgerung war also, dass niemand fortgelaufen war. Wer auch immer Sir Reginald erschossen hatte, war immer noch drinnen."

„Jetzt seht aber, Mann!", polterte Lord Dunnington. „Wenn Ihr andeuten wollt, dass Lady Dunnington ..."

Aber Pickett achtete nicht auf ihn. Stattdessen erhob er sich von seinem Stuhl und wandte sich an Dulcie, die sich diskret am Rand des Raumes entlang bewegte, um Gläser nachzufüllen. „Es tut mir leid, Dulcie, aber im Namen Seiner Majestät, König Georg des Dritten, nehme ich Euch wegen Mordes an Sir Reginald Montague fest."

„Ich?", rief Dulcie aus, ihr Tablett wackelte wild genug, um die Gläser darauf zum Klirren zu bringen. „Wie könnt Ihr so etwas sagen?"

„Ihr wart die Einzige, die wissen konnte, dass Mr. Kenney eine Waffe in seiner Manteltasche hatte, und erst recht Gelegenheit hattet, sie herauszunehmen und durch eine Porzellanfigur zu ersetzen. Ihr wurdet nicht gerufen, um Sir Reginald hinauszubegleiten, doch Ihr hättet ihn ohne Weiteres im Foyer erwarten können, erschießen und dann die Waffe aus der Tür werfen, und dann in vorgetäuschtem Schrecken und Entsetzen vom oberen Ende der Dienstbotentreppe aus zu starren, wenn die anderen auf der Szene erschienen."

Sie stellte das Tablett mit einem Knall ab. „Aber John,

denkt darüber nach, was Ihr sagt!", sagte sie schmeichelnd. „Ihr kennt mich, Ihr habt mir den Hof gemacht, Ihr habt mich geküsst! Selbst, wenn ich die Gelegenheit gehabt hätte, wie Ihr sagt, warum hätte ich so etwas tun sollen?"

„Weil Sir Reginald Euer Vater war", antwortete Pickett. „Ich weiß, dass Ihr die Gesellschaftsnachrichten in den Zeitungen genau lest. Es muss hart gewesen sein, über Eure Halbschwester zu lesen – die Euch im Übrigen recht ähnlich sieht – wie sie den Erben eines Herzogs mit allem Prunk und Zeremonie in St. George's am Hanover Square heiraten würde, während Ihr darauf angewiesen seid, Euren Lebensunterhalt als Hausmädchen zu verdienen."

Sie fegte an Lady Dunnington und Lord Rupert Latham vorbei, schob dann ihre Hand durch Picketts Arm und schaute mit großen, flehenden Augen zu ihm auf. „Aber John, selbst wenn es wahr wäre, würdet Ihr *mich* nicht verhaften, oder? Das könnt Ihr nicht – Ihr liebt mich doch!"

Pickett schüttelte in äußerster Qual den Kopf. „Es tut mir leid, Dulcie."

Ihre Hand fiel von seinem Arm und sie trat zurück, als hätte sie einen Schlag erhalten. „Ich sehe schon, was los ist!" Ihre weiche, schmeichelnde Stimme wurde schrill und anklagend. „Es ist *ihretwegen*, ja? *Sie* habt Ihr nicht im Stich gelassen, als es *ihr* Hals war, der fast in der Schlinge gehangen hätte! Seid Ihr wirklich so dumm zu glauben, sie würde Eure Liebe je erwidern? Sie hat Euch die ganze Zeit nur benutzt!"

„Davon versteht Ihr sicher etwas", antwortete Pickett, blass, aber entschlossen. „Doch Sir Reginald wollte sich nicht von Euch benutzen lassen, nicht wahr?"

„Alles, was ich wollte, war eine Jahresrente, genug, um bequem leben zu können", beharrte Dulcie mit einem hysterischen Unterton in ihrer Stimme. „Als er an jenem Abend zum Diner kam, sagte ich ihm, wer meine Mutter gewesen war und dass er mir gegenüber Pflichten hätte. Er sagte mir, ich hätte keinerlei Anrecht. Auf gar nichts! Nicht einmal fünf ärmliche Pfund pro Monat, und ich könnte wetten, dass allein das Hochzeitskleid seiner Tochter zehn Mal so viel gekostet hat! Als ich ein paar Minuten später Mr. Kenneys Mantel entgegennahm, fühlte ich die Waffe in seiner Tasche und dachte, ich könnte meinen lieben Vater überreden, seine Meinung zu ändern."

Mr. Kenney zuckte zusammen, als sein Name erwähnt wurde, aber weder er noch einer der anderen Gäste gaben einen Laut von sich. Niemand wagte es, die sich vor ihnen abspielende Szene zu unterbrechen.

„Ich nahm die Waffe an mich, genau, wie Ihr erraten habt, und steckte an ihrer Stelle die Porzellanfigur in die Tasche in der Hoffnung, dass Mr. Kenney das Fehlen der Pistole nicht bemerken würde. Als Sir Reginald dann gehen wollte, stellte ich ihn im Foyer. Als er mich wieder abwies, zielte ich mit der Pistole auf ihn. Er lachte mich aus." Sie gab selbst ein kurzes, bitteres Lachen von sich. „Jetzt lacht er nicht mehr."

Pickett gab der Fußpatrouille ein leises Zeichen und beide Männer traten vor, um Dulcie an den Armen zu packen. Sie schüttelte sie ab.

„Ja, ich komme friedlich mit, aber vorher muss ich noch etwas tun."

Pickett nickte und sie ließen sie los.

Sie warf ihm einen langen, festen Blick zu. „Etwas, was dich an mich erinnern wird."

Sie ergriff seine Krawatte und zog seinen Kopf nach unten, dann drückte sie ihren Mund auf seinen. Er konnte sich nicht dazu überwinden, ihren Kuss zu erwidern (besonders nicht, da Lady Fieldhurst zusah), aber er ließ es geschehen. So viel schuldete er ihr, als Entschuldigung für die Forderungen der Pflicht und sein eigensinniges Herz, das er nicht länger verschenken konnte.

„Leb wohl, John." Sie schoss einen selbstgefälligen, triumphalen Blick in Richtung Lady Fieldhursts, nahm dann den Arm des wartenden Mannes der Fußpatrouille wie eine Dame, die die Begleitung zweier rivalisierender Verehrer akzeptiert, und erlaubte ihnen, sie aus dem Zimmer zu führen.

Nachdem dieses kleine Drama beendet war, saß die versammelte Gesellschaft in fassungslosem Schweigen da, bis schließlich Lord Rupert Latham mit geschmeidiger Anmut aufstand. „Ich muss Euch ein Kompliment machen, Mr. Pickett", sagte er mit widerwilliger Bewunderung. „Das kann für Euch nicht einfach gewesen sein. Natürlich hätte sie den Verlust Eurer flüchtigen Zuneigung leichter ertragen können, wenn sie nur gewusst hätte ... was wir beide wissen."

Pickett, völlig erschöpft, sackte auf seinem Stuhl zusammen, ohne zu antworten, errötete nicht einmal. Eine Hand legte sich sanft auf seine Schulter und er sah auf, dass Lady Fieldhurst neben ihm stand und ein Glas Sherry anbot. Er nahm es dankbar an und goss es in einem Zug herunter.

Lord Edwin Braunton und Mr. Kenney nickten einander kurz zu und standen dann gleichzeitig auf. „Wir sollten besser aufbrechen", sagte Lord Edwin und sprach offensichtlich für sie beide. „Wir reisen beim ersten Tageslicht nach Leicestershire ab, wisst Ihr."

Pickett brachte ein Lächeln zustande. „Das wusste ich nicht, aber ich wünsche Euch beiden alles Gute. Bitte richtet Miss Braunton meine besten Grüße aus."

„Das werde ich tun." Lord Edwin senkte seine Stimme. „Und wenn alles gut geht, werde ich Euch ein kleines Zeichen meiner Wertschätzung schicken. Mir ist klar, dass das Stiften von Ehen nicht zu Euren Pflichten gehört."

„Das wird nicht nötig sein, Mylord", protestierte Pickett. „Ich freue mich, wenn ich zu Diensten sein konnte."

„Ich muss wieder in meine Kaserne." Dem Beispiel der anderen folgend kam Hauptmann Sir Charles Ormond auf die Beine. „Nicht, dass es nicht faszinierend gewesen wäre, Mr. Pickett, aber ich kann nicht verstehen, warum meine

Anwesenheit – oder die von jemand anderem", er machte eine weitreichende Geste, die die gesamte Gesellschaft erfasste, „… notwendig war."

„Ich fürchte, daran bin wohl ich schuld", sagte Lord Dernham zu dem Hauptmann gewandt. „Ich habe Mr. Pickett gesagt, dass ich über die Identität der Person – obwohl ich wohl sagte, ‚des Mannes' – die den Tod meiner Frau gerächt hat, informiert werden wollte."

„Da die meisten von Euch irgendwann unter Verdacht gestanden hattet, war es nur natürlich, dass Ihr alles es würdet wissen wollen", sagte Pickett. „Doch es war noch komplizierter. Es war ein Diener aus einem Nachbarhaus, der das letzte Puzzleteil lieferte. Da er aber Kontakt zu Lady Dunningtons Küchenmädchen hat, befürchtete ich, dass Dulcie erfahren könnte, dass ich den Fall gelöst habe. Ich wollte nicht, dass sie Wind davon bekäme, daher bat ich Lady Dunnington, alle herzubitten, die an jenem Abend anwesend waren. Ich war mir sicher, dass Dulcie bei so vielen erwarteten Gästen keine Erlaubnis erhalten würde auszugehen, selbst wenn sie darum bäte."

„War *das* der Grund?", verlangte Lady Dunnington zu wissen. „Und ich dachte schon …" Sie verstummte abrupt.

„Was hast du gedacht, Emily?", fragte ihr Ehemann.

Sie schüttelte den Kopf. „Nicht so wichtig."

„Dann war da noch die Tatsache, dass ich absolut keine Beweise hatte", fuhr Pickett fort. „Meine einzige Hoffnung war es, sie zu einem Geständnis zu überreden, und wenn sie es zugäbe, würde ich viele Zeugen brauchen."

Lord Dernham seufzte. „Ich kann nicht anders, als die unglückliche junge Frau zu bedauern. Ich wage zu behaupten, dass es sinnlos wäre, einen Anwalt für sie zu bezahlen, da sie ihre Schuld ja schon zugegeben hat, aber ich habe das Gefühl, dass ich das Angebot machen sollte. Ihr werdet es Ihr überbringen, Mr. Pickett?"

Pickett nickte. Er würde ihr eine Nachricht schicken, sie über Lord Dernhams Angebot informieren, aber er hatte nicht den Wunsch, Dulcie noch einmal zu sehen. Er würde bald genug dazu gezwungen sein, bei ihrer Gerichtsverhandlung.

Einer nach dem anderen verabschiedeten sich die Gäste, bis schließlich nur noch die Dunningtons, Lady Fieldhurst und Pickett übrig waren.

„Gott sei Dank, dass das vorbei ist!" Lady Dunnington sprang auf und ging unruhig im Raum auf und ab. „Ich kann sehen, dass ich in Zukunft mehr Vorsicht walten lassen muss, wenn ich einen neuen Liebhaber auswähle – oder ein neues Hausmädchen einstelle."

Lord Dunnington räusperte sich. „Wegen dieses Liebhabers, Emily. Dürfte ich dir einen Vorschlag machen?"

Überrascht hörte sie auf, hin und her zu gehen. Er trat vor dem Kamin auf sie zu und legte ihr die Hände auf die Schultern.

„Würdest anstelle eines neuen Liebhabers vielleicht

einen alten Ehemann in Betracht ziehen?"

Ihre Unterlippe bebte. „Was willst du damit sagen, Dunnington?"

„Ich habe dich sehr vermisst, Liebste. Vielleicht ist es Zeit, dass du nach Hause kommst."

Zum größten Erstaunen der Zuschauenden warf sich Lady Dunnington an die Brust ihres Mannes und brach in Tränen aus. „Oh, Dunnington! Ich hatte solche Angst, dass du wegen Mordes gehängt werden würdest!"

Während der nächsten paar Minuten gab es überhaupt kein intelligentes Gespräch, die Dunningtons kommunizierten fast ausschließlich in diesem nonverbalen Dialog, der euphemistisch als Abrechnen und Gurren bekannt war. Pickett und Lady Fieldhurst, verlegene Zeugen dieses Austauschs, bemühten sich, weder die Dunningtons noch einander anzusehen. Pickett war jedoch verpflichtet, in die Bow Street zurückzukehren und den Bericht vorzubereiten, den er am nächsten Morgen seinem Richter vorlegen musste. Da er keine andere Möglichkeit sah, den Earl und seine Lady lange genug voneinander zu trennen, um sich höflich von ihnen verabschieden zu können, hüstelte er diskret.

Als Lady Dunnington es hörte, tauchte sie lange genug aus der Umarmung ihres Mannes auf, um sich umzudrehen und die beiden anzusehen. Sie blinzelte, als wären sie überrascht, sie dort stehen zu sehen. „Was, ihr seid noch da? Lauft schon, Kinder. Oder soll ich den Diener rufen, um euch hinauszubegleiten?"

„Ich bin sicher, dass wir den Weg allein finden, Emily", sagte Lady Fieldhurst mit einem Lächeln.

Sie und Pickett gingen ins Foyer, wo sie vor der Tür anhielten und sich in recht verlegenem Schweigen betrachteten.

„Nun, ein Gutes hat das Ganze gehabt", bemerkte Lady Fieldhurst.

„Ja. Mir scheint, tot hat Sir Reginald mehr Gutes bewirkt als je zu seinen Lebzeiten."

„Tatsächlich?", fragte sie leicht überrascht. „Ich hatte den deutlichen Eindruck, dass das meiste Lob dafür zu Recht John Pickett zusteht."

Er zuckte mit den Schultern. „Alles, was sie brauchten, war die Gelegenheit, sich gegen einen gemeinsamen Feind zusammenzutun – in diesem Fall gegen mich."

„Wenn einer von ihnen Euch als Feind betrachtet, zeigt das nur, wie wenig er Euch kennt. Gehe ich recht in der Annahme, dass Ihr keinen von beiden je ernsthaft in Verdacht hattet, aber sie in diesem Glauben ließet, in der Hoffnung, dass genau dies geschehen würde? Es war nett von Euch, sich die Mühe zu machen, Mr. Pickett."

Pickett lächelte ziemlich verlegen. „Wenn ich nur meine eigenen Angelegenheiten halb so gut regeln könnte!"

Ein Schatten huschte über ihr Gesicht. „Wegen dieses Mädchens – Dulcie. Ihr – ihr lieb…" Sie brachte es nicht fertig, das Wort auszusprechen. „Ihr mochtet sie. Es tut mir leid für Euch, Mr. Pickett."

Pickett dachte darüber nach. „Es macht mich krank zu sehen, wie das Leben eines Mädchens verschwendet wird, und ich fühle mich wie ein riesengroßer Narr, dass ich mich von einem Trick habe einfangen lassen, der so alt ist wie Eva, aber mein Herz war nie wirklich in Gefahr. Es – es gehört bereits seit einiger Zeit nicht mehr mir", fügte er zerknirscht hinzu.

Das Foyer schien plötzlich sehr klein zu werden, während Lord und Lady Dunnington im Zimmer nebenan sich auf einem anderen Planeten hätten befinden können.

„Würdet Ihr mich für sehr egoistisch halten", fragte Lady Fieldhurst mit einer Stimme, die kaum lauter war als ein Flüstern, „wenn ich sage, dass ich froh darüber bin?"

„Soll ich es sagen, Mylady?" Er machte einen Schritt auf sie zu, hob aber keine Hand, um sie zu berühren. „Soll ich es nur dieses eine Mal sagen, und dann nie wieder darüber sprechen?"

„Ja, bitte", sagte sie atemlos.

Er stieß einen langen Seufzer aus, wie erleichtert darüber, dass er den ungleichen Kampf aufgeben durfte. „Ich liebe Euch, Mylady. Ich habe Euch von dem Moment an geliebt, als wir uns trafen, und meine Gefühle sind in den Monaten seither nur stärker geworden. Und *das*, Mylady", schloss er mit einem bedauernden kleinen Lächeln, „ist der

Grund, warum ich niemals Euer Geliebter sein könnte."

Ihr Mund bewegte sich, aber sie brachte kein Wort heraus. Was sollte man auf eine solche Erklärung hin sagen, wenn eine Ehe – eine *wirkliche* Ehe – unmöglich war?

„Ihr müsst nichts antworten", versicherte er ihr. „Ich weiß, dass es für mich keine Hoffnung gibt und bitte Euch nicht, meine Liebe zu erwidern. Ich weiß, dass nichts daraus werden kann. Ich – ich werde Euch nicht wiedersehen. Ich habe Mr. Colquhoun gebeten, mich in Zukunft nicht mehr mit Aufträgen nach Mayfair zu schicken."

„Aber – unser Erscheinen bei Gericht –"

Er schüttelte den Kopf. „Mr. Colquhoun rät mir dringend, abwesend zu sein, um mögliche Anklagen wegen Meineids zu vermeiden, und ich denke, er hat wahrscheinlich recht. Ihr werdet mich benachrichtigen, wenn … wenn es vorbei ist?"

Sie nickte, konnte aber nicht sprechen. Dulcie war weg, aber er war trotzdem für sie verloren.

„Mylady, ich hoffe – ich hoffe, Ihr werdet von Zeit zu Zeit mit Freundlichkeit an Euren zweiten Mann denken. Ich kann Euch versichern, dass er Euch nie vergessen wird."

Er schenkte ihr ein unsicheres kleines Lächeln und wandte sich zur Tür.

„Mr. Pickett, würdet Ihr mich bitte küssen?" Sie hatte nicht vorgehabt zu fragen, geschweige denn zu betteln, aber die Worte kamen hastig heraus und weigerten sich, zurückgehalten zu werden.

„Mylady, *versucht* Ihr, mich zu foltern?", fragte er mit einer Mischung aus Verärgerung und tiefster Zuneigung.

„Nein", sagte sie kläglich. „Aber ich kann es nicht ertragen, Euch so gehen zu lassen – mit dem Kuss dieser Frau auf Euren Lippen."

Pickett fand in dieser Argumentation offenbar nichts zu beanstanden, denn er wandte sich von der Tür ab. Er nahm sie nicht in die Arme, sondern umfasste ihr Gesicht mit seinen Händen und senkte den Mund auf ihren. Es war ein langer Kuss, lang und langsam und quälend süß – und in jedem Streicheln seiner Lippen, jedem Hauch seines warmen Atems lag Abschied.

Sie hielt ihn an den Aufschlägen seines braunen Sergerocks fest. „Wollt Ihr mich nicht so küssen, wie Ihr *sie* geküsst habt?"

Nachdem er so weit gegangen war, schlug Pickett jede Vorsicht in den Wind. Er riss sie an seine Brust und zerwühlte ihren Mund mit seinen Lippen. Ihre Hände waren zwischen ihnen eingeklemmt, aber sie zerrte eine heraus und vergrub die Finger in seinen Haaren, erwiderte seinen Kuss mit Inbrunst, bis er sich schließlich atemlos und keuchend zurückzog und sie losließ.

„Lebt wohl, Mylady."

Und dann war er fort. Lady Fieldhurst sackte gegen die Tür, ihr Herz raste und ihre Beine waren plötzlich nicht mehr imstand, ihr Gewicht zu tragen. *„Ich weiß, dass es für mich keine Hoffnung gibt ... ich bitte Euch nicht, meine Liebe zu erwidern ...*

„Oh, aber das tue ich doch", flüsterte sie. „Oh ja."

Aber in – wie lange? Ein paar Tagen? Wochen? Monaten? – würde sie ein Kirchengericht davon überzeugen müssen, dass er impotent war, dieser jungfräuliche Mann, von dessen Küssen ihr die Knie weich wurden, der sie mit dem Klang seiner Stimme verführen konnte.

Sie hatte bei dieser Annullierung ein schlechtes Gefühl.

Ein sehr schlechtes Gefühl, in der Tat.

Anmerkung der Autorin

Leser, die mir im Laufe der Jahre für das Niveau meiner Bücher gedankt haben, mögen von bestimmten Ereignissen, die in Kapitel 17 beschrieben und/oder angedeutet werden, ein wenig schockiert sein. Es tut mir leid, wenn dies der Fall ist, aber zu meiner eigenen Verteidigung muss ich Sie auf eine Regel verweisen, nämlich „So etwas kann man nicht einmal erfinden". Die rechtlichen Voraussetzungen für die Erlangung einer Nichtigerklärung England der Regency–Zeit waren, soweit ich durch Nachforschung feststellen konnte, genau so, wie ich sie hier dargestellt habe, mit einer Ausnahme: In der Tat würde das Paar für drei Jahre zusammen leben müssen, ohne die Ehe zu vollziehen, damit eine Annullierung gewährt werden könnte. Aber da ich glaube, dass man es mit der Spannung auch übertreiben kann (ganz zu schweigen von der Tatsache, dass der arme John Pickett genug gelitten hatte), entschied ich mich, diese Voraussetzung für den Zweck der Geschichte beiseite zu lassen.